Land

Hölderlins Filmriss

Schwaben-Krimi mit Rezepten

Ulrich Land

Hölderlins Filmriss

Schwaben-Krimi mit Rezepten

OKTOBER VERLAG
Münster in Westfalen

© 2019 Oktober Verlag, Roland Tauber
Am Hawerkamp 31, 48155 Münster
www.oktoberverlag.de
Alle Rechte vorbehalten

Satz und Umschlag: Thorsten Hartmann
unter Verwendung eines von Egbert Casper
bearbeiteten Fotos von Ulrich Land
Rezepte: Ulrich Land

Druck: Books on Demand GmbH
In de Tarpen 42, 22848 Norderstedt

ISBN: 978-3-946938-48-4

Das Licht fiel hinter den Tag zurück. Meister Bell lauschte. Genoss dieses Geräusch. Wenn sie zum letzten Mal nach einem langen Arbeitstag klapperte, die Druckmaschine. Wenn sie noch einmal kurz seufzte, um den Feierabend zu begrüßen. Bell musste grinsen. Ein zufriedenes Grinsen.

Ein guter Tag lag hinter ihm: Die Arbeit wacker von der Hand gegangen, drei Aufträge hintereinander durchgenudelt. Er deckte im Vorbeigehn ein paar Tiegel mit Farbzusätzen ab, um sie vorm Austrocknen zu bewahren, stieß ein paar Papierstapel auf der Arbeitsplatte auf, um die besonders vorwitzigen Einzelblätter am Ausbüxen zu hindern, räumte das Fässchen mit der Druckerschwärze zur Seite. Jetzt noch die Druckwalze abledern, dann würde er nach oben gehen, die Füße hochlegen und warten, bis Maria-Christine das Abendbrot auftischte, würde vielleicht noch einen kleinen Blick ins Bettchen des kleinen Benedikt ...

Die Werkstatttür flog auf, rumste mit ungebremstem Schwung gegen die Wand, dass das Gebälk ächzte, das Regal mit den Farbtöpfen schepperte und ein faustdickes Stück Putz von der Decke sprang und, nicht ohne eine Staub- und Strohgrieselfahne hinter sich herzuziehn, auf den Boden knallte.

»Ja, ist das zu glauben«, fauchte Bell, »ist schon Feierabend. Und Kunden, die mit der Tür ins Haus fallen, sind nicht grade die Art Auftraggeber, die mir lieb und wertvoll ...«

»Schluss mit dem Palaver!« Der Unbekannte stiefelte schnurstracks auf ihn zu, kam ihm bedrohlich nahe, scherte aber kurz vorm Aneinanderrempeln seitwärts aus und ging zum Farbenregal rüber. Was nichts Gutes ahnen, die Augen des Fremden hingegen funkeln ließ.

»Da habt Ihr nichts verloren«, knurrte Druckermeister Bell, »aber auch gar nichts.« Nicht viel mehr als das Knurren eines Rauhaardackels jedoch. Nein, Bell war sich sicher, dieser Bursche mit seinen kraftstrotzenden Pranken, seinen golgathakreuzbreiten Schultern, seinen blütenweißen Eckzähnen von den Ausmaßen der Hauer eines Keilers hatte noch nie zuvor seine Werkstatt betreten. Musste für ihn absolutes Neuland sein. Eine Druckerei wie die Bell'sche war ein Pflaster für Leute, die es sich leisten konnten, Druckaufträge zu vergeben. Und zu dieser Sorte Zeitgenossen gehörte der Fremde keinesfalls, das war auf den ersten Blick zu sehn. Als hätte es eines weiteren Beweises bedurft, verströmte er eine beißende Geruchsmixtur, die zwischen Schweinekoben und Sauerkraut changierte. Der Mann war kein weitgereister Federfuchser, der ein Endlospoem zu Papier gebracht hatte und nun an jedem freien Fleck in der Stadt angeschlagen wissen wollte. Und es war kein Verleger, der eine Serie Sonette zwischen Buchdeckeln verewigen und einen Sturm über die Felder des gediegenen Literaturgeschehens jagen wollte. Dieser Berserker hier ging andern, ganz anderen Geschäften nach.

Er schickte sich denn auch prompt an, eben das zu unterstreichen, indem er mit seinem rechten Arm ausholte und die Hand mit sattem Schwung durch das Sammelsurium aus Flaschen und Fläschchen, aus Tuben und Blechbüchsen fahren ließ, so dass die gesamte Galerie aus Gläsern und Dosen einen wilden Tanz aufführte, zu dem sie sich mit tosendem Geklirr und Gedröhn selbst aufspielte. Flankiert vom dreistbreiten Deibelsgrinsen, vom hässlichen Lachen des Wüstlings.

»Was führt Ihr im Schilde? Himmelherrgott!«, versuchte Meister Bell einen forschen Ton an den Tag zu legen. Wenig überzeugend. Außerdem lieferte er dem Fremden mit dieser Frage eine Steilvorlage allererster Güte, die dieser denn auch bereitwilligst annahm. Indem er sie unbeantwortet ließ.

Stattdessen fuhr er, von einem Ohr zum andern grienend, die nächste Lanze aus: »Ihr werdet meinen Auftritt hier Zeit Eures dürren Lebens nicht vergessen, garantiert nicht! – Aber müsst Ihr nicht mal erst Euren Feierabenddurst löschen?«

Noch einmal wedelte er mit seiner Hand durch das schwungvoll angerichtete Chaos im Druckfarbenregal. Kein Gran Aufmerksamkeit darauf verschwendend, dass dabei das eine oder andre Fässchen Druckerschwärze umstürzte und seinen Inhalt herausgluckern ließ, der sich schweigsam auf der Arbeitsplatte ausbreitete und in alle bereitstehenden Ritzen vordrang. Was den Übeltäter weder zu beeindrucken noch zu befriedigen schien. Er hatte, wie's aussah, nur eines im Blick: eine braune Apothekerflasche mit einem bestimmten Etikett. Kaum hatte er eben diese in dem virtuosen Durcheinander ausgemacht, wischte er die rechts und links über- und untereinanderkugelnden Dosen, Tiegel, Flaschen beiseite und pickte das anvisierte Objekt der Begierde heraus.

Bell überlegte einen Augenblick, ob er eingreifen solle, und versuchte, seine Chancen, dem Burschen in die Parade zu fahren und ihn an die Luft zu setzen, abzuschätzen. Doch just, als er zu dem Schluss gekommen war, dass das kein gutes Ende für ihn nehmen könne, mithin eher nicht angezeigt sei, nach vorn zu stürzen und den Eindringling mit Faustschlägen und Fußtritten hinauszukomplimentieren, just in diesem Augenblick musste er registrieren, dass der im Farbregal wütende Wirbelwinddeibel sich von seinem wüsten Schlachtfeld abwandte und mit langsamen, unendlich langsamen Schritten näherkam. Eine Last, die die alten, vor Jahren mit reichlich Ochsenblutfarbe eingepinselten Bohlen des Werkstattbodens mit langgezogenen Klagelauten quittierten, mit einer knarzenden Nänie, die sich da aus den Tiefen der Bodenspalten erhob.

Der Unhold kam näher und näher. Und näher.

Verdammt, es war nicht Bells Art, mit Kraftausdrücken um sich zu schmeißen, aber hier und jetzt ging ihm auf gut Deutsch der Arsch auf Grundeis, so was von auf Grundeis! Es war nicht mehr feierlich. Alles Dinge, an die er keinen Gedanken verschwenden konnte, denn das Unheil nahm jetzt in rasendem Tempo seinen Lauf.

— . —

»Vielleicht habe ich dir ohne mein Wissen und Willen Veranlassung gegeben, dass du empfindlich gegen mich bist und so bitter entgelten lässt. Sei nur so gut, und melde es mir! Ich will es zu verbessern suchen. Oder wenn dir etwas an deinem Weißzeug oder Kleidungsstücke abgehen sollte, so schreibe es mir ... Ich sende dir anbei ein Wämsle und vier Paar Strümpf und ein Paar Handschuh als einen Beweis meiner Liebe und Andenken. Ich bitte dich aber, daß du die wollenen Strümpfe auch trägst. Deine getreue M. Gockin.«

Hölderlin faltete den Brief der Mutter wieder zusammen. Er machte ein paar Schritte und blieb stehn. Vor seinem Schreibtisch – klein, aber hinreichend – egal. Nahm noch im Stehen die Schreibfeder auf, klemmte sie zwischen die Finger, bückte sich und tunkte sie in die Tinte.

»Können Sie, teuerste Mutter! mich bald wieder mit einem Briefe erfreuen, so wird dies an ein dankbares Herz geschehen.«

Ja. Doch, konnte man so stehn lassen, das war überzeugend. Einigermaßen. Jedenfalls kein Anbiedern, keine Unterwürfigkeit, kein Eingeständnis von Schwäche. Das nicht.

– . –

Schon fand Druckermeister Bell sich eingekeilt von diesem stahlstarken Arm wieder, den der miststinkende Flegel ihm um den Hals geschlungen hatte und nun mit aller Kraft anzog. Dass ihm Hören und Sehen vergingen. Ein qualvollklägliches Stöhnen jaulte durch den eingepferchten Hals, ohne wirklich an die Luft zu gelangen. Bell musste würgen; das immerhin gelang noch. Würgen, ums Überleben ringen. Himmel noch mal, eine zupackende Eisenzange im Hals!

Der Knecht des Bösen sah mit seinem Krötengrinsen auf den sich im Schwitzkasten windenden Druckermeister herab: »Na, Gutester, bisschen Terpentin für den verklebten Rotz gefällig?«

Ohne die Antwort abzuwarten – natürlich nicht – und ohne das angstvolle Rollen von Bells Augäpfeln zur Kenntnis zu nehmen, zog der Bursche seinen Arm noch fester an. »Maul auf!«, dröhnte er von erhabenem Posten herab.

Worauf Bell ein zwischen den Zähnen durchgenuscheltes »Niemals. Niemals werd' ich Euch den Gefallen tun« hervorbrachte.

Eigentlich kaum möglich, aber der Schuft zog die Zwingen noch fester zu. Dass dem geplagten Drucker das letzte Quäntchen Luft auszugehn drohte. Die Halsadern traten schlauchdick hervor, die Sehnen legten den Hals wie einen Blasebalg in Falten. Aber Bell schaffte es, die Lippen aufeinanderzupressen und die Zähne keinen Millimeter zu öffnen.

Dem Unbekannten wurde es scheints zu bunt. Er musste Bell zum Liegen bringen, wollte er seine satanische Mission zum

Erfolg bringen. Noch einmal brüllte er, jetzt mit der zornesroten Fratze des Furors: »Auf das Maul!«

Als Bells verbissene Lippen sich immer noch keinen Millimeter öffneten und auch energisches Zukneifen der Nase zu nicht mehr als einem hauchdünnen Schlitz führte, durch den sich keinesfalls ein angemessenes Quantum Terpentin von anhaltender Wirkung einflößen ließ, machte der raue Geselle kurzen Prozess, zog den Schwitzkasten mit einem neuerlichen Ruck noch mal und noch und noch fester zu und gleichzeitig den Kopf des Druckermeisters nach hinten, während er ihm mit einem kraftvollen Tritt die Beine unterm Leib weghämmerte. Bell verlor den Halt, schoss wie eine gefällte Buche abwärts und dröhnte – im Fall, im Sturz – voll Karacho gegen die Kante seiner geliebten Druckmaschine. Das Problem indes war, dass er sich im Sturz um die eigene Achse drehte und den dumpfen Schlag mit dem Nacken vollführte. Entsprechend wurde das Dröhnen durchkreuzt von einem Knirschen, einem Klicken in deutlich höherer Tonlage. Ein Zirpen in den Tiefen und Untiefen des Halsansatzes, das nichts Gutes verriet. Gar nichts Gutes. Gefolgt von einem kurzen Stöhnen, das an den letzten Schluchzer eines mürben Blasebalgs erinnerte. Gefolgt von einer grauenhaften Stille.

Die jedoch der Herold der Hölle gar nicht erst wahrnahm, sondern mit schneidender Stimme zerfetzte: »Ja, halt dich doch fest, du Vogel!«

Im selben Atemzug geriet er allerdings selbst ins Straucheln und langte, um nicht das gleiche Schicksal wie der gute Bell zu erleiden, mit der Rechten zu besagter Arbeitsplatte. Ohne auch nur im Augenwinkel zu registrieren, wohin seine Finger da unterwegs waren, geschweige denn ausweichen zu können, griff er mit der gesamten Handfläche und den wie Bussardfedern gespreizten Fingern in die Pfütze aus Druckerschwärze, die das umgestoßene Fässchen just ausgebreitet hatte. »Ekelhaft! He, Bell alter Sack, druck deine Schmöker und Scharteken mit dieser schwarzen Jauche, aber – merde, das Dreckszeug, das besudelt mir die ganzen Finger!«

Ohne das Gezeter ein einziges Mal zum Luftholen zu unterbrechen, friemelte er sein zerfleddertes Nastuch aus der Tasche und versuchte, sich die Druckfarbe von den Fingern zu wischen. Ein von wenig Erfolg gekröntes Unterfangen. Allemal Anlass genug für den Übeltäter, die Beine unter die Arme zu nehmen, die Hasenläufe in Bewegung zu setzen und sich hakenschlagend aus dem Staub zu machen.

– . –

Um drei, vier Gassenecken, durch ausufernde Gossenpfützen: zu diesem kleinen Turm. Nun wirklich unscheinbar. Aber: Hölderlin!

Klar, hatte ich von gehört. Im Studium unter »ferner liefen«. Bin in meinen Zwanzigern zweimal nach Tübingen gereist; eher beiläufig auch Hölderlins Turmzimmer besucht. Touriprogramm. So weit ich mich erinnere – abgesehn von Weimar, von Nabokovs Hotelsuite in Montreux, von Kleists, Heines, Brechts Gräbern – die einzige Literaturpilgerstätte, die ich bis dato heimgesucht hab.

Die Enge der runden Wände von Hölderlins Turmzimmer ist mir in bleibender Erinnerung. Seit Jahrzehnten. Und der fantastische Ausblick aus dem Fenster: der windige Gruß der hohen, altehrwürdigen Trauerweiden rechts und links. Und drunten das leise Gurgeln und Glucksen der Wasser, mit denen der Neckar die freigespülten Wurzeln am Ufer umspielt. Idylle pur. Die auf ihrer Rückseite erahnen lässt, wie der Verseschmied in seinen fortgeschrittenen Jahren mit sich gekämpft hat.

»O Freunde! Freunde! die ihr so treu mich liebt!
Was trübet meine einsamen Blicke so?
Was zwingt mein armes Herz in diese
Wolkenumnachtete Totenstille?

Ach, Freunde! welcher Winkel der Erde kann
Mich decken, daß ich ewig in Nacht gehüllt
Dort weine? Ich erreich' ihn nie den
Weltenumeilenden Flug der Großen.«

Weniger um Reime, Versschemata, geschmeidige Rhythmen wird er gerungen haben, die flossen ihm in seiner längst professionellen Routine wie von selber aus der Feder. Auch wenn sich seine Gedichte in den Turmjahren bemerkenswerterweise wieder deutlich mehr den Regularien der offiziellen Gedichtsschreibung unterwarfen.

Gerungen hat Hölderlin mit sich selbst um sich selbst.

—.—

Das übliche Gelärme. Menschen, eine Unzahl von Menschen, eingepfercht und geschützt von der Stadtmauer. Fuhrwerke ratterten übers Pflaster, kanteten mit ihren Eisenreifen an jede der ungezählten Unebenheiten, zerknirschten davonstiebende Steinchen, die sich, wo sie landeten, eilends in die Pflasterritzen verkrochen. Während die Speichen zum grobschlächtigen Kreistanz aufspielten. Im Vorüberpoltern von räudigen Kötern bekläfft, verbellt, mit zornigem Knurren verabschiedet. Mit argwöhnisch zappelnden Pupillen beäugt. Während drüben, im Hintergrund, völlig ungerührt, Marktschreier ihrer Profession nachgingen, mit schauriger Stimme bald die zartfühlenden Dienste eines schmuddligen Baders ausriefen, bald die ersten gelben Birnen und rotwangigen Äpfel dieses Herbstes anpriesen.

»Hallo! – Haaalllo!«

Keine Antwort.

»He, hallo!« Murr wandte sich in alle Himmelsrichtungen und stieß weitere »Hallos« aus, um schließlich ein fast schon resigniert klingendes »Murr, mein Name, ich sollte mich hier einfinden« nachzutragen.

Keine Antwort. So sehr er auch die Ohren spitzte, außer den Lärmschwaden, die ungehindert durch den zur Straße hin offenen Hof waberten, war absolut nichts zu vernehmen. Nichts, was hätte darauf hindeuten können, dass man ihn hier wirklich erwartete. Die ein paar Meter eingerückten, den Hof an drei Seiten umschließenden Gebäude der Weinkellerei, die halboffenen Schuppen und Hallen mit Verladerampen und Flaschenzügen, die niedrigen, mit erblindeten Fenstern ausstaffierten Fassaden, hinter denen sich die Gärbottiche, Filtrationsgeräte, Flaschenlager verbergen mochten. Und drüben in dem geduckten Häuschen das Büro und vermutlich das Wohnhaus des Kellermeisters – das ganze Ensemble starrte den konsternierten Verleger Murr stumm an. Stillschweigend. Als habe es sich gegen ihn verschworen. Fast unheimlich.

»Ich denke, das hier können wir uns schenken, Herr Direktor.« Murrs Famulus trat von einem Fuß auf den andern und blickte sich verstohlen um. Offensichtlich war ihm die Sache alles andre als geheuer. Dabei war eigentlich bislang gar nichts Außergewöhnliches vorgefallen: Sein Herr und Meister war hierher zu dieser Weinkellerei bestellt worden, aber man hatte ihn versetzt. Na ja, und beim Müller im hinterletzten Albtrauftal fiel ein Sack Weizen um. – Sapperlot, trotzdem, irgendwas war hier anders! Eine merkwürdige Spannung zog ihren Bogen über die niedrigen Dächer, über den Geruch von abgestandenem Wein. Ein betäubender Geruch, der aus der Kellerluke gleich neben ihnen stieg, eine Runde um ihre Nase drehte, um dann das Gebälk des Schuppens zu erobern und sich von dort aus in jenem Nichts zu verlieren, das diese unheilvolle Stille über den Hof legte.

»Spreuer, ich wurde hierher bestellt, und es geht um Geschäfte, um Literatur«, knurrte Murr, »da kneift man nicht einfach so mir nichts, dir nichts.«

Worauf denn auch Famulus Spreuer sich bemüßigt fühlte, kreuz und quer über den Hof zu rufen und die schweigenden Gebäude zu beschwören, man möge sie endlich registrieren. »Wir si-ind zur Stelle«, brüllte er und lauschte dem kurzatmigen Echo.

»Der Verle-eger Murr!«, stimmte der Alte ein.

Und Spreuer ergänzte trotzig: »Und Spreuer, seine rechte Hand.«

»Nun überheb er sich mal nicht«, wies der Meister ihn in die Schranken. »Sein Faktotum, ohne Zweifel, aber meine rechte Hand ist noch hieb- und stichfest dran. Die lass ich nicht aus dem Auge. Die zieht die Fäden.«

»Außer, wenn man Euch mal wieder im Regen stehn lässt.«

»Wieso zu zweit?« – Murrs und Spreuers Schädel flogen herum, drehten sich synchron, wie an unsichtbarem Draht gezogen, nach rechts. Nach halb oben. Aber niemand war zu sehn, der diese Frage an die Luft gelassen haben mochte.

Murr krächzte sogleich ein weiteres »Hal-lo« in die Richtung, aus der das Raunen gekommen war. Hervorgerufen von einer Stimme, die Murr nicht im Entferntesten bekannt vorkam. Definitiv nicht, das stand man fest. So fest wie das eiserne Schweigen, das den Hof jetzt wieder im Griff hatte. Untermalt nur durch dieses leise Grollen, dieses hölzerne Rollen …

»Vorsicht!«, schrie Spreuer nach Leibeskräften und tat einen gehörigen Satz zur Seite. So schnell, so weit, so kraftvoll, als ginge es um sein Leben. Und ging es auch, wie sich in den schreckgeweiteten Pupillen abzeichnete. Aus dem Rumoren war ein Donnern geworden, das da abwärts, das da direkt auf sie zu polterte, das da immer schneller, immer lauter …

»Gott vermaledeit!«, entfuhr es Murr, der begriff, dass er was unternehmen musste, der aber nichts unternahm. Während die zwei – oder waren es drei? –, während die vier, fünf Fässer unmittelbar hintereinander die Steilrampe abwärtsschossen, mit zunehmendem Tempo, mit ohrenbetäubendem Getöse, mit donnerndem Vibrato.

Murr, nicht mehr der Jüngste, wie gesagt, und nicht mehr der Schlankste, und vor Panik nicht mehr Herr seiner selbst, löste sich zwar endlich aus der Schockstarre, sprang aber fahrig hin und her, vor und zurück, drehte sich um die eigene Achse turbelnd wie ein Kreisel. Bis endlich Spreuer sich ein Herz nahm und seinen Herrn am rechten Oberarm packte und zerrte und zog und endlich und grade noch rechtzeitig aus der Gefahrenzone herausriss, bevor die Weinfässer auf dem Hofpflaster ankamen und über- und untereinanderturnend vor die Schuppenwand dröhnten, zerschellten und zerbarsten. Zwei, drei von ihnen, noch zur Hälfte gefüllt mit Wein vom letzten oder vorletzten Jahr, entließen ihren blutroten Inhalt in die Freiheit, auf dass er sich über die Hofsteine ergoss, alkoholdampfende Lachen bildete oder umstandslos in den Ritzen des Kopfsteinpflasters versickerte. Die Wucht des blindwütenden, gegen ihn anrennenden Fässertumults hatte einer der Pfosten, die das Gebälk des Schuppens mehr schlecht als recht aufrechterhielten, nicht überstanden, war umgeknickt wie ein Zahnstocher und hatte das halbe Schuppendach hinter sich her in die Tiefe gezogen. Das hing nun auf Halbmast, wackelte und bebte, als sei es noch mit der Überlegung befasst, ob es nicht doch aufgeben und sich endgültig zu Boden begeben solle.

Von all dem bekamen der benommene Spreuer und der schrecktorkelnde Murr nichts mit. Nicht einen Hauch. Sie waren in andre Händel verstrickt. In gänzlich andre!

Spreuer hatte den Verlagsdirektor, wie er sich in ruhigeren Stunden selbst gern nannte, hatte ihn mit voller Kraft auf seine Seite und aus der Bahn der abwärtsschießenden Fässer gezerrt – mit so unbändiger Kraft, dass der ohnedies auf schwankendem Fuß tänzelnde Murr dem Schwung nicht gewachsen war und übers Ziel hinausschoss, an Spreuer vorbeitaumelte, sich, von ausladenden Fliehkräften getragen, aus der Eisenhand seines Gehilfen löste und weiter und weiter stolperte, ohne mit den um sich selbst irrenden Füßen Halt zu finden.

»Vorsicht, die Kutsche!«, schrie Spreuer.

Der Schrei war noch nicht verklungen, als die Kutsche, die eben im Affenzahn langgeprescht kam, um über die Ausfallstraße die große, weite Welt zu erobern, als besagte Kutsche auf Höhe des Weinkellereihofes im Vollbesitz der Kräfte ihrer Rösser so richtig Fahrt aufnehmen wollte. Was der vorwärtsholterdipolternde Murr allenfalls aus dem Augenwinkel mitbekam. Zu spät. Schon hatte ihn das Vorderrad im Vorbeiflug erfasst, hatte sein Taumeln mit einer zusätzlichen, rasanten Drehbewegung aufgeladen und überlagert, hatte ihn in Sekundenbruchteilen auf die Knie gezwungen und nach innen, nach unten gezogen, ließ ihn unter die Räder kommen. So, dass das Hinterrad nur kurz über das sich windende Hindernis buckelte und ungerührt weiterdonnerte. Bis der Kutscher oben auf seinem Bock begriff, dass irgendwas Ungewöhnliches passiert war und seine Gäule zur Vollbremsung veranlasste.

Wobei der schnellschweren Kutsche wegen die übers Pflaster schlitternden Hufe erst mit einiger Verzögerung zum Stillstand kamen. Dampfwolken aus den Nüstern stoßend, von den Scheuklappen die Blicke nach vorn gezwungen, durch Halfter und Zügel daran gehindert, sich umzudrehn, konnten sie nicht sehn, was es mit dem kurzen, aber heftigen Buckeln des linken Hinterrads auf sich hatte. Vernahmen aber sehr wohl das Grobiangelächter, das vom oberen Ende der Fässerrampe herab ziegenbockmeckerte und durch ein zwischen den engen Häusern vielfach gebrochenes, vor- und zurückgeworfenes Echo bekräftigt wurde. Mitten in den Nachklang hinein warf der Unbekannte dem geplagten Famulus Spreuer, der sich jetzt langsam hinkniete, ein »Was wollt Ihr eigentlich?« zu. Eher noch hässlicher, noch ungebremster setzte sich die Totlachsinfonie des Fässerentfesslers fort, um sich dann im Himmel über der Weinkellerei zu verflüchtigen.

Während sich Spreuer über den leblosen Verleger beugte, dessen Blut aus einem klaffenden Riss im Hals sprudelte.

»Herr Direktor? Aber – Murr! Mein Gott …«, brach es aus Spreuer hervor.

Was wiederum der Unbekannte oben am Startpodest der Rampe mit einem »Das soll euch eine Lehre sein« quittierte, ohne sein Zickengelächter wirklich zu unterbrechen.

Was wiederum Spreuer nicht zur Kenntnis nahm, schon gar nicht mit einer Antwort bedachte. Sich vielmehr, dem Heulen nah, noch tiefer beugte und »Murr, Herr Direktor – nicht!« hervorstoßend versuchte, durch die Kakophonie aus Gassenlärm, schnaubenden Gäulen, fluchenden Fuhrleuten, hinzustürzenden Marktweibern und vorbeiklappernden, plötzlich anhaltenden Handkarren hindurch zu lauschen, ob der alte Murr noch atmete. Nichts von dem, was er hörte, deutete darauf hin. Gar nichts.

»Direktor Murr, Ihr dürft nicht, Ihr müsst doch – wir brauchen Euch. Der Verlag, was sollen wir denn ohne den Prinzipal, wie soll das denn ohne Euch …«

Der Rest des Satzes erstarb in schluchzendem Würgen. Er hatte dem alten Murr, so knurrig er oft gewesen war, viel, verdammt viel zu verdanken. Denn dieser hatte ihn als von jedem Talent vollkommen ungetrübten Versuchsschreiberling aufgegabelt und seine Texte, nicht aber ihn abgelehnt. Hatte ihn als sein Faktotum in Lohn und Brot genommen, ihn mit dem einen oder andern Dichter und Denker bekanntgemacht, ihn mit Akquise und Vertrieb betraut. Wenn auch nur selten seine Knorzigkeit ablegend, hatte der Mann doch immer ein gutes Wort auf den Lippen. Und im Busen ganz fraglos ein gutes Herz. Gehabt. Ein Herz, in das er auch diesen verrückten Dichter im Elfenbeinturm am Neckar geschlossen hatte.

Das ranzige Meckerlachen oben auf der Rampenempore war samt Echo endgültig verstummt, hatte sich augenscheinlich samt Urheber aus der Stadt geschlichen. Und irgendwie schien selbst der Gassenlärm verstummt zu sein, die Marktschreier, die Fuhrwerke, Katzen, Köter und Hähne, quäkenden Kinder, wiehernden Rösser. Selbst die Falken im Gemäuer des Stummelturms der Stiftskirche zu St. Georg legten ein beredtes Schweigen an den Tag. Totenstille.

— . —

Ohne die Verse, bin ich mir sicher, hätte ich vermutlich nie auch nur irgendwas erfahren von diesem zerzausten Mann des Wortes, der sich da in seinem Turmzimmer die eigenen Gedichte zu improvisierten Klavierklängen vorsang oder im Kreis marschierend deklamierte.

»Wenn aus dem Himmel hellere Wonne sich
Herabgießt, eine Freude den Menschen kommt,
Daß sie sich wundern über manches
Sichtbares, Höheres, Angenehmes,

Wie tönet lieblich heil'ger Gesang dazu!
Wie lacht das Herz in Liedern die Wahr-
heit an.«

Abseitige Nachtigall. Belauscht nur von Tischlermeister Zimmer und später, viel später von dessen Tochter Lotte. Diese fragt den Vater, was das für ein Gepolter sei, oben über der Zimmerdecke der Werkstatt. Warum der Holunder, oder wie der heiße, warum der da oben kreisrund durch die Stube stiefle, stampfe, tanze, oder was das sein solle. Warum er die Flöte so schrill, das Klavier so schräg spiele. Und im nächsten Atemzug die Stimme Verse durch die Metren, Rhythmen, Strophen treibe. Oder ob das gar keine Verse seien. Keine Worte, kein Sinn, bloß Rhythmen. Klänge wie bei seinem wirrwarrgetrommelten Klavier. Gekreisch wie das seiner Flötentöne. Oder ob, grad im Gegenteil, sein Klavier die Worte unter die Tasten nehme, ob die Verse Akkorde seien, die Strophen Strophen sängen. Die kleine Lotte reißt die Augen auf, die Ohren. Staunt. Der Vater: ratlos. Aber hat ein gutmütiges Lächeln auf die Lippen gezaubert. Das reicht, beruhigt das Mädchen.

Später, Jahre später, im Alter von 25 wird sie sich um den unbändigen Dichter da oben kümmern, wird ihn treusorgend umhegen. Ob sie Bewunderung umtrieb wie den Vater, der sich vor dem Dichter des *Hyperion* nicht nur verneigte, sondern ihm sofort und umstandslos unter die Arme griff? Oder ob sie Mitleid empfand? Das mütterliche Mitleid junger Frauen? Oder ob sie den Dienst an diesem ›merkwürdigen Holunder‹ als das Erbe ihres Vaters begriff? Als Fortführung seiner Huldigung, seiner Hingabe, seiner spontanen Menschlichkeit?

Erotische Anziehung wird es nicht gewesen sein. Er war längst ein alter Mann. Gezeichnet von den endlosen Jahren, die die Sonne fast nur durch die trüben Scheiben der Turmfenster sahen. Niedergeschlagen von den Anfällen, die ihn offenbar immer wieder heimsuchten, schüttelten und durchrüttelten. In sich selbst verstrickt durch die endlosen Selbstgesprächstiraden. Verzehrt in seiner so unerfüllten wie ewigen Liebe zu Susette, seiner *Diotima*. Geschwächt an Leib und an Seele. Nein, Erotik wird nicht im Spiel gewesen sein, nicht ein Hauch.

Was dann? Was hat sie zu einem der paar wenigen Menschen werden lassen, die Hölderlin über die Jahre – in ihrem Fall immerhin fünf Jahre, bis zu seinem Tod – die Treue hielten? Sie hat ihm in seinen hochbetagten Jahren das Überleben ermöglicht. Ohne sie wäre er jämmerlich eingegangen. Hätte sich noch mehr gekrümmt und in sich selbst vergraben, hätte aufgegeben vor der Zeit.

—.—

31

»*Verehrungswürdigste Frau Mutter! Da mich die Vorsehung hat so weit kommen lassen, so hoffe ich, daß ich mein Leben vielleicht ohne Gefahren und gänzliche Zweifel fortsetze.*

*Ihr gehorsamer Sohn
Hölderlin*«

— . —

Es war keineswegs der Inquirent, Richter Heckle, der es zuerst sah, sondern Burger. Mal wieder Burger. Burger Johann, der erst vor acht Wochen die Karriereleiter eine halbe bis dreiviertel Sprosse hinaufgestolpert war. Jedenfalls hoch genug, um Richter Heckle, der sich höchstselbst zum Ort des unseligen Geschehens bemüht hatte, unterstützend zur Seite stehen zu dürfen. Unterstützend, aber nicht vorpreschend, Sakrament!

Spreuer hatte in rasender Eile – so eilig eben, als ihm angesichts der Katastrophe gegeben war – in der Ammergasse bei dem kleingewachsenen, mit einem ausgewachsenen Buckel ausstaffierten Medicus angeklopft, dem alten »Halsabschneider«, wie dieser sich sehr zur Freude seiner Patienten selbst zu nennen pflegte, hatte ihn aus dem fraglos wohlverdienten Mittagsnickerchen geschreckt und zur Weinkellerei geschickt. Während er, Spreuer, sich weiterhin eilenden Fußes zum Gericht verfügte und nach einer Odyssee von einem diensthabenden Beamten zum nächsten schließlich und endlich Richter Heckle aus der ebenfalls wohlverdienten Mittagsruhe klopfte und mit ihm – unter Hinzuziehung besagten Johann Burgers – zum Schreckensort eilte. Nachdem sich der Richter unterwegs zweimal hinter einladende Gassenecken zurückgezogen und erleichtert hatte, was Spreuer in peinlich berührtes Staunen versetzte, wovon Gendarm Burger indes merkwürdig wenig Notiz nahm.

Am Ort des Geschehens angekommen, fanden sie den Stadtphysicus mit rundem, noch runder gebuckeltem Rücken als ohnehin vor, wie er neben dem armen Murr kniete. Als Härtetest auf letzte Lebenszeichen blies er dem Verleger seinen schnapsbitteren Atem direkt in die Nüstern. Keine Reaktion.

Als der Physicus im Augenwinkel das Triumvirat aus Richter Heckle, Gendarm Burger und Verlagsgehilfe Spreuer herbeihetzen sah, würdigte er sie eines kurzen Blickes und kaum längeren Kopfschüttelns, bevor er sich erneut über den Kopf des offenbar seinen Verletzungen erlegenen Murr beugte und als Gegenprobe nun die Lippen unmittelbar über dem halb offenen Murrmund schweben ließ, um jeden noch so leisen Lufthauch als letzten oder vorletzten Odem des Verlegers zu erhaschen. Doch auch das blieb ohne Erfolg. Denn – und das hatte dem Arzt ein erster, ein allererster Blick in Murrs, wie gesagt, halb offenstehende Mundhöhle unverblümt verraten – noch der leiseste Hauch, der um die fauligen Zahnruinen vor allem der hinteren Kieferpartien gestrichen wäre, hätte wie der Lieblingshöllenpfuhl des Leibhaftigen auf Sohle sieben im satanischen Dunkelreich stinken müssen. »Ein, wenn auch in diesem Fall hier ausbleibendes, so doch trauriges Zeichen. Dass nämlich selbst die mittleren Stände den Weg zum Medicus allzu selten antreten, lieber den Körper verfallen und bei lebendigem Leib verrotten lassen. Es ist ein Kreuz«, befand der Arzt, »ein einziges Kreuz. Mal ganz davon abgesehn, dass dementsprechend und ganz allgemein der Berufsstand des Mediziners vollkommen unter Wert gehandelt und behandelt wird. Obwohl, dass die Herrschaften den Weg zu den Doctores nicht finden, hat mit Sicherheit weniger damit zu tun, dass es ihnen an den paar Groschen gebricht. Vielmehr lassen selbst aufgeklärte Männer klugen Geistes die besagten paar Groschen lieber diesen Badern und Quacksalbern fürs Zähneziehn in die Hände klimpern. Statt dass sie die paar mehr Groschen aufbringen und den Mumm haben, sich den feinfühligen, an der langen Erfahrung geschulten Händen eines Mediziners, wie ich es mir in aller Bescheidenheit anmaße zu sein, zu überlassen«, jammerte das bucklicht Männlein vor sich hin. Während er sich nun Murrs annahm, ihm endlich die Augen zudrückte und selbst dabei nicht müde wurde, die Schlechtigkeit der Welt und der Menschheit zu besingen.

– . –

Schon ein Ding! Dass mich dieser Großmeister des Versmaßes auch über den Abstand von zweieinhalb Jahrhunderten hinweg derart in seinen Bann geschlagen hat! Für Jahre und Jahrzehnte. Keine Ahnung, was das ist, das mich ihm die Treue halten lässt. Kann nicht nur seine Dichtung sein. Obwohl großenteils traumschön, musste ich frank und frei zugegeben, doch bei etlichen Versen ums Verstehen, um Anker und Haltegriff kämpfen. Keineswegs immer das reine Vergnügen. Widerspenstige Forderung und Aufforderung, seine Poesie.

»O Hoffnung! holde! gütiggeschäftige!
Die du das Haus der Trauernden nicht
verschmähst,
Und gerne dienend, Edle! zwischen
Sterblichen waltest und
Himmelsmächten,

Wo bist du? wenig lebt' ich; doch atmet kalt
Mein Abend schon. Und stille, den
Schatten gleich,
Bin ich schon hier; und schon gesanglos
Schlummert das schaudernde Herz im
Busen.«

Und eben diese Emulsion aus Herausforderungen erwischt mich auch jedes Mal, wenn ich versuche, mir einen Reim auf sein Leben zu machen. Auf sein unzulängliches, unzugängliches.

Ist es das, genau das, was mich in der Spur hält, was mich dranbleiben lässt? Seit Jahren und Jahrzehnten.

— . —

Richter Paul Reinhardt Heckle hatte vom Physicus, dem unselig Verblichenen und dem zwischenzeitlich ebenfalls auf die Knie gesunkenen Spreuer abgelassen. Und er stiefelte – und ihm an die Fersen geheftet Johann Burger – eben jene Rampe hinauf, die vor kurzem die Schrecken verbreitenden Fässer hinabgeturbelt waren. Beim Herweg eben hatte Murrs Famulus die Gelegenheit genutzt, den beiden Ermittlern den Hergang so detailliert zu schildern, wie es Spreuers dem Lauftempo geschuldete Kurzatmigkeit zuließ. Sie waren also leidlich im Bilde. Wussten zumindest, dass die Fässer nicht die unmittelbare Todesursache, wohl aber die Auslöser des tödlich endenden Verlaufs der Ereignisse gewesen waren.

Im Hof der Weinkellerei hatten sie zunächst den Kutscher, den Spreuer bei völlig wirrer und amtsanmaßender Androhung einer Haftstrafe ungewisser Dauer zum Bleiben veranlasst hatte, mit der Anweisung beschieden, sich weiterhin zur Verfügung zu halten und nicht von der Stelle zu rühren, weder mit seinem Gefährt noch ohne. Was ein bald lautstark fluchendes, bald jämmerlich klagendes Lamento hervorrief – mein Gott, er habe einen Termin vor der Brust, müsse noch vor Einbruch der Dunkelheit die beiden jungen Damen, die murrend in seiner Kutsche ausharrten, beim Lyzeum im vier, wenn nicht fünf Landmeilen entfernten Kloster auf der Alb abliefern. Andernfalls werde man ihm die sprichwörtliche Hölle heiß machen. Was sie sich denn, die Herren der weltlichen Gerichtsbarkeit, dächten, wer sie seien! Mit welchem Fug und mit welchem Recht sie sich denn über die Anweisungen der ehrwürdigen klösterlichen Stellvertreterinnen Gottes auf Erden hinwegzusetzen anmaßten! Wie sie denn dazu kämen, ihn, den armen, gänzlich arg- und harmlosen, den unbescholtenen Kutscher dafür zur Verantwortung ziehn zu wollen, dass ein doch ganz offensichtlich desorientierter Passant in die vorbeipreschende Kutsche getaumelt und unter die sprichwörtlichen Räder gekommen sei.

Überhaupt, was heiße hier »vorbeipreschend«! Selbstredend sei er im innerstädtisch angemessenen Schritttempo gefahren. Absolut. Absolut sicher. Im Schritt, jawoll. Schon um die Kräfte der Rösser zu schonen, ihre Explosivkraft zu zügeln, um sie dann jenseits der Stadttore auf Tempo zu bringen, dann aber umso mehr. Dafür, ja, dafür, dass er überaus langsam unterwegs gewesen sei, als sich der tragische Unfall ereignete, dafür lege er die sprichwörtliche Hand ins Feuer. Mitsamt Zügel. Und wenn man ihm nicht glaube, so liege das doch mal wieder bloß an dem niederen Rang, den er als Kutscher in den Augen seiner Majestät, des Richters bekleide. Das habe mit Gerechtigkeit, dessen Hüter er doch wohl sei, nun wahrlich nicht die Bohne was zu tun. Und und und.

Er konnte von Glück reden, dass die beiden Ermittler von all dem nichts mitbekamen, nicht hörten, wie er sich hier in Rage und um Kopf und um Kragen redete. Dass sie sich längst abgewendet hatten und, wie erwähnt, die Rampe hinaufhechelten, um den Weg zurückzuverfolgen, den eben die Fässer genommen hatten. Es ging bekanntlich nichts über unmittelbare Inaugenscheinnahme vor Ort. Binsenweisheit kriminalistischer Ermittlungsstrategien.

Auch wenn – selbstredend, dessen waren sich die Herrn Heckle und Burger sehr wohl bewusst –, auch wenn wahrlich wenig Grund zur Hoffnung bestand, dass man den Herrn des Fässerkatapults noch an Ort und Stelle würde antreffen können. Wie sich denn auch sogleich bestätigte, als die beiden Starermittler oben auf der Startplattform angekommen waren. Nein, keine Menschenseele. So gottverlassen, dass man sich fragte, ob denn und wie denn der Bursche, den auch Spreuer nicht wirklich gesehn hatte, geschweige denn hätte beschreiben können, in der Lage war, alleine die bleischweren Fässer, die doch sonst von Kränen und Flaschenzügen manövriert wurden, an den Start zu bringen und ins Rollen zu versetzen. Ein Umstand, der ganz fraglos darauf hindeutete, wie Richter Heckle, mit dem Finger an die Stirn tippend, feststellte und Gendarm Burger in seinem Protokollbüchlein festhielt, ganz ohne Zweifel darauf hindeutete, dass all das von langer Hand geplant und vorbereitet worden war. Dass der Übeltäter die Fässer also vorher in die Startposition gebracht und den geeigneten Zeitpunkt abgewartet hatte. Bevor er sie durch Wegschlagen des hölzernen Bremsklotzes womöglich, den Burger soeben mit spitzen Fingern aufhob und begutachtete, auf die Reise schickte und ihnen beim Abwärtspoltern zuschaute. Und sein hämisches Gelächter anstimmte.

»Aber wie sollte er wissen«, ging Burger dazwischen, »dass ausgerechnet in dem Moment die Kutsche um die Ecke prescht?«

Eine Frage, die unheilvoll in der Luft hängen blieb. Richter Heckle indes war schon beim Resümieren angekommen. Gut gut, so weit, so schön, befand er, aber diese paar Erkenntnisse hätte man sich nach Spreuers Schilderungen auch zusammenreimen können. Dafür hätte er nun wirklich seinen ausladenden Spitzbauch nicht bis zu dieser schwindelnden Höhe hier hinaufasten müssen. Als hätte er nichts Bessres zu tun. Doch, hatte er, austreten zum Beispiel. Dringend! Ob man die Korridore des Verladeschuppens, soweit die Türen nicht verschlossen waren, noch abgehn sollte? Ob man mal endlich den Kellermeister, den Weinhändler, die ganze Mischpoke, die hier und heute durch Abwesenheit glänzte, auftreiben sollte? Ob man die Stadttore schon vor der ohnehin nicht mehr allzu fernen Abendstunde schließen sollte, damit der todbringende Fässerschmeißer nicht mir nichts, dir nichts das Weite suchen und finden, sich nicht im Schutze der hereinbrechenden Dämmrung zwischen den Wäldern und Fluren vor der Stadt würde verbergen können?

Fragen, die Richter Heckle, drei Finger an der Stirn, hin- und herrollte und -wälzte wie schwere Weinfässer, von allen Seiten betrachtete und noch zu keiner schlussgültigen Antwort geführt hatte, geschweige denn zu einem Entschluss. Fragen, die seiner absolut notwendigen Erleichterung im Weg standen, die wohl oder übel Vorrang hatten, die schwer wogen und wohlbedacht sein wollten, um die Ermittlungserfolge nicht durch voreiligen Übereifer von vornherein zu vereiteln. Fragen, die …

»Verdammt«, raunte Burger plötzlich.

»Was denn?«, fuhr der Richter ihm in die Parade, »so halt er sich geschlossen! Ich denke.«

»Da, seht Ihr das?«

»Was? Das rot-schwarze Krötentier oder was das sein will?«

»Kein Krötentier, das ist ein Nastuch.«

»Ach nee, kein Krötenvieh, ja so was! Ja und?« Dieser Burger. Mal wieder war es Burger, der es zuerst sah, verflucht und zugenäht. Aber Heckle – natürlich – ließ sich den Ärger nicht anmerken. »Kann ich jetzt hier vielleicht mal meinen Gedanken zu Ende bringen?!«

»Kein normales Nastuch«, insistierte Burger und wunderte sich auch, woher er die Kraft nahm, dem Herrn Richter fortwährend zu widersprechen. »Das ist – seht Ihr diese schwarzen Flecken?«

»Da hat's einer nötig gehabt. Hat seinen Riechkolben einer ausgiebigen Reinigungsprozedur unterzogen. – Burger, macht mich nicht irre! Ich war gerade kurz davor, eine ganz wesentliche Entscheidung zu treffen. Solltet Ihr hier die Ermittlungstätigkeit stören oder gar torpedieren, dass wir uns da ganz klar

verstehen, dann könnte ich mich gezwungen sehen, Euch gänzlich des Feldes zu verweisen.« Richter Heckle rieb sein wulstig-
wurstiges Zeigefinger-Mittelfinger-Pärchen an der Schläfe.

Johann Burger hielt es nicht mehr aus. Mit noch mehr als eben
beim Bremsklotz angespitzten Fingern, mit angewiderten Fingern hob er das wenig ansehnliche Tuch auf und hielt es gegen's
Licht. »Das sind keine Rotzflecken, Herr Richter, da hat einer
sein Taschentuch zweckentfremdet. Hat versucht, irgendwas
abzuwischen, was Schwarzes. Weiß der liebe Himmel was.«

»Der liebe Himmel, richtig – Sakrament, Burger, vorsehn! Das
ist höchst wichtig, mein Gott, das ist nicht bloß ein Nastuch! Ihr
könnt das doch nicht einfach so auseinanderzupfen, ihr vermasselt ja wertvolles Beweismaterial. Immerhin lag das ent-
stellte Stück Stoff ja unmittelbar an der Stelle, wo der Gesuchte
gestanden haben muss, als er den Bremsklotz wegschlug oder
wegtrat.«

»Eben! Sag ich doch.«

»Ihr haltet Euch jetzt mal geschlossen! In mir reift soeben eine
Entscheidung.« Der Untersuchungsrichter stützte den Daumen
auf seinen Wangenknochen und tippte mit den restlichen vier
Fingern der Linken auf der Stirn, als gelte es, höchst virtuos
die Klaviatur des Denkens in Sechzehnteln zu betätigen, während er der Ausführung des raffinierten Fingersatzes mit dem
Daumen auf der Wange Halt gab.

— . —

*»Aber das Haus ist öde mir nun, und sie haben mein Auge
Mir genommen, auch mich hab' ich verloren.
Darum irr' ich umher, und wohl, wie die Schatten, so muß ich
Leben, und sinnlos dünkt lange das Übrige mir.«*

Hölderlin war aufgestanden. Ging drei Schritte und stellte sich in die Mitte seines Fensterrunds. Verlor sich links in den Anblick der Trauerweide am Neckarufer, gradeaus in den Fernblick zum Albtrauf und rechts in den Anblick der alten Bäume im Clinicumsgarten gleich nebenan, an denen der Oktober schon seine erste Palette ausprobiert hatte und die ein bunt schillerndes Herbstlicht ins Turmzimmer warfen.

»Zwei Tote binnen so kurzer Frist. Das kann doch nicht angehn.« Hölderlin sah Tischlermeister Ernst Friedrich Zimmer an, der fürs Erste Position auf der Schwelle bezogen hatte.

»Wenn ich Euch's doch sage!«

»Guter Gott«, murmelte Hölderlin so leise, als offenbare er ein großes Geheimnis. »Wo dreht die Welt sich hin?«

Der Tischler, immer noch auf der Türschwelle stehend, sah Hölderlin in den Rücken. Sah an ihm vorbei in den knallblauen Oktoberhimmel. Ließ sich von Hölderlins Nachdenklichkeit nicht zum ersten Mal anstecken, wusste ihr aber eine positive Wendung zu geben: »Da lob ich mir meine Bretter, mein Holz, wo ich ganz schlicht und ganz einfach eine Kommode draus zu fertigen hab. Jeder Handgriff sitzt, jedes Hölzchen weiß, was zu tun ist.«

Worauf nun wiederum Hölderlin, ebenfalls nicht zum ersten Mal, einschwenkte. »Und ich lob mir meine Wörter, wo ich Verse draus zu schmieden hab. Und die Welt mag ihr verdrecktes Antlitz drehn, wohin sie will.«

Er musste lachen. So lange, bis auch Zimmer einstimmte. Entfesslung nach den trüben Gedanken und den üblen Nachrichten.

Doch plötzlich wurde der Schreinermeister still. Und ernst. »Ja, wollt Ihr denn gar nicht wissen, um wen es sich bei den beiden armen Tröpfen handelt?«

Hölderlin, den Blick unverwandt aus dem Fenster gerichtet, das Gesicht durch die eindringende Herbstsonne von einer Aura umgeben, den Rücken von der Last des wieder über ihn hereinbrechenden Trübsinns gebeugt, antwortete wie abwesend: »Doch, ja doch.«

Zimmer beschlich ein ungutes Gefühl. War er zu weit gegangen? Warum ließ er die Sache nicht auf sich beruhen? Warum diesen empfindsamen Geist damit behelligen? Wie um ihn zu warnen, murmelte er: »Das wird Euch allerdings übel treffen, Hölderlin.«

Dieser drehte sich wie wachgerufen um. Fixierte Zimmers Augen, bis sie anfingen, hin und her zu zittern. »Raus damit!«, dröhnte der eben noch völlig gedankenversunkene Dichter. »Ihr müsst mich nicht schonen.«

»Doch«, schaltete Ernst Zimmer sofort, »doch; die Doctores sagen, grad im Gegenteil, Aufregung ist überhaupt nicht gut in Eurem Zustand.«

Hölderlin lachte. Diesmal ein hämisches Lachen. »Papperlapapp«, grölte er. »Wer, Meister Zimmer, wer sind die beiden, die da meuchelmörderisch …?«

»Verleger Murr und sein Drucker«, schnellte die Antwort aus
Zimmer hervor, mit einem Tempo, das ihm keineswegs geheuer war. An Hölderlins Gesicht ließ sich – ohne jeden Hauch von
Zweifel – ablesen, dass Zimmers Bedenken ihre Berechtigung,
ihre verdammte Berechtigung hatten.

Hölderlin tat ein paar Schritte, griff ins absplitternde Furnier des
Klavierdeckels und riss einen langen Splint ab. Dann hielt er sich
am Rahmen der Klaviatur fest. In fast aufrechter Haltung. Fast.
»Ist das – das ist Euer heiliger Ernst?«

Zimmer wusste sich keinen anderen Rat, als sein allzu forsches,
unbedachtes Verkünden der ungeschminkten Wahrheit durch
weitere Fakten abzufedern: »Ludwig Gustav Murr und Johann
Maximilian Bell. Gott hab sie selig.«

Hölderlin gefror das Gesicht. Der ganze Körper, ein arktischer
Eisblock. »Aber …«

»Ich weiß«, antwortete Zimmer schnell, »und doch ist es so.«

Durch den Schock schien Hölderlin ein Gran Geistesgegenwart
wiedererlangt zu haben: »Und die Gendarmen, die Gerichtsbarkeit …?«

»Hat sich alles ordnungsgemäß in Bewegung gesetzt«, unterbrach ihn der Tischlermeister, »nur dadurch hat das Drama ja
die Runde gemacht, nur daher weiß auch ich davon. Deshalb
sind die beiden Toten zum Stadtgespräch Nummer eins avan-
ciert.«

Hölderlin wandte sich ab, drehte eine seiner üblichen Runden
durchs Turmzimmer und kam wieder vorm mittleren seiner
fünf Fenster zu stehn, wo sich die Blicke im wie zum Hohn ma-
kellosen Blau des Oktoberhimmels verloren. Bevor sie einen
kleinen Ausflug zum gegenüberliegenden Neckarufer wagten.

»Meister Zimmer«, murmelte er kaum verständlich durch die zu schmalen Strichen gepressten Lippen, »wann geht die nächste Kutsche Richtung Stuttgart, Frankfurt, Homburg?«

Zimmer schreckte auf. Wagte endlich, die Schwelle zu verlassen und in Hölderlins Kammer zu treten, die doch eigentlich niemand als ihm selbst gehörte, die er Hölderlin aber seit einem halben Jahr zur Verfügung stellte, mit tiefer Verbeugung. Jetzt, einmal in Gang gekommen, tat er ein paar forsche Schritte und baute sich direkt vor Hölderlin auf, nahm ihm die Herbstsonne aus dem Gesicht. »Ihr wollt verreisen? – Das kann ich nicht zulassen. Darf ich nicht zulassen!« Sagte er mit einer Vehemenz, als wäre er selbst Autenrieth, dieser Professor oder was der war, der jedenfalls mit seinem Latein am Ende war und seinen Schützling bei »*Manie als Nachkrankheit der Krätze*« oder wahlweise »*geistiger Verrückung*« für unheilbar erklärt und entlassen und in seine, Zimmers, Hände übergeben hatte.

Hölderlin aber ließ sich von der professoralen Strenge, die Zimmer an den Tag legte, nicht beeindrucken. »*Ein Gott ist der Mensch, wenn er träumt, ein Bettler, wenn er nachdenkt*«, murmelte er und pochte mit einem unnachgiebigen »Die Kutsche – wann?« auf seine Frage.

Zimmer knickte ein und rückte freigiebiger, als er eigentlich wollte, mit der Information raus: »Klock vier in der Früh.«

»Ich setz ein Schreiben an Sinclair, meinen Herzensfreund auf. Und Ihr, Zimmer, Ihr übergebt mir bittschön den Brief heute noch dem Postillion!« Mehr eine Anordnung als eine Bitte, die Hölderlin mit einer Unnachgiebigkeit vortrug, die keinen Widerspruch duldete.

Zimmer war zu entgeistert, als dass er diesen Auftrag unwidersprochen hätte entgegennehmen können. »Heute noch?«

Mit der Freundlichkeit eines großen Gönners, die doch eigentlich seinem Gegenüber entschieden besser zu Gesichte gestanden hätte, trilierte Hölderlin: »Oder in der Nacht um halb vier.«

Was Zimmer mit einem leicht unterkühlten »Heute noch« parierte. Und ohne große Kratzfüße zu veranstalten, empfahl er sich mit der kurzen Bemerkung, Advokat Brunners Kommode warte, und er, Hölderlin, möge sich zu ihm in die Werkstatt verfügen, sobald das Schreiben fertig sei. Worauf er, Zimmer, dann für die Überstellung an den Postillion Sorge tragen werde. Noch heute.

»Aber«, rief Hölderlin dem abziehenden Tischler hinterher, »aber Ihr schickt nicht den Laufburschen! Das Schreiben, das ist – dafür steht Ihr mir persönlich in der Verantwortung.«

Wofür Hölderlin einen finstren Blick erntete, der ihn dazu veranlasste, noch ein »Seid so gut, Meister Zimmer! Gott wird's Euch vergelten« nachzutragen.

– . –

47

Es gab da diesen Kommilitonen. Paar Semester über mir. Ich kannte ihn nicht, aber er war mir sympathisch. Keine Ahnung, wieso er mir auffiel. Irgendwie erfuhr ich, dass er nicht mehr studierte, sondern promovierte. Über: Hölderlin. Irgendwann, kurz vorm Abschluss seiner Arbeit, stellte er seine Ergebnisse im größten Vorlesungssaal, den das Institut zu bieten hatte – ich weiß nicht, wie er zu dieser Ehre kam – coram publico vor. Las aus der dicken Schwarte, zu dem das Typoskript seiner Doktorarbeit angewachsen war. Garniert mit anekdotischen Nebengeschichten.

Wahrhaftig ein fesselnder Vortrag! Der sich vor allem um die Frage rankte, ob Hölderlin geisteskrank war. Und der – fast selbstverständlich – die These vertrat, dass nicht! Dass man Hölderlin die Wahnsinnsanfälle angedichtet hatte. Weil, womöglich weil man mit seinem Wahnsinnsgenie nicht klarkam.

An- oder Ausfälle, die ja interessanterweise vom Tischler Ernst Friedrich Zimmer und auch von dessen Tochter Lotte, die Hölderlin in seinen letzten Lebensjahren treu sorgend betreute, tatsächlich nie als Tobsuchtsanfälle bezeichnet wurden. Ganz im Gegensatz zu Johann Heinrich Ferdinand Autenrieth, der Hölderlin im Frühjahr 1807 eine unheilbare *Hypochondrie* attestierte und ihn als hoffnungslosen Fall aus dem Tübinger Universitätsclinicum entließ. Nach acht Monaten Zwangsbehandlung und Torturenmühle getreu der Autenrieth'schen Devise: *»Wir werden dir dein Narrenmaul schon stopfen!«*, nach Verabreichung von Tollkirsche, von einem quecksilberhaltigen Abführmittel, von Fingerhut und Opium, nach Einreibungen mit *»Autenrieths Märtyrersalbe«* auf der kahlen Kopfhaut, um künstliche Geschwüre zu erzeugen. Entlassen nicht ohne die fundierte ärztliche Prognose, dass ihm ohnedies nur noch wenige weitere Lebensjahre gegeben seien.

Tischler Zimmer nahm sich des bewunderten *Hyperion*-Dichters an. Zweifel an der krankhaften Relevanz der psychischen Störungen oder wenigstens an deren Ausma-

ßen sind also nicht ganz abwe-
gig. Durchaus nicht völlig, nicht
völlig von der Hand zu weisen,
dass seine Zeitgenossen der Fülle
seiner Einfälle nicht gewachsen
waren und er – womöglich spaßes-
halber – Anfälle erfand.

– . –

53

»Verehrungswürdige Frau Mutter! Ich schreibe Ihnen schon wieder einen Brief. Ich weiß nicht, ob Sie mir den zuletzt geschriebenen beantwortet haben. Ich vermute, daß er beantwortet ist. Nehmen Sie mir, nach Ihrer Güte, diese Behauptung nicht übel.«

— . —

»Ich sag's Euch, Ihr müsst Euch jetzt dahin bequemen!«

»Schon wieder einer?! Ja, gibt's das?«, knurrte Richter Heckle und setzte sich auf.

»Die Leute geben keine Ruhe mehr. Ist doch jetzt schon Tage her, dass die Nachbarn's bemerkt haben. Bevor sie dann das Drama in seinen ganzen Ausmaßen durchs halbblinde Werkstattfenster erspäht haben«, rapportierte Johann Burger, noch bevor er seine Verbeugung vollendet und den Kopf wieder in aufrechte Position gebracht hatte. »Sie haben sich gewundert, dass tagelang die Druckmaschine nicht gerattert hat, dass keiner ein- und ausging in der Werkstatt. Und dann der Geruch, wie er durch die Fensterritzen kriecht! Pestilenzartig!«

»Vielleicht ist der gute Mann einfach nur vom Schlag getroffen worden.«

»Vielleicht«, gab Burger zu, »und vielleicht sollten wir deshalb wieder einen Medicus hinzuziehn.«

»Vielleicht sollten wir nur den Medicus hinschicken«, erwiderte Heckle und legte zwei Finger an die Schläfe.

»Das wird nicht möglich sein«, kam es prompt zurück, »vor Bells Druckerei hat sich wieder eine stattliche Volksmenge versammelt, ein regelrechter Mob. Schon den zweiten, den dritten Tag. Man verlangt nach dem stärksten Arm des Gesetzes, den Tübingen zu bieten hat. Also nach Ihnen, Herr Richter. Nach dem Manne der württembergischen Ehrbarkeit, der sich doch auch die Ermittlungen im Falle des tragisch verschiedenen Ludwig Gustav Murr auferlegt hat.«

»Eben deshalb werde ich ja hier erschlagen von Fragen, von Vorgängen, von Arbeit. Könnt Ihr das den Leuten nicht begreifbar machen?«

»Richter Heckle, darf ich Euch untertänigst bitten, den Schlafrock abzulegen und sich mit mir zur Druckerei Bell zu begeben?! Und zwar jetzt. Und zwar eilends.«

Der Richter nahm die Finger von der Schläfe, stöhnte, streckte sich. Er bedeutete dem Gendarm, draußen auf dem Korridor zu warten. Sodann erhob er sich aus dem Ohrensessel, in den er sich, auf das ohrenbetäubende Türgewummer Burgers hin eiligst aus dem Bett gesprungen, hatte fallen lassen. Bevor der so ungeduldige wie unverschämte Gendarm, jede Distance missachtend, hereingestürmt kam.

Jetzt, nachdem dieser aufdringliche Laffe den Rückzug angetreten und aufforderungsgemäß in den Korridor retiriert war, ließ Heckle den Morgenmantel achtlos herabgleiten und sich auf dem Boden in den Schlaf der bis zum Abend befristeten Nutzlosigkeit kringeln. Heckle puderte sich, knöpfte und zupfte Hemd und Kragen zurecht, zog die Hosen und den amtlichen Rock an. Die Robe nicht – die war selbstredend für den Außeneinsatz nicht angezeigt. Wohl aber setzte er die Perücke auf, die ihm auch draußen in der rauen Wirklichkeit jenseits des Gerichtsgebäudes amtliche Macht verlieh. Auch wenn die Locken auf der rechten Seite, wie er bei einem Seitenblick befand, mal wieder dringend der Nachbesserung bedurften. Fehlte noch der schwarz-elegante Regenumhang aus dünnem, doch nahezu wasserdichtem Filz.

Ein letzter, wohlgefälliger Blick in den Spiegel. Dann trat er gestiefelt und gespornt in den Korridor, hieß Burger, ihm zu folgen, und verließ das Haus. Kaum auf die Gasse getreten, überkam ihn ein nicht zu ignorierendes Bedürfnis, dem er denn auch eiligst in einer der nächstbesten Häusernischen nachkam. Zumindest, was den Großteil des Überdrucks anging. Er schlug die letzten Tröpfchen ab, um sodann rauschenden Rockschoßes um die Häuser zu fegen. Wie der Wirbelwind, der noch gestern Abend sein Unwesen diesseits und jenseits der Stadttore getrieben hatte.

Der fledermausflatternde Umhang mit einem ins Revers geduckten Kugelrundschädel und der drahtige, dem Vorauseilenden unverdrossen in den Nacken plappernde und zugleich bei jedem Schritt unterwürfig nickende Ordnungshüter schossen schnellen Schrittes um die Ecken, durch die Gassen. Der Richter enthielt sich jeder weiteren Erleichterung, und sei sie noch so dringend angezeigt. Und sie bogen mit durchaus beachtlichem Tempo in die Gasse ein …

Johann Burger hatte kein Gran übertrieben: Vor dem Haus mit der Druckerwerkstatt lamentierte, druckste, zeterte eine vor- und zurückwogende Traube von Menschen. Ein wirres Gewusel, Geboller, Ellbogengerummse, Armefuchteln, Schulterdrücken: Jeder versuchte, sich nach vorne durchzumanövrieren, um einen Blick durchs Werkstattfensterchen auf die in der verkrusteten Blutlache gekrümmte Leiche zu erhaschen. Wissbegier, Neugier – nein, rasende Sensationsgeilheit einer an Sensationen nicht eben reichen Stadt und Stätte. Man dankte Gott auf Knien für jeden Skandal, der den trüben Tübinger Alltag aufbrach. Nahm das Angebot nur zu gern an und schob sich, so gut, so schnell es ging, nach vorn zu dem winzigen Guckloch im staubverschmierten Druckereifenster. Um den bereitwilligst gezahlten Preis fäustetraktierter Nieren und unter Missachtung der untergepflügten Mitstreiter.

»Weg da!«, posaunte Johann Burger, hinterm Rücken des Richters hervorlugend, »aus dem Weg! Der Arm des Gesetzes naht.«

Eine Aufforderung freilich, die der Gendarm auch in die vor der Dachdeckerei gegenüber aufgestapelten Strohballen hätte brüllen können. Niemand, aber auch gar niemand fühlte sich veranlasst, auch nur einen Zoll zurückzuweichen, geschweige denn eine Gasse zu bilden und dem flatternden Richterrock Durchlass zu gewähren. Richter Heckle, obwohl alle Welt nach ihm geschrien hatte, prallte gegen eine wabernde Wand aus Rücken von Leuten, die immer noch versuchten, sich nach vorn durchzuschlagen. Er wurde zurückgestoßen und rannte erneut an. Nur um unverrichteter Dinge zurückzufedern. Bis sich Johann Burger ein Herz nahm und brüllend und boxend der hohen Gerichtsbarkeit einen Weg durch die Schaulustigen bahnte.

»Auseinander«, schrie er, »Richter Heckle ist da.«

»Wird aber auch langsam Zeit!«, dröhnte es aus der Menge. »Zum Henker, das sind doch jetzt schon Tage.«

»Schon bald nicht mehr wahr«, pflichtete man von anderer Seite bei und schimpfte wie ein Schwarm Rohrspatzen. »Lässt sich die ganze Zeit bloß der Gendarm hier blicken.«

»Und zieht jedes Mal hopplahopp wieder ab, um den ›schlagkräftigsten aller Ermittler‹ zu holen.«

»Und kommt am nächsten Tag wieder allein angedackelt. Und am nächsten.«

»Gibt's einen Schlosser hier?«, erhob jetzt der Richter selbst die Stimme. So kraftvoll es ihm eben gegeben war. Es war ihm jedoch nicht allzu viel gegeben, wie's schien. Auch wenn sein breiter Schädel vor Anstrengung – oder war's Zorn? – puterrot angelaufen war, verfingen seine Worte erst, als Burger sie aufgriff, mit der sonoren Stimme der Gendarmerie wiederholte.

»Klar«, meldete sich ein piepsiges Stimmchen, das auf halber Strecke in einen knirschenden Bass verfiel.

»So 'n Dreikäsehoch nützt uns nichts«, japste Heckle.

»Sonst noch ein Schlosser?«, setzte Johann Burger nach.

Und erntete nichts als die Antwort: »Nö, das wüsst ich.« Von Seiten des hageren Jungspunds. Wenn's hoch kam: ein Lehrling. Wenn's ganz hoch kam.

»Öffnen!«, ranzte der Richter ihn an, wühlte mit drei Fingern die vorwitzig langen Haare seiner üppigen Augenbrauen auf und wies mit dem spitzen, wie eine Aasgeierkralle abgeknickten Zeigefinger der andern Hand auf das Schloss der Bell'schen Werkstatttür.

Was sich der Hänfling nicht zweimal sagen ließ. Er ruderte noch vorne durch, kramte noch unterwegs in seinen metallklappernden Hosentaschen herum und klaubte just in dem Augenblick, als er – direkt neben dem Richter – an der Werkstatttür angekommen war, den gesuchten Dietrich hervor. Und schritt umstandslos zu Werke. Mit einer Fingerfertigkeit, die in Gendarm Burger nicht nur Bewunderung auslöste, sondern zugleich den Verdacht keimen ließ, der Bengel würde sich nach Feierabend womöglich anderweitig mit seinen Künsten zu schaffen machen. Nicht unbedingt zum Wohle des Eigentums anderer Leute, unbescholtener Bürger zumal. Der Gendarm nahm sich vor, den abendlichen Umtrieben des Lehrjungen nachzugehen. Bei Gelegenheit. Jetzt aber kam ihm dessen Talent grade recht.

Schnack, sprang die Tür auf! Und die Menge im Rücken der Ermittler raunte anerkennend – fast eine Art Applaus – und schob und presste. Immer noch und jetzt umso mehr wollte jeder unbedingt als Erster den grausigen Anblick des Opfers goutieren. Johann Burger hatte alle Mühe, Heckle den Rücken leidlich frei

zu halten und ihn nicht von den nachrückenden Gaffern über-
rollen zu lassen.

Heckle indes schritt, ohne die Burger'schen Mühen auch nur im
Entferntesten zu würdigen, über die Schwelle und näherte sich
bedächtig, von wachsendem Ekel heimgesucht, dem Ort des
Grauens. Während es Burger tatsächlich gelang, die Tür trotz der
erdrückenden Übermacht wieder zu schließen und von innen
den Riegel zuzuknallen. Er hatte allerdings nicht bemerkt, dass
es Marius, dem spillerigen Schlosserjungen, mitten im Tumult
gelungen war, mit in die Druckerei zu schlüpfen. Und dass er
nun in einer schattigen Nische stand und die Szene beobachtete.

Beobachtete, wie Richter Heckle sein Taschentuch aus der Hosentasche zupfte und sich vor den ausladenden, spitz aus seinem
Mondgesicht ragenden Riechkolben presste. Während er, und
in seinem Gefolge Gendarm Burger, einen halben Meter vorm
zusammengekrümmten Meister Bell zum Stehen kam. Unsinn,
befand der Schlosserbursche, ohne sich freilich einen lautstarken
Kommentar zu erlauben, vollkommener Blödsinn, dass Burger
jetzt in die Knie ging, sich kurz den Schweiß, der in Pfützen auf
seiner Stirn zusammengelaufen war, abwischte, die Luft an-
hielt und sich hinabbeugte, um an Bells Unterkiefer und Hals-
speck herumzutasten. Das sah man doch auf zehn Meilen Entfernung, dass der Druckermeister tot, mausetot war. Nicht zu
fassen. Marius hätte fast lachen mögen, gab aber keinen Mucks
von sich. Natürlich nicht. Stiller Genießer.

Der Gendarm, noch auf den Knien, legte die Stirn in Falten,
schüttelte kurz den Kopf und sah zu Richter Heckle auf. Dieser
beantwortete Burgers Kopfschütteln mit sanftem, fast gutmü-
tigem Nicken. Was den Gendarm nun wiederum dazu veranlasste, dem armen Bell die, wenn sein fachmännischer Blick ihn
nicht täuschte, wahrscheinlich schon seit Tagen offenstehenden
Augen zu schließen. Dass das funktionierte, sprach eindeutig
dafür, dass sich die Leichenstarre wieder gelöst hatte, der Tod

also vor allemal 50, 60 Stunden eingetreten war. Womöglich – womöglich just am Dienstag. Wie Burger mit der Scharfsinnigkeit des erfahrenen Ordnungshüters den schon des Längeren anhaltenden Druckereistillstand, den Zustand der Leiche, die Geruchsentwicklung und den Madenbefall der Augäpfel und Hautritzen zusammenreimte.

»Den hat's«, behauptete er jetzt mal einfach, »am Dienstag erwischt.«

»Keine voreiligen Schlüsse aus unberufenem, unbefugtem Munde, wenn ich bitten darf. Die Rekonstruktion des Tathergangs obliegt ...«

»... obliegt allein Eurer richterlichen Hoheit. Verzeiht meinen Übereifer!«

»Verrat er mir lieber, welcher Verletzung der Unglückliche erlegen ist!«

»Am Dienstag«, hing Burger noch in seiner Gedankenschleife fest.

»Am Dienstag, Sakrament, was war am Dienstag?«, stieß Richter Heckle hervor, »Ihr macht einen ja vollkommen närrisch mit Eurem Dienstag.«

»Ja, wisst Ihr denn nicht, erinnert Ihr Euch denn nicht?«

»Doch, sicher. – Woran denn?«

»Der unter die Kutsche geschleuderte Verleger!«

»Das ist doch hanebüchen«, platzte dem Richter die Hutschnur, »Ihr stellt hier Zusammenhänge her, die nicht Hand noch Fuß ...«

»Aiih«, kreischte es plötzlich aus einer schattigen Nische im Rückraum der Werkstatt. Und noch mal: »Urrrgh – eine pechschwarze Pfütze! Das Blut des Satans!«

– . –

»Aiih«, kreischte es plötzlich aus einer schattigen Nische im Rückraum der Werkstatt. Und noch mal: »Urrrgh – eine pechschwarze Pfütze! Das Blut des Satans!«

»Weh mir, wo nehm' ich, wenn
Es Winter ist, die Blumen, und wo
Den Sonnenschein,
Und Schatten der Erde?
Die Mauern stehn
Sprachlos und kalt, im Winde
Klirren die Fahnen.«

Schon, aber noch war es Herbst. Das eigene Gedicht überholte ihn, kam vor seiner Zeit. Die Vorahnung indes, die hockte schon und griente schon im bunten Laub der alten Bäume. Aber noch war es nicht Winter. Noch klirrten die Fahnen nicht.

Noch spiegelte der Neckar den oktoberblauen Himmel in seine Kammer. An diesem frühen, jungfräulich frühen Morgen. Das Leben lächelte durch die hellblauen Licht-Bilder, die sich auf den runden Wänden seines Turmzimmers abzeichneten. Tanzte im Rhythmus seiner Füße, die ihre Kreise zogen, ihn um die eigene Achse drehten, immerzu immerzu durch seine Kammer. Die dem knarrenden Boden sein Klagelied abrangen, um sich über die ungereimte Winterklage hinwegzusetzen. In hellsten Tönen die Klaviatur traktieren! Ein ungestümes Lied herausposaunen, von den Lippen prusten!

Hölderlin machte am Fenster halt. Lauschte dem eigenen Geträller, das seinen Nachklang ins Echo schickte, ins kreisrunde Echo. Hörte, wie die Klavierakkorde, zerbrochen und neu zusammengefügt, durch die kreisrunde Kammer schwirrten. Ihre eigenen holprigen Kreise zogen.

Bis auch sie endlich ausliefen, zum Stillstand kamen, schwiegen. Sprachlos klirrten die Fahnen. Noch nicht. – Und welche denn eigentlich? Weit und breit keine Fahnen in Sicht. In den Oktobertagen fühlte sich kein Kirchturm bemüßigt, die Fahnen rauszuhängen. Und die Stocherkähne unten auf den glitzernden Wassern des Neckars waren viel zu klein, als dass sie eine Fahne oder auch nur einen Wimpel würden aufziehn könn…

Dieser Buckel, dieser Stelzenschritt, dieser endlos lange Hals, die hoch in die Luft gereckte Nase, das blasse, dünne Haar. Aber ja! Den kannte er. Das sah er trotz des Abstands. Sah er im fahlen Schein des ersten Morgenlichts. Seltsame Zeit, wer denn ließ sich in aller Herrgottsfrüh mit dem Stocherkahn durch die morgendämmrungslangen Schatten der Uferbäume und -büsche auf den Neckar schieben?! Abenddämmrung – ja, im goldroten Licht, wie es sich in den winzigen Wellen zu spiegeln pflegte. Sanft, fast schläfrig. Kein Zweifel, da passte es, wenn man – aber früh am Morgen – so war dieser Schlacks denn auch der weit und breit Einzige auf dem Fluss. Wie er den Giraffenhals durchstreckte, während er – ja, ohne jeden Zweifel, er war es. Was wollte der hier? Was sollte der hier wollen? Direkt vis-à-vis von seinem, von Hölderlins Turm. Was wollte der als Einziger, was wollte der viel zu früh im Schutze des morgendlichen Zwielichts einen Stocherkahn besteigen, sich auf den Neckar raus – wie unbeholfen, staksig, sollte er doch sein eigenes Bein, sein rechtes als Stocherstange benutzen – pah, haha – wie er sich mit seinen langen Stelzen abmühte, den einen Fuß noch am Ufer, den linken schon im Boot, unsicher, nach dem Gleichgewicht stochernd im wackligen, schaukelnd nachgebenden, ausweichenden Kahn.

Ein großes Vergnügen, diesem Affentanz zuzuschaun von hier oben!

Jetzt hatte der Hampelmann da unten eierndn Halt gefunden. Und es stand der entscheidende Augenblick an, wo er sich aufs eine, nur aufs eine Bein stellte, das gesamte Gewicht auf die eine schräge, schwankende Fußsohle brachte, um das zweite – nein, wieder zurück, noch mal, endlich jetzt den rechten Fuß vom Uferboden löste. Ihn kurz in der Luft baumeln ließ, während er mit dem linken die Balance, das Gewicht im Wasserschaukeln austarierte, endlich nachzog, reinzog, absetzte. Mit beiden Füßen im wackligen Boot stand. Begriff, dass er viel zu lang – dass, wenn er so lang, so aufrecht, die ganze Körperlänge ausgefahren im Kahn stand, dass er dann das Schaukeln noch verstärkte, ein untergangsgefährdetes Pendel abgab. Begriff, dass er sich setzen sollte, wollte er das Schicksal nicht herausfordern, sich setzen musste. Dem Ungleichgewicht weniger Angriffsfläche bieten. Dass er die langen Stelzen einknicken, die Arme als Stützen ausfahren, die vier Buchstaben in Habachtstellung versetzen musste. Dass er sich schleunigst auf die Holzplanke plumpsen lassen musste, auch wenn sie, schmal wie sie war, viel zu schmal, für einen gestandenen Mann von Welt nicht im Entferntesten eine standesgemäße, eine kommode Sitzfläche bot. Trotzdem: gedacht, getan, gesetzt. Das lange Gestell mit seinen allzu langen Beinen hatte tatsächlich Platz genommen. Ohne baden zu gehn. Schade eigentlich, aber nun. Grandiose Leistung! Chapeau Chapeau, da zog auch ein Hölderlin seinen nicht vorhandenen Hut. Und grinste.

Wie der jetzt da saß, hockte, kauerte, den Hals bohnenstangensteif, den Blick starr nach vorn gerichtet – der stierte zu Hölderlins Turm, zu ihm, herüber. Konnte der was erkennen? Konnte der ihn, wie er hier hinter der Glasscheibe stand, sehn?

Nein, würde er nicht können. Der blickte aus lauter Verzweiflung hier rüber. Weil er einen Punkt am Horizont brauchte, einen Fixpunkt für die Augen. Einen Fluchtpunkt, an dem sich die Blicke festhalten konnten. Damit er den heiklen Tanz der Bootsplanken parieren konnte. Den Blick nach vorn, den Rücken zum Ufer, in Erwartung des Fischers, dass der endlich einsteige, seinen Dienst aufnehme. Fährmann, hol über! Dass er ihn hinaus auf den Fluss stochre, durch den Glanz des Sonnenaufgangs, während die Stadt noch schlief. Während der irrsinnige Hölderlin noch versuchte, aus wirren Träumen in die Wirklichkeit zu finden.

Aber hatte er sich geschnitten: Längst, Hölderlin war längst wach. Sah das lange Gestell – zusammengeklappt in einem Kahn – längst, bevor dieses ihn gesehn hatte. Er hatte den Blick schon lange gespitzt. Sah, wie ungeduldig der Kerl auf den Fischer wartete, wie er irgendwas murmelte, wie er ein Kommando rief, brüllte, wie er nicht wagte, sich umzudrehn, nach dem säumigen Fischer Ausschau zu halten, weil jede Bewegung, die nicht unbedingt notwendig war, weil eine Bewegung zu viel den Untergang heraufbeschwören – aber der Untergang war schon da! Er wusste es bloß noch nicht. Er ahnte nicht, dass der harmlose Neckar zum Styx geworden war.

Wohl aber Hölderlin. Der sah die leibhaftige Katastrophe sich anschleichen, noch einen Schritt und noch einen. Nicht die Stocherstange in den Händen. Sondern – wie das Ding glitzerte in der Morgensonne, einen Lichtblitz bis zu ihm rüberwarf. Gott zum Gruße.

Gott befohlen. Kein Fischer, keine Stocherstange. In den Händen den blanken Dolch, der jetzt – der jetzt schon nicht mehr glänzte, nicht mehr zu sehn war. Bis zum Schaft im Rücken.

Im Rücken des Wartenden. Sein Kobrahals wurde noch länger, die hochgereckte Nase blähte die Nüstern, die Augen traten über ihren schlaflosen Ringen hervor, glubschten unter aufgerissenen Lidern hervor. Weh ihm, die morgenlangen Schatten der Erde brachen über ihm zusammen, schlugen ihr schwarzes Tuch aus, flatternd im Winde, breiteten es aus. Er sperrte das Karpfenmaul auf, schnappte nach Luft. Vergebens. Keine Luft mehr da, kein Gran mehr zu kriegen, keine Chance – so also sah das Ende aus. Sein Ende. Der Atem blieb ihm einfach so im

Halse stecken, war bei aller, bei aller Anstrengung nicht mehr in Gang zu setzen.

Jetzt verlor der Hals den Halt, der Kopf schwankte, schlingerte, kugelte vorwärts, riss den Rumpf mit. Er knickte zusammen wie ein Taschenmesser, das Kinn schlug auf die Brust. Erstochen im Stocherkahn. Während sich das Boot langsam in Bewegung setzte, hinaus auf den morgensonneglitzernden Neckar. Langsam, irgendwie unscheinbar schaukelnd. Führerlos einherdümpelnd. Bewegt von den winzigen Wellen. Sprachlos und kalt. Im Winde klirrten die Fahnen.

– . –

Ich hatte den Kommilitonen mit seiner radikalen These ziemlich aus den Augen, aus dem Sinn verloren, als er mir plötzlich in der Mensa übern Weg lief. Als wir einen Plastikbecherkaffee zusammen tranken und ich ihn noch mal auf seinen Vortrag ansprach, der mich so beeindruckt hatte.

Worauf er bemerkenswert blass wurde. Die Doktorarbeit habe ihn noch reichlich Schweiß gekostet und seine akademische Laufbahn gründlich vermasselt. Hatte er sich doch auf einen, wenn ich mich recht entsinne: belgischen Germanisten bezogen – nein, wie ich jetzt weiß, auf einen französischen mit Namen Pierre Bertaux, der Hölderlins »Geisteskrankheit« zwar nicht unwidersprochen stehen lassen wollte und vor allem die von Hölderlin zum Abwimmeln lästiger Besucher inszenierten Anfälle hervorhob, sich in der Zuspitzung durch den eifrigen Doktoranden dann aber doch gründlich missverstanden fühlte und dessen steile These von der Genieverkennung und der ausweichend vorgeschützten oder wahlweise als gesellschaftlicher Protest eingesetzten Hypochondrie ablehnte. Also keinesfalls wollte, dass dieser Heißsporn von einem angehenden Germanisten sich ihn, Bertaux, als Gewährsmann erküre.

Wodurch ich mit der Frage, ob Hölderlin nicht nur ab und zu durchgedreht hat, sondern im pathologischen Sinne unter seelischen Störungen litt, wieder im Regen stand.

—.—

17

Das Schreckensgeschrei des Schlosserlehrjungen und das Gezeter des Richters, weil eben dieser Spieritz sich unbefugten
Zutritt zu einem Tatort verschafft hatte und die potenziellen
Spuren hätte durcheinanderbringen können, waren just verklungen. Als Heckle und Burger die Satansblutpfütze auf der
Arbeitsplatte in Augenschein nahmen. Mittendrin in dankens-
werter Klarheit der leicht ausgeglittene Abdruck einer Hand.

»Dem muss man genau nachgehn«, stellte der Gendarm fest.

»Könntet Ihr vielleicht etwas weniger banale Erkenntnisse bei-
steuern?!«, knurrte Heckle und griff nach zwei, drei Mappen
und Ordnern. Mit so was kannte er sich aus. Aus Schriftstücken
Schlüsse ziehen, Ermittlungserkenntnisse ableiten, das war sicheres Terrain für ihn.

»Der Satan, der Satan«, jaulte der Schlosserbursche, »hier das
ist die Wirkungsstätte Luzifers! Großmutter hat immer gesagt:
Bücher sind Teufelszeug, und Drucker versündigen sich an
Gott. Gottes Wort muss von Mund zu Mund weitergegeben
werden, und alles andere ist nicht wert, festgeschrieben und
unter die Menschen gebracht zu werden. – Keine Ahnung, ob
da irgendwas dran ist, aber Ihr, auf jeden Fall, Ihr dürft vom
Satansblut nichts abschaben, Ihr dürft es nicht berühren! Wir
dürfen's nicht mal ansehn, sonst sind wir selbst des Teufels.«

»Nichtsnutziges Hasenherz, mach dich von hinnen!«, dröhnte
der Richter. »Das hier ist was für Männer, die mit klaren Gedanken an die Sache – aha.« Er tippte mit spitzem Zeigefinger auf
ein Papier in einer der Mappen, wendete es vor und wendete

es zurück: Die Anfrage des Verlegers Murr, ob Bell noch Kapazitäten für einen weiteren Auftrag habe.

»Ja, und? Das gibt ja noch kein Mordmotiv her. Im Gegenteil.« Gendarm Johann Burger ließ sich, wenn er vom Jagdfieber gepackt war, nicht mal von der gesellschaftlichen Rangfolge ausbremsen, verschwendete keinen Gedanken daran, ob hartnäckiger Widerspruch gegenüber einem Richter angemessen sei.

»Wieso im Gegenteil?«

»Na ja, so eine solche Anfrage deutet doch auf eine intakte Geschäftsbeziehung hin. Wieso sollte Verleger Murr dem Drucker nach dem Leben trachten?«

»Zumal dieser ja kurz drauf selbst …«, mischte sich jetzt auch noch der Schlosserlümmel ein. Ohne allerdings seinen Satz vollenden zu können. Denn Richter Heckle versetzte ihm eine schallende Maulschelle.

»Hier arbeitet das Gesetz. Da steht es einem vorlauten Lehrling nicht zu, die Wahrheitsfindung aufzuhalten.«

Das war der Augenblick, in dem Burger begriff, dass die Ohrfeige recht eigentlich ihm gegolten hatte. Und er biss sich auf die Lippen, bis eine Blutperle hervortrat.

—·—

18

Mein guter Hölderfritz,

wenn Du jetzt, wo Du aus der Anstalt entlassen und eine neue, glückliche Heimstatt gefunden hast, immer noch nicht gedenkst, etwas zu unternehmen – ich werde es nicht auf sich beruhen lassen!

Wie Du seit Kindertagen weißt, ist mir die Fähigkeit nicht zu eigen, die Faust in der Tasche zu machen, den Widerspruch im Munde zergehn zu lassen, das, was gesagt gehört, zwischen den Zähnen zu zermalmen. Er und kein anderer hat Dir dieses ganze Ungemach eingebrockt. Er wird dafür Buße tun. So wahr ich Deine Mutter bin.

Sei mit meinen Segen bedacht und
Deine Stirn mit Küssen bedeckt
Mutter

– . –

19

Dann dieser Film aus der DDR.
Angegilbtes ORWO-Filmmaterial.
Seh ihn noch vor mir. Einzelne
Bilder. Benannt – wenn mich meine
Erinnerung nicht täuscht – nach
dem legendären Gedicht *»Hälfte
des Lebens«*:

*»Mit gelben Birnen hänget
Und voll mit wilden Rosen
Das Land in den See,
Ihr holden Schwäne,
Und trunken von Küssen
Tunkt ihr das Haupt
Ins heilignüchterne Wasser.*

*Weh mir, wo nehm' ich, wenn
Es Winter ist, die Blumen, und wo
Den Sonnenschein,
Und Schatten der Erde?
Die Mauern stehn
Sprachlos und kalt, im Winde
Klirren die Fahnen.«*

Hälfte des Lebens – kommt übrigens fast hin. Hölderlin hat
das Gedicht 1798 verfasst, da
ist er 28. Als es in gedruck-
ter Form erscheint, ist er 35.
Die Mitte seines Lebens erreicht

er anderthalb Jahre später. Auch mit seinen jungen 28 Jahren also lag er, wie jedermann jenseits der Dreißiger-Demarkationslinie weiß, lag er keineswegs falsch mit der Befürchtung, dass in der zweiten Hälfte des Lebens die Fahnen nicht mehr buntwallend wehen, sondern eher klirren. Eine Angst, der nur schwer beizukommen ist. Respektive: zu entkommen ist.

Paradebeispiel für das Zeitlose Hölderlin'scher Verse! Obwohl oder grade weil es hier um das Vergängliche, um die Spuren des Verstreichens der Zeit geht.

Zudem dieser verblüffende Mut, sich zu Anfang des 19. Jahrhunderts über den Reimzwang hinwegzusetzen! Gut, da war er nicht der Erste. Trotzdem: Hochmodern aus heutiger Sicht, gradezu ungeheuer modern. Die normalsterblichen, nicht sonderlich literaturbeflissenen Zeitgenossen damals, so sie das Gedicht überhaupt zu Gesicht bekamen, dürften es als ungebührlich, als Provokation, überhaupt nicht als Gedicht, sondern vielleicht als eine Art Traktat mit merkwürdig kurzen Zeilen empfunden haben.

Zurück zum Film aus den DDR-Lichtspielwerkstätten. Dieser war es, der mich mit Hölderlins Leben bekannt machte. Und mit Susette Gontard. Mit diesem lebenslangen Unglück. Diesem Nicht-Glück. Mitgenommen über Jahre und Jahrzehnte, getragen und ertragen. Die unverheilte, chronisch offene Wunde. Deutlich länger während als die Hälfte des Lebens.

—.—

»Gut, Isaac, gut, dass du kommen konntest. Zudem so schnell.«

»Na ja nun, dein Brief verhieß ja auch verdammt nichts Gutes.«

Die beiden Freunde hatten sich kaum in den Arm genommen, Isaac von Sinclair hatte Meister Zimmer mit einem kurzen Gruß und einem erneuten Dankeschön fürs Umsorgen des Freunds abgespeist, dann waren sie beide in Hölderlins Turmkammer verschwunden. Während der Tischlermeister einen Stoßseufzer gen Himmel schickte. Froh, sich ein paar Stunden, vielleicht Tage um den Dichter und seine Allüren nicht kümmern zu müssen. Froh auch angesichts der Aussichten, dass es ein paar Stunden, vielleicht Tage oben ruhiger als sonst zugehen würde.

Hölderlin hatte die Schuhe ausgezogen und sich aufs Bett gesetzt, die Beine angewinkelt, die Hände um die Fußknöchel geschlungen. »Und es sind jetzt derer schon drei!«

Isaac, an Hölderlins Stelle durch die Turmkammer spiralierend, blieb abrupt stehn. »Drei?«

»Drei, von denen ich weiß. Drei, die ich kenne. Ob's darüber hinaus noch wen dahingerafft hat – eines unnatürlichen Todes gestorben, sagen wir so –, weiß ich nicht. Aber die drei kenne ich. Kannte ich. Einen wie den andern.«

»Also ein großspuriger Verleger und sein Druckermeister, gut, das ist bekannt. Aber der Dritte?« Isaac setzte seine Kreisbewegungen um ein paar Schritte fort, bevor er, am Fenster angekommen, stehn blieb.

»Genau da – von dort, wo du jetzt stehst, hab ich das Drama beobachten können. Beobachten müssen. Ich konnte den Blick nicht abwenden; es ging nicht.« Und Hölderlin rapportierte seinem alten Studienfreund die ganze unselige Geschichte, die sich auf dem Neckar in unmittelbarer Sichtweite seines Turms zugetragen hatte.

Von Sinclair blickte während der gesamten lückenhaft, sich selbst überholend vorgetragenen Schilderung des Dramas raus auf den Fluss, der sich nur zentimeterweise vorwärtsbewegte. Dorthin, wo, wie er aus Hölderlins Beschreibungen schloss, sich die meuchelmörderische Tat zugetragen haben musste.

Jetzt, als Hölderlin eine Art Punkt setzte, drehte von Sinclair sich auf der Ferse um und sah den Freund an. Sah ihm in die Augen, ebenso unverwandt wie eben in die trägen Wasser. »Und du sagt, du glaubst, ihn zu kennen?«

»Ich kenne ihn! Hat mit Glauben nichts zu tun.«

»Wer also? Fritz, raus mit der Sprache!«, schnarrte Isaac ungeduldig. Um sich, das letzte Wort noch nicht verklungen, auf die Zunge zu beißen. Die Frage war genau die falsche. Wie Hölderlins Gesichtsfarbe verriet.

Diese wechselte von rot nach weiß nach rot. Er warf den Kopf zurück, so weit zurück, als wollte er sich selbst das Genick brechen. »Ich kenne ihn.« Ein kurzer Satz, der ihm zum ellenlangen Gestammel geriet. »Kenne ihn, den Knecht des Satans. Ihm muss«, plötzlich stockte er, beugte sich nach rechts, nach links, so dass der Kopf mit der zerzausten Mähne gar nicht mehr in aufrechte Position kam, links geneigt, gerüttelt, geschüttelt wie der Wipfel einer Tanne im Gipfelsturm, »dem Dreckschwein muss man den Garaus machen! Den Garaus.«

»Welchem Dreckschwein?«

Aber Hölderlins Gestammel, Geplapper ging nahtlos in Ziegenmeckern über, in nichtssagende Wortgesänge, Silbensingsang, zusammenhanglose Lautfolgen und Konsonantkaskaden.

»Fritz, Hölder, alter Junge«, brüllte von Sinclair. Nach Leibeskräften. So laut, dass die Klaviersaiten ansprachen, mit sonorem Sound oder flirrendem Sirren einstimmten, je nach Stimmlage.

Hölderlin indes schien ihn nicht zu hören. Ließ Buchstaben, Silben, Satzfragmente wutschnauben, eine nervtötende Mutter in die Schranken weisen, einen Juristen namens Isaac von Sinclair ins Lächerliche ziehn, einen Mord auf wackligem Styxkahn inszenieren, berührende Gedichte ausfransen. »– *leidende – Menschen von Klippe – zu Klippe geworfen es schwinden es – fallen die Wasser Jahr – lang ins Ungewisse hinab* …«

Er zerzauste dreieinhalb Zeilen *Hyperion*. »*Kann kein Volk mir denken, das zerißner wäre, wie die Deutschen. Keine Menschen – Hände Arme Glieder zerstückelt – ein Schlachtfeld*«. Und vergrub im nächsten Augenblick die Hände in den Kragen seines Rocks, zog und zerrte am Revers, sog röchelnd die Luft ein. Biss sich selbst nach Herzenslust in die Fingergelenke, drehte einen holprigen Derwischtanz durch die Mitte seiner Turmkammer, schrie sich zornesrot, juchzte, schluchzte, jaulte schließlich wie ein geschundner Straßenköter.

Isaac von Sinclair schlug die Hände vors Gesicht, hörte, wie Hölderlins Zeter- und Mordiogetöse elendem Katzenjammer wich. Aus den Wuttränen wurden Sturzbäche uferlosen Elends. Überzogen das Gesicht mit einem glühendglänzenden Film. Hölderlin ließ seinen Leib noch eine Spirale der Verzweiflung drehen, dann knickte er ein, brach zusammen, krümmte sich wie ein Wurm unterm Tritt des Hünen und wimmerte vor sich hin.

»Doch uns ist gegeben,
Auf keiner Stätte zu ruhn,
Es schwinden, es fallen
Die leidenden Menschen
Blindlings von einer
Stunde zur andern,
Wie Wasser von Klippe
Zu Klippe geworfen,
Jahr lang ins Ungewisse hinab.«

Von Sinclair riss sich vom Anblick des Grauens los, rannte die Stiege abwärts und rief noch auf den Stufen: »Zimmer, Meister Zimmer, der Hölderlin ist nicht bei Trost! Bitte! Ihr müsst nach dem Rechten sehn.«

— . —

21

Bleibt, blieb und ist mir ein Rätsel – wie vieles, was mich an Hölderlin so faszinierte. Und fasziniert. An diesem Grenzgänger. Vermutlich genau das, dass er stets auf dem schmalen Grat zwischen Genie und Wahnsinn entlangstolperte. Entlangschlafwandelte. – Nein, vermutlich eher nicht. Von traumwandlerischer Sicherheit keine Rede. Vielleicht, kann durchaus sein, dass ihn die Anfälle, die Schübe, die Attacken plötzlich überkamen, aus heiterem Himmel, dass sie sich nicht ankündigten, ihn von jetzt auf gleich, aber stets volle Breitseite trafen.

Aber er war sich dessen bewusst. Bewusst, dass er entgleiste. Vermutlich konnte er sich der Störfeuer aus dem Nichts nicht erwehren, aber er wusste es. Er litt darunter. Das weiß ich. Litt zumindest so lange darunter, bis er begriff, dass das Aus-der-Reihe-tanzen durchaus auch Mittel zum Zweck sein konnte. – Eine Unzahl diametraler Wider-

sprüche, die er in seiner Person
zusammen- und auseinanderbrach-
te. Klar: faszinierend. Faszinierend unklar.

—.—

22

Die Kommode für Advokat Albrecht war so gut wie fertig. Und wie immer, wenn er Schloss und Beschläge brauchte, brachte er den Bestellzettel mit sämtlichen, penibel aufgenommenen Maßangaben persönlich zum Schlosser. Ein durchaus zeitraubender Weg, den er nicht scheute, wenn es darum ging, sein Renommee als einer der besten Tischler der Stadt zu festigen. Er hatte die Schlossereitür noch nicht aufgeschoben, da kam ihm Marius entgegengerannt und bestürmte ihn mit der Bitte, er möge ihn mit neuen Zetteln versorgen. Freilich meinte er weniger den mit Maßzahlen gespickten Bestellzettel, den ihm Zimmer jetzt entgegenhielt.

»Ja, Ihr könnt Euch darauf verlassen, Meister Zimmer. Schloss und Beschläge – sollten wir nichts mehr da haben – werden umgehend gemacht. Das Eisen glüht schon«, stammelte Marius dienstbeflissen, »aber habt Ihr Gedichte mitgebracht?«

»Ach«, bedauerte Zimmer und trat, nun doch seinen Schritt über die Schwelle vollendend, in den rauchnebelverhangenen Raum und entdeckte durch die Schwaden aus Reisigrauch und Glutgeruch hindurch den Schlossermeister als Schattenfigur vorm Fenster hantieren, hämmern, schleifen. Absolut nicht ersichtlich, was er gerade aus dem rohen Eisenklumpen trieb, den er mit gezielten Schlägen traktierte. Zimmer sah Marius an, und es fiel ihm wieder ein, dass seine Antwort noch in der rauchigen Luft hing: »Ach, dem Hölderlin ist ganz und gar nicht wohl, und ihm steht der Sinn nicht nach Dichten.«

»Und wie«, fragte der Lehrling bestürzt, »und was soll ich Helena nun vorlesen? Jetzt, wo die Abende so lang sind …«

»… und der Richter erst mitten in der Nacht heimkommt, völlig abgearbeitet, und du ewige Stunden mit Helena verbringen kannst, ohne dass du Gefahr läufst …«

»Leise!«, beschwor Marius den Tischler. »Wenn mein Meister was mitkriegt, kann ich sofort meinen Hut nehmen. Und das, obwohl das alles doch eh keinen Zweck hat. Alles vergebene Liebesmüh. Im wahren Sinne des Wortes.«

»Und trotzdem!« Zimmer legte Marius die Hand auf die Schulter. Für einen Augenblick.

»Klar«, strahlte Marius, »trotzdem. Natürlich, wie könnte ich davon ablassen!«

Zimmer, Gefallen an der Verschwörung mit dem Dreikäsehoch findend, vor allem auch, weil er sich in der Bewunderung für Hölderlins Poesie mit ihm einig wusste, Zimmer nickte: »Zwei Tage, vielleicht drei, dann hab ich dir das nächste seiner Gedichte aufgeschrieben, mein Junge, kannst dir sicher sein.«

»Eins in munteren Jamben, ja? Das sind Helena die allerliebsten.«

»Aber jetzt, Marius, frag er den Meister, wie lang die Kommode auf die Schlösser warten muss!«

Worauf keine halbe Minute später der Lehrjunge wiederkam: Ja, die beiden Schlösser im geforderten Maß habe man vorrätig, und die Beschläge, da bräuchte man keine zwei Tage für. Und er, Marius selber, werde sie zum Turm bringen. Da müsse Meister Zimmer sich nicht noch mal herbeimühn.

Als Ernst Friedrich Zimmer zufrieden lächelnd – wusste er den Auftrag doch in besten Händen – die Schlosserei verließ und sich eben dem Rückweg zuwandte, da sah er sie. Erspähte einen eilends weghuschenden Schimmer ihres Gesichts. Sah gerade noch, wie sie sich mit fliegenden Zöpfen wischschnell wegduckte hinter den Rollen rostigen Eisenblechs, die im Durchgang zum Hinterhof der Schlosserei mehr schlecht als recht, für ein Versteck jedoch hinreichend hoch aufgestapelt waren. Und hinreichend dreckig, so dass sich das Versteckspiel für die Tochter eines Richters ohne jeden Zweifel verbot. Aus dem Lächeln des Tischlermeisters wurde ein Grinsen.

– . –

23

»Es fehlt mir weniger an Kraft als an Leichtigkeit, weniger an Ideen als Nuancen, weniger an Licht wie an Schatten. Und das alles aus einem Grunde: Ich scheue das Gemeine und Gewöhnliche im wirklichen Leben zu sehr. Ich fürchte, das warme Leben in mir zu erkälten in der eiskalten Geschichte des Tags. Und diese Empfindlichkeit scheint darin ihren Grund zu haben, daß ich im Verhältnis mit den Erfahrungen, die ich machen mußte, nicht fest und unzerstörbar genug organisiert war. Das sehe ich. Kann es mir helfen, daß ich es sehe?«

Hölderlin hatte ihn noch vor sich, wörtlich, den Brief, den er nach dem Ende bei Gontards an Neuffer – he, alter Freund aus alten Tagen – geschrieben hatte. Und den, den er ihm schickte, als es Richtung Bordeaux ging: *»Ich bin jetzt voll Abschied. Ich habe lange nicht geweint, aber es hat mich bittere Tränen gekostet. Sie können mich nicht brauchen.«*

Trotzdem, er liebte das Leben. Noch und immer noch. Da war Hölderlin sich wie bei wenig andrem sicher. Er liebte das Leben. Irgendwie. Irgendwie schon. Manchmal vielleicht grade, wenn sich vor seinem inneren Auge die Tagtraumbilder mit der Wirklichkeit verschoben. Mit dem, was man für die Wirklichkeit hielt. Alles andere als eine ausgemachte Sache. Nicht klar, gar nicht klar. Wo die Wirklichkeit anfing. Er wusste das.

Aber genoss es, das Verwirrspiel. Manchmal. Irgendwie. Irgendwie schon. *»Wohin denn ich?«* Den Tanz im Kopf, den Wirbelwind. Wild und kreisrund, immerzu rund. Zwischen den runden Wänden des Turmzimmers. Grandios. Manchmal. *»In den Meeresgrund hinab und an den Himmel hinauf.«* Manchmal nicht. Manchmal ein einziger Schrecken, nacktes Grauen. Wenn er spürte, wenn er wusste, dass es jetzt wieder losging, sich abwandte, ihn abwandte, entfernte vom Anblick dessen, was gerade um ihn rum war. Dass es die Wände wieder ins Schwanken, die Fenster zum Tanzen, die Bodenbohlen zum Herumflattern bringen würde. Wenn er sah, dass der Mond am helllichten Tag unterm Schädelgewölbe stand, den Kopf ausleuchtete, die Vorhänge zuzog. Zum Auge der Camera obscura wurde. Dass er Dolchstöße sah, wo er nicht wusste, was er wusste. Ob es womöglich nur Rosenstacheln waren, die da eindrangen. Dass er Gewitter aufziehen sah, wo bloß ein schwarzer Schmetterling durch Frühlingslüftedüfte gaukelte. Dass, wo ihm Kirschblüten blühten, in Wahrheit womöglich nichts als weißglühende Zerrbilder blitzten, Schimären die Wahrheit zerschnitten. *Ich fühle mich oft wie Eis.*« Dass das Leben zum Magenkrampf wurde. Ein einziger Kampf. Ein Würgen. Ein Geschrei. Kehlkopfriss. Immer wieder, wenn immer wieder diese Gedanken ans Ende der Gedanken, ans Löschen des Lichts aufzogen.

»Stirb! du suchst auf diesem Erdenrunde,
Edler Geist! umsonst dein Element.«

Und doch – trotzdem –, es gelang ihm immer wieder, das Feuer der Gedanken ans Auslöschen zu löschen. Das Handanlegen zu verwerfen. Mit einem einzigen Gedanken: Susette.

»Manches, was ich trauernd mied
Stimmt in freundlichen Akkorden
Nun in meiner Freude Lied;
Und mit jedem Stundenschlage
Werd ich wunderbar gemahnt
An der Kindheit stille Tage,
Seit ich sie, die Eine, fand.«

Setzte er aber seinem Leben ein Ende, ein womöglich wohlverdientes Ende, dann setzte er seiner Liebe ein Ende. Würde

– würde er seiner Liebe ein Ende setzen. – Also lebte er. Weiter. Solange als irgend möglich.

– . –

24

Nein, Meister Zimmer wusste nichts. Hatte, bevor auch ihn die Nachricht vom dritten mysteriösen Todesfall binnen kürzester Zeit – im unbedarften, unbescholtenen 6000-Seelen-Städtchen Tübingen! – erreichte, nichts von einem Fremden gehört. Schon gar nicht von einem, der sich bei den Stocherkahnfischern unmittelbar vor seinem Turm flussauf, flussab stochern ließ. Oder hätte stochern lassen wollen. Nein, Gott sei sein Zeuge, da sei er so ahnungslos wie ratlos. Stehe mit leerem Kopf vor den Schlingerbewegungen des Schicksals. Bizarr genug, dass ausgerechnet der undurchschaubarste aller drei Fälle der einzige sei, bei dem vollkommen außer Zweifel stehe, zumindest wenn man den Gerüchten folgen wolle, die just die Runde machten, bei dem insoweit außer Zweifel stehe, dass es sich um Mord, um schlichten Mord handle. Und trotzdem, nein, da müsse er sich an wen anders wenden. Womöglich direkt an die Gendarmerie. Ach ja? Da mauere man? Nun, aus gutem Grund womöglich. Womöglich, weil nämlich niemand und keiner den Toten kenne, in der ganzen Stadt nicht.

Von Sinclair dankte. Und verließ den Turm. Für ein paar Stunden vielleicht. Als Erstes mal dorthin, wo er gestern am Neckarufer die Waschweiber gesehn hatte. Die waren doch per definitionem freigiebig mit allerlei Geschwätz. Die hielten doch Augen und Ohren offen, während sie dreckige Wäsche wuschen. Von Hinz und von Kunz. Durchaus auch von den Bürgersleuten, von denen, die sich was Bessres dünkten und die sie im Handumdrehn mit ein paar Kreuzern entlohnten.

Anschließend die Marktweiber. Auch dort liefen die Stränge des Stadtgeschwätzes zusammen. Karotten brauchte schließlich jeder.

Kartoffeln und Kurzwaren, Suppenhühner, Schweinsfüßchen. Äpfel, Nuss und Mandelkern. Und das Neueste vom Neuesten. Aber von der eleganten Bohnenstange, diesem Fremden, der jetzt auf dem Neckar das Zeitliche gesegnet hatte, nein, von dessen Ankunft und Herkunft und womöglich zwischenzeitlichem Verbleib hatten sie nichts, aber auch nicht die Bohne was vernommen. Da war ihnen kein Häuchelchen zu Ohren gekommen.

Und auch von Sinclairs nochmaliger Weg zu den Gendarmen, ob sich denn heute, am Tag vier nach dem tragischen Ableben des hochgeschossenen Gesells, Angehörige gemeldet hätten, ob ihn irgend-, irgendjemand vermisste, war umsonst. Nein, nichts habe sich zwischenzeitlich getan. Und wenn, dann könne man ihm gewisslich keine Auskunft erteilen, und möge er sich noch zehnmal als alter, guter Freund des irrwirren Dichters ausweisen. Denn was denn bittschön möchte wohl dieser, selbst wenn er sich höchstpersönlich selbst und nicht irgendein hergelaufener Bevollmächtigter einfinde, an Gründen vorbringen, die ihn zur Entgegennahme höchst sensibler Ermittlungsergebnisse oder auch nur -zwischenergebnisse berechtigten?

Die Poststation war der einzige Ort, wo Isaac von Sinclair wenigstens ein bescheidener Erfolg beschieden war. Der Kutscher, seit Tagen erstmals wieder auf Zwischenstopp in der Stadt, ein paar Stunden wenigstens, bevor es anderntags gleich mit dem ersten Lichtschimmer wieder auf Tour gehen würde. Stunden, deren erste oder zweite – das Glück, Gott oder der Zufall wollten es – von Sinclair just erwischte, als er vorsprach, um nach dem auffälligen Fahrgast zu fragen.

Nun, doch, ja, da erinnere er sich. Erinnere sich an einen Reisenden, auf den von Sinclairs Beschreibung passe. Ein, fürwahr, ein mysteriöser Ankömmling. Mit tief ins Gesicht gezognem Hut. Mit unruhig flirrenden Augen. Mit dem durchdringenden Blick eines Straßenräubers. Ja, in diesem Blick, in dem täusche er sich nicht und nie und nimmer, den kenne er zur Genüge, beteuerte der

Kutscher. Nein, der Mann sei ihm nicht ganz, ehrlich gesagt: kein bisschen geheuer gewesen. Spätestens als dieser sich dann auch noch, kaum ausgestiegen, nach dem Verbleib des bekanntlich nicht ganz dichten Dichters, haha – pardon, nicht ganz zurechnungsfähigen Poeten Hölderlin, dem Urheber des über die Grenzen des Königreichs Württemberg hinaus bekannten *Hyperion*, nach dessen Verbleib also erkundigt habe, spätestens da sei ihm klar gewesen, dass das ein komischer Vogel sei, der da nach Tübingen geflattert …

»Wann denn?«, ging von Sinclair dazwischen.

»Nun, puh, vor, was weiß ich, zehn Tagen vielleicht. Keine zwei Wochen her jedenfalls.«

»Und wo – muss man Euch denn die Würmer einzeln aus der Nas ziehen«, von Sinclair war zu aufgeregt, als dass er noch diplomatische Zurückhaltung hätte walten lassen mögen oder können, »wo denn geruhte der Fremde Logis zu nehmen?«

Das freilich entziehe sich seiner werten Kenntnis. Nun, das falle aber auch aus der Kompetenz eines Postillions. Sich über den nächtlichen Verbleib seiner Fahrgäste zu erkundigen, obliege ihm ganz und gar nicht, unterliege vielmehr seiner sprichwörtlichen Diskretion.

»Gut, guter Mann, verzeiht meine Neugier! Ich dachte nur. Dachte, dass er euch vielleicht nach einem entsprechenden Etablissement gefragt haben könnte.«

»Schon«, kläffte der Kutscher dem entgeisterten von Sinclair ins Gesicht, »das schon.«

»Und was dann habt Ihr ihm geraten?«

»Nun, das wiederum unterliegt unbedingter Diskretion.«

Isaac von Sinclair fingerte ein weiteres Mal in seinem schon reichlich bemühten Geldbeutel nach zwei, drei ansehnlichen Münzen und ließ sie lautlos in die vom ewigen Zügelhalten säbelkrummen Krallen des Kutschers gleiten, der die Geierklauen blitzschnell schloss, um besagte Münzen ebenso lautlos in die Seitentasche seines Wams zu verfrachten. »Nun, die alte Albmeier in der Salzstadelgasse, die bietet doch für ein völlig überzogenes Sümmchen das Zimmer ihrer Küchenmamsell feil – Gott hab sie selig, die gute Seele. Na ja, meinetwegen, soll sich die Albmeier an dem unheimlichen Vogel doch gesundstoßen. Und gut, dieses alte Schwatzmaul ist es wahrscheinlich auch gewesen, das dem Fremden gegenüber Hölderlins Wohnstatt im Turm von Tischlermeister Zimmer ausgeplaudert hat.«

– . –

25

»Liebe trümmert Felsen nieder,
Zaubert Paradiese hin …«

»So schön, dabei bist du bloß ein Schlosserbursche …«

»Was heißt hier ›bloß‹?!«

»… und doch schreibst du Verse, die funkeln wie der Morgenstern!« Helena sah Marius mit wässrigen Augen an. »Es ist ein Glück, Marius, ist ein großes Glück.«

Marius sah zur Seite, wagte nicht, sie anzublicken. Er knisterte ein weiteres Papier auseinander, schlug es durch die Luft, auf dass sich auch das letzte Eselsohr in seine ursprüngliche Position zurückbequeme. Dann schlug er das Blatt noch mal in seiner ganzen Länge glatt, was die letzte Elster des Abends mit ernüchternd unpoetischem Gekrächz quittierte, um mitten im Gezeter aufzufliegen und mit wippendem Sterz hoch in die Krone der Trauerweide am Neckarufer zu hasten, wo sie aber doch, kaum einen Ast unter den Füßen, um die eigene Achse hüpfte, sich umwandte und zurückblickte, schließlich wollte sie von dem Schäferstündchen dort unten kein Sekündchen verpassen. Wo jetzt der junge Kerl anhob, seiner Angebeteten ins Ohr zu säuseln:

»In der Liebe volle Lust zerflossen,
Höhnt das Herz der Zeiten trägen Lauf,
Stark und rein im Innersten genossen,
Wiegt der Augenblick Äonen auf.«

– . –

26

Mein zarter Junge,

nein, das werde ich Dir nicht durchgehen lassen. Und führtest Du noch so oft deine verständnisvolle Seele ins Feld. Es mag ja noch angehen, dass Du den gehörnten Ehemann in seiner verbohrten Rage, in der Zange seiner gesellschaftlichen Zwänge verstehst. Aber es ist all das zu nichts und wieder nichts nütze. Und das ist Dir wohl bewusst. Denn Du, und niemand anderer, Du bist es, der unter dem geharnischt wütenden Furor seiner verletzten Eitelkeit zu leiden hat. Du bist es, der sich in die Obhut des Professors Autenrieth hat begeben müssen. Und ich bin es, die dafür aufkommen musste. Und die auch jetzt noch für Dein Auskommen sorgen, dem Herrn Zimmer seinen Obolus für Kost und Logis entrichten muss, auf dass Du mir nicht verhungern mögest.

Nein, nein, ich bitt Dich, versteh das nicht falsch! Ich helfe gern, wo ich helfen kann. Wie du weißt, leide ich keinen Mangel. Darum also ist es mir nicht zu tun.

Aber ich werde es nicht zulassen, dass dieser Eifersuchtspinsel meinen zartfühlenden Sohn mit all seinen Talenten zu Grunde richtet. Ich werde, und bätest Du mich tausendfach darum, meinen Tatendrang, werde die Entschiedenheit einer alten Frau nicht bremsen. Nur weil Du zu milde gestimmt bist und Dich zu schwachbrüstig gerierst. Ich habe schon so viele Scharten ausgewetzt, so viele Deiner Schwächen ertragen und nach Kräften ausgeglichen; so werde ich auch Deine in den Schoß gelegten Dichterhände ersetzen und die meinen erheben!

Des seiest Du beim mütterlichen Segen versichert,
mein treu geliebter Sohn.
Mutter

— . —

27

Auch in der Salzstadelgasse bei der Albmeier'schen, die von Sinclair anderntags unverzüglich aufsuchte, waren Hopfen und Malz verloren. Sie nahm zwar Münzen entgegen, ließ sich allerdings keinerlei Informationen entlocken. Nein, nein, sie müsse um ihren guten Ruf als seriöses Haus fürchten, das einen jeden Gast von fern und von nah, auch von sehr nah, für lang und für kurz, auch für sehr kurz, unter den Schild der Diskretion stelle. Möge er sein gesamtes, womöglich nicht allzu opulentes Vermögen opfern, ihr Mund bleibe verschlossen. Und blieb er denn auch. Ihre Lippen waren nicht durch Geld, wie gesagt, und nicht durch gute Worte dazu zu bewegen, auch nur einen Hauch durch einen haarfeinen Spalt zu zischeln.

Wie es denn dann käme, dass der in Rede stehende Fremde von ihr, der schweigsamen Albmeier'schen, erfahren habe, wo Hölderlin sich niedergelassen habe.

Das, ja, das – also – aber woher der Herr, wie heiße er doch gleich, der Herr von Sinclair, woher er das denn wissen wolle. Zumal, dass *sie* diese Plaudertasche gewesen sei.

Oder könne es sein, blinzelte von Sinclair ins Licht, könne es sein, dass ihre Diskretion in seinem, von Sinclairs Fall deshalb so knochenhart ausfalle, weil man ihm an der Nasenspitze ansehe, gebe er gerne und unumwunden zu, dass seine pekuniären Mittel von durchaus begrenzten Dimensionen seien.

»Was erlaubt ihr euch!«, ging die Alte mit, wollte von Sinclair scheinen, mäßig gespielter Empörung dazwischen. »Jetzt raus hier! Ich hab ihm schon viel zu viel verraten.«

»Ja, was denn? Um des hohen Himmels willen: was?!«

— . —

28

Heute, heute musste es wieder sein. Nun gut, immerhin hielt sie ihn hier aus. Bezahlte teures Geld dafür, dass sie ihn mit Ratschlägen traktieren durfte. Dass sie sich das Recht rausnahm, wieder und wieder seine Lebensentscheidungen zu zerpflücken. Selbst auf die Entfernung.

Die Entfernung – Hölderlin dankte Gott auf Knien für die paar Meilen Entfernung zwischen Nürtingen und Tübingen! Erhob sich zügig wieder von den Knien, tunkte die Feder in die Tinte:

»Wohlgeborene! Insonders hochzuverehrende Mutter! Daß ich Sie so wenig unterhalten kann, rühret daher, weil ich mich so viel mit den Gesinnungen beschäftige, die ich Ihnen schuldig bin.«

— . —

29

Die Gedichte – entschieden mehr noch als sein *Hyperion* oder sein Fragment gebliebener *Empedokles* –, die Gedichte haben es mir angetan.

Ich weiß nicht, vermutlich, weil sie fand, dass das dem Bildungsbücherregal eines Deutschstudenten gut zu Gesichte stehen würde oder weil sie in irgendeiner Tageszeitung – kann eigentlich nur das knochenkonservative Käseblatt namens *Kölnische Rundschau* gewesen sein – gelesen hatte, dass gerade die ersten Bände erschienen waren, jedenfalls schenkte meine Mutter mir in fortlaufender Folge und über ein paar Jahre verteilt bei jeder sich bietenden Gelegenheit Band um Band und doch unvollständig die »kritische Textausgabe« von Hölderlins »sämtlichen Werken«. Der spärliche Rest ihres Lebens reichte dafür nicht.

Die emsigen Herausgeber mögen es mir verzeihen, aber das Ding ist in seiner Fülle von Anmerkungen,

Textvarianten, Querverweisen, Fußnoten und Aufschlüsselungen, in seinen höchst erfolgreichen Bemühungen, dem Textfluss Steine in den Weg zu schmeißen, beim besten Willen nicht zu lesen. Es sei denn, man promoviert grade über Hölderlins Annäherungen an *Hyperion*. Oder übers Ringen der Dichter mit den Worten. Oder übers Ringen der Germanisten um eine straffe Grenzziehung zwischen Weimarer Klassik und Romantik.

Dergleichen aber lag nicht in meiner Absicht. Also denn doch der Griff zum Reclamheftchen.

— . —

30

Isaac von Sinclair machte Richter Heckle, seines Zeichens, wie erwähnt und immer wieder gern erwähnt, Inquirent im Falle der drei Tübinger Morde des Oktobers Anno Domini 1807, eine erneute Aufwartung. Oder hätte sie doch machen wollen. Wäre Richter Heckle denn bereit gewesen, ihn zu empfangen, und hätte ihn nicht von einer Hofschranze dritten Grades an die Gendarmerie, in Sonderheit an den ebenfalls mit dem Casus betrauten Wolf Christian Burger verwiesen. An dem von Sinclair sich allerdings vor wenigen Tagen schon einmal die Zähne ausgebissen hatte. Indes, was blieb dem guten von Sinclair andres, als dort doch noch einmal mit einigen locker klimpernden Münzen in der Jackentasche aufzulaufen.

Und so führte ihn der Weg an diesem viel zu kalten, an diesem eisig kalten Oktobertag durch Tübingens Gassen. Vorbei am Brunnen, wo die Frauen und die Wirtshausgehilfen sich mit allerlei Wasserbehältnissen beluden, um wenig später dann die mittäglichen Küchenarbeiten in Angriff nehmen zu können. Vorbei an den Studentenkneipen, wo die etwas besser betuchten Studiosi einkehrten, die nicht jeden Tag und jeden Tag auf die Mensaspeisung der Vielen angewiesen waren. Wo sie die Tassen schon mal hoben, um sich für die Nachmittagsvorlesung in Sachen »Vorsokratische Grundlegung der abendländischen Philosophie« in Stimmung zu bringen. Vorbei an den winzigen Lädchen, wo Handwerker die verschiedensten Produkte, die sie hinten in der Werkstatt zu Wege gebracht hatten, feilboten. Oder ihre fachmännischen Dienste. Zwischen den Marktständen hindurch, die um diese mittägliche Stunde schon zu großen Teilen leer gefegt waren. Nur ein paar Marktschreier waren noch nicht heiser und riefen mit ihrer durchdringenden Reibeisenstimme die letzten verbliebenen Waren aus. Versuchten, noch ein paar schrumplige Kartoffeln, angeschlagene Birnen, zerzauste Traubenrispen zu verhökern. Vorbei an den Kirchentreppen, wo sich allerhand bunte Gesellen und zwielichtige Gestalten auf den viel zu kalten Stufen niedergelassen hatten, um die paar Strahlen der kurzen Mittagssonne einzufangen.

Rüber zur Gendarmerie. Wo soeben Wolf Christian Burger die Tür verschließen wollte, um seine wohlverdiente Mittagspause in Angriff zu nehmen. »Er schon wieder«, grummelte er.

Als von Sinclair die Hand zum Gruß aus der Jackentasche zog, klimperten die bescheidenen Münzen nach Herzenslust. Und Burger drehte den noch im Schloss steckenden Schlüssel in die entgegengesetzte Richtung und bedeutete dem Burschen mittleren Alters, der sich ein weiteres Mal als Hölderlins Spießgeselle ausgab – als hätte Burger sich das nicht über die Dauer von nicht mal einer Handvoll Tage merken können; an Gedächtnisschwund litt er beileibe nicht, wäre seiner Profession schließlich auch äußerst abträglich –, bedeutete ihm also, einzutreten in die gute, in die leidlich beheizte Stube. Was er denn nun noch wolle, zauderte der Gendarm nicht lange.

»Sollte womöglich ein Fortschritt bei den Ermittlungsbemühungen zu vermelden sein?«, fiel von Sinclair ebenfalls ohne langes Zögern mit der Tür ins Haus.

»Nichts. Nichts dergleichen.«

»Hat also immer noch kein Hahn nach dem verblichenen Stocherkahnfahrgast gekräht?«

Schweigendes Kopfschütteln.

»Ist Euch dessen Identität denn inzwischen bekannt?«

»Das schon lange.«

»Und warum sagt Ihr nichts?«

»Weil's Euch vielleicht nichts angeht! Weil die württembergische Gendarmerie vielleicht nicht jedem hergelaufenen Fremd-
ling, der meint, sich als Busenfreund des verwirrten Dichters
aufspielen zu müssen, den jeweils aktuellen Ermittlungsstand
offenbart!«, schnauzte Burger. Hätte er doch zu gerne jetzt über
einer dampfenden Portion Maultaschen gesessen. Bei Mutter
Marthe, die nun mal die besten Maultaschen des Globus zauberte.

Aber Isaac witterte Morgenluft. »Sagt, sehe ich das richtig: Steht
da auf dem Ordnerrücken ›Mordsache Stocherkahn‹?«

»Scheint, als wärt Ihr des Lesens mächtig.«

»Und sehe ich auch richtig, dass auf dem betreffenden Regal-
brett ›abgeschlossen‹ steht?«

Schweigen.

»Kann es also sein, dass Ihr den Fall als abgeschlossen betrach-
tet?«

»Kann sein.« Gendarm Burger war sichtlich bemüht, etwas Ge-
heimnisvolles, etwas geheimnisvoll Unabgeschlossenes in seine
Stimme zu legen.

Issac von Sinclair legte die Hände auf den Rücken, verschränkte sie eingedenk der Raffinesse seiner nun gleich in Anschlag
zu bringenden Schlussfolgerungen, legte allerdings zunächst
noch ein paar generalstabsmäßige Schritte in Richtung des
Burger'schen Amtstisches zurück, wo er die rechte Hand
vom Rücken nahm und gewissermaßen im Vorbeigehen drei

Münzen auf die Tischplatte zählte. Ehe er die Hände wieder verschränkte, um sich dann mit ruckartigem Schwung umzudrehen und mit seinen Blicken dem geplagten Gendarmen Stacheln in die Augen zu bohren. »Wenn aber der Casus als abgeschlossen gilt, weil wo kein Kläger, da kein Richter, und wo kein Indiz, da kein Mörder, und wo keine Ermittlungen, da keine Ermittlungsergebnisse, wenn die Sache also zu den Akten gelegt ist, dann sei mir das untertänigste Ansinnen gegönnt, um die Herausgabe der mitgeführten Besitztümer des unglücklich Verstorbenen anzuhalten.«

»Das Ansinnen schon«, versuchte Burger noch einmal, die amtliche Abschottung aufrechtzuerhalten.

Worauf von Sinclair ein weiteres Mal den münzträchtigen Weg Richtung Amtstisch antrat, danach allerdings den Knopf der Jackentasche mit einer Gewichtigkeit schloss, die unmissverständlich unterstrich, dass das die letzte Gelegenheit für Gendarm Burger gewesen sein sollte, dem Klang der von Sinclair'schen Argumente zu lauschen. Noch einmal diese Dornenblicke, noch einmal die Generalsschritte zurück, die ineinandergelegten Hände hinterm Rücken, die noch einmal mit Zeigefinger und Daumen schnipsten.

»Wenn Ihr dem Inquirenten gegenüber Stillschweigen bewahrt …«

»Der ist ohnehin mit den Fällen eins und zwei, Murr und Bell, befasst. Also!« Von Sinclair feuerte noch eine Ladung Stacheln ab, die sich mit ihren Widerhaken im rot unterlaufenen Auge von Recht und Ordnung verfingen, das sich doch müde über den ad acta gelegten Fall geschlossen hatte.

»Drei Zündspäne, die Pfeife nebst Tabakkrümeln, Stift und ein paar Fetzen unbeschriebenes Papier, das schnoddrige Nastuch, und ein abgegriffener Brief«, zählte der Gendarm auf, indem er von Sinclair die Utensilien des Toten übergab. Während er sich wieder und wieder verstohlen umsah – vor allem das Fenster der Gendarmeriestation im Visier, als könne jeden Augenblick Richter Heckle, die Mittagspause sträflich missachtend, vorm Fenster Position beziehen und hereinlinsen.

»Und keinen Sou auf der Tasche?«, wunderte sich von Sinclair mehr, als dass er den Finger in die klaffende Wunde hätte legen wollen.

»Keinen Sou – nein, doch – also – das wäre maßlos untertrieben. Aber«, Burger verfranzte sich ein wenig in seinem Gestammel, schien sich dann aber wieder einigermaßen zu fangen, auch wenn er das Stottern nicht so schnell abstellen konnte, wie ihm lieb gewesen wäre, »aber also das ist – nach Absprache mit Richter Heckle wurde das Geld …«

»Das wird keine allzu knappe Summe gewesen sein«, half Isaac von Sinclair aus.

»Keine allzu knappe Summe, fürwahr – ähm, also das Geld, das der erdolchte Bankier …«

»Ach, ein Bank…?«

»So unterbrich er mich doch nicht ständig!«, versuchte Burger es mit ein bisschen Zorn. »Also das Geld, das wurde amtlicherseits beschlagnahmt und kann Euch natürlich nicht ausgehändigt werden. Unter keinen, aber auch unter gar keinen Umständen. Das muss in Polizeigewahrsam bleiben.«

»Nein, guter Mann, das Geld interessiert mich auch nicht im Geringsten. Weiß ich doch, dass Ihr eine große Familie zu versorgen und viele Mäuler zu stopfen habt«, lachte von Sinclair großmütig, nahm die Hände vom Rücken und streckte sie dem Gendarmen entgegen, der denn auch sogleich einschlug. »Ihr

habt mir sehr geholfen, Burger, mehr, als euch vielleicht bewusst ist. Und sei es nur mit der Erkenntnis, dass es also kein
Raubmord war, dem der arme reiche Bankier erlegen ist. Um
sein Geld, das dürfte dann ja wohl so sicher wie das Amen in
der Kirche sein, ging's nicht.«

Burger schnalzte mit der Zunge und setzte ein vielsagendes
»Mhm« an die Luft. Während von Sinclair ihn seinem Schicksal
überließ und sich aus dem Gendarmeriebüro davonstahl wie
ein kleiner Gauner.

— . —

31

»Licht der Liebe, du goldnes!
Bilder aus hellerer Zeit, leuchtet ihr mir in die Nacht?
Liebliche Gärten, seid, ihr abendrötlichen Berge,
Seid willkommen, und ihr, schweigende Pfade des Hains,
Zeugen himmlischen Glücks, und ihr, hochschauende Sterne,
Die mir damals oft segnende Blicke gegönnt!
Euch, ihr Liebenden, auch, ihr schönen Kinder des Maitags,
Stille Rosen und euch, Lilien, nenn' ich noch oft!
Ihr Vertrauten! ihr Lebenden all' einst nahe dem Herzen«

»Großartig«, tuschelte Helena, »das ist großartig.«

Marius lächelte. Faltete das grobe Blatt Papier zusammen und schob es in die Innentasche seines Wamses. Mühte sich sogar mit dem inwendigen Knopf ab.

Helena, noch ganz benommen, lachte: »Oho, da will aber einer ganz sichergehn.«

»Stell dir bloß mal vor, der Meister findet's! Dann ist das alles hier auf einen Schlag zu Ende. Schneller, als wir gucken können.«

»Weil der dann denkt«, zählte Helena eins und eins zusammen, »weil der sich dann fragt, wann zum Donner schreibt mein Lehrjunge das? Wenn er für so was Zeit hat, dann muss ich ihm doch gleich noch den einen oder andern Auftrag draufpacken, dass ihm Hören und Sehen und Dichten vergehn.« Das Mädchen sah Marius spitzbübisch an.

»Ähm«, brachte Marius heraus, und es klang sofort so, als breche sich da etwas Bahn, was seit langem im tiefsten Inneren gegärt, geschmort, gebrodelt hatte.

»Ja?«, lächelte Helena, die sah, dass Marius Hilfe brauchte.

»Ich muss dir was sagen, Helena, schon lange.«

Ein weiteres ermunterndes »Ja«.

»Also, ähm, das sind – also ich meine, die Gedichte, also – wo ich dir ab und zu mal eins von vorlese, die sind, die sind nicht mir aus der Feder, ähm, geflossen.« Ein Kanonenschlag! Marius hatte einen Kanonenschlag hinter sich gebracht. Blickte auf die Erde, auf den nassen Uferboden, der durch das schüttere Herbstgras schimmerte. »Ich«, setzte er noch mal an, »ich hätte dich so gern in dem Glauben gelassen … Ich, aber …«

»Das weiß ich doch alles.«

»Was? Was weißt du?«

»Dass die Gedichte nicht von dir …«

»Aber woher, wieso weißt du …? Ich dachte – du hast mich und meine Gedichte doch immer übern grünen Klee …«

»Na ja, weil's natürlich schon auch großartig ist, die Gedichte aus dem Turm zu schleusen. Du weißt von dem einsamen Dichter, der da im Wahnsinn versinkt, doch auch nicht mehr als wir alle. Oder? Und doch schleppst du mir alle paar Tage neue Verse von ihm an, Grüße aus reinstem Elfenbein, einer schöner als der andere.« Helena strahlte in sich hinein.

Ein versonnenes Lächeln oder ein großmütiges, fragte sich der rot wie sein glühendstes Eisen angelaufene Schlosserbursche.

Oder beides? Marius stand auf, legte die Hand von außen auf die Stelle des Wams, wo er das Papier mit Hölderlins ›Licht der Liebe‹ wusste. Er bewegte die Finger leicht und lauschte dem leisen Knistern.

— . —

32

Von Sinclair hatte – natürlich, länger wollte und konnte auch er sich nicht auf die Folter spannen –, hatte, kaum die Gendarmerie verlassen, irgendeine Häusernische gesucht und gefunden, drehte den Briefumschlag zweimal durch die Hände, ermahnte seine Finger zur Ruhe, und endlich gelang es ihm, den Absender zu entziffern. – Keine Frage, kein Zweifel!

Fiebrig riss er das Kuvert auf. Las die ersten Zeilen und – und erstarrte!

Jetzt – aus doppeltdreifacher Vorsicht warf er noch mal einen kurzen Blick zum Himmel, um die Fortschritte der Abenddämmerung abzuschätzen und für hinreichend zu befinden –, jetzt endlich machte er sich auf den Weg. Inzwischen kannte von Sinclair sich in der kleinen Stadt so gut aus, dass er binnen kürzester Frist gefunden hatte, wonach er suchte.

Das Haus lag etwas zurückversetzt, als wolle es sich nach dem todtraurigen Ableben seines Bewohners so tief als eben möglich in die langen Abendschatten ducken. Von Sinclair nahm es als gutes Omen, peilte aber mit tief in die Stirn gezogenem Hut so genau, wie das wenige Licht es zuließ, die Lage. Noch einmal ließ er genüsslich den Coup Revue passieren, den er just an diesem Nachmittag gelandet hatte, nachdem ihm die Albmeier'sche mit einmal gelockerter Zunge zugelispelt hatte, wie sie seinerzeit von ihrem Fenster aus zufällig, ganz und gar zufällig habe beobachten können, dass sich der Herr Untersuchungsrichter und der Herr Gendarm eines arglosen Schlosserlehrlings bedient hätten, um welche Tatorte auch immer zu inspizieren. Die Bell'sche Druckerei etwa, die sich just gegenüber befinde. Er, der galante Herr, möge nur einen Blick aus dem Fenster werfen, nein, schräg hinüber, dort, genau! Dabei wundere sich alle Welt über dieses schmächtige Kerlchen, das, wenn es nicht gerade unter der strengen Fuchtel seines Meisters mit irgendwelchen Eisen befasst sei, stets mit was auch immer für Büchern unterm Arm gesehen werde.

Und so war es Isaac von Sinclair ebenfalls an diesem Nachmittag gelungen, besagten Schlosserlehrling für einen Augenblick von der Drehbank loszueisen und bei seinem Stolz zu packen, indem er den ihm vorauseilenden Ruhm ansprach und gegen ein abgegriffenes *Hyperion*-Bändchen zwei, drei, wie er sie nannte, »Sonderschlüssel« verschiedener Größe aus dem Kreuz zu leiern. Nur leihweise, nur bis morgen früh, verstehe sich. Nicht ohne das Glitzern in den Augen des Lehrjungen zu registrieren, hatte von Sinclair das Werkzeug entgegengenommen und, um es von allzu musikalischen Allüren abzuhalten, in sein Taschentuch eingeschlagen und in der Hosentasche verstaut.

Jetzt, im Schutze der endgültig anbrechenden Dunkelheit, klaubte er die drei Dietriche heraus, um sie wechselweise ihrer Bestimmung zuzuführen, bis die verdammte Haustür nach ausgiebigem, durchaus unangenehm schepperndem Genestel und Gestocher mit den Universalschlüsseln nachgab und mit einem frohlockenden Klackklack aufsprang. Nicht ohne ein leises, aber viel zu lautes Ächzen gab sie schließlich einen Spalt frei, durch den von Sinclair ins Innere schlüpfen konnte, um hinter sich die Tür sofort wieder ins Schloss zu ziehn.

Jetzt galt es nur noch, regungslos zu warten, bis der Nachtwächter kam, um die vis-à-vis des Hauses befindliche Straßenlaterne anzuzünden. Und richtig – von Sinclairs Kalkül ging auf. Das Licht war allemal hell genug, um sich vorzutasten über die knarzende Stiege, durch den kleinen Korridor, sich durch das von Bücher- und Papierstapeln als bizarre Felslandschaft ausgestaltete Büro vorzuarbeiten zum Schreibsekretär. Ein augenscheinlich seit Tagen verwaistes Möbel, wie der vertrocknete Apfelbutzen verriet, der auf der Schreibablage neben dem angebissenen, von einem Schimmelpelzchen gezierten Käsebrot auf die Ewigkeit wartete. Ursache der unsäglichen Duftnote, die den üblichen Muff eines seit Ewigkeiten nicht gelüfteten Büros durchwaberte.

Von Sinclair schluckte den Gestank runter, schlug sich zwischen den Büchertürmen zum Fenster durch und zog die Vorhänge zu. Um sich nun bei Kerzenlicht in Ruhe und Abgeschiedenheit auf die Suche begeben zu können. Nach ausuferndem Briefverkehr musste er gar nicht groß suchen. War nicht von auszugehn, dass der Verleger mit seinem neuen Autor ordnerfüllende Korrespondenzen führte, wenn man in fußläufiger Entfernung voneinander wohnte. Von Sinclair richtete den Blick also eher auf Notizzettel, an die Wandleiste gepinnte Hinweise, zusammengeknüllte Wische im Papierkorb. Aber: nichts! Wobei die Suche nicht unerheblich dadurch beeinträchtigt wurde, dass von Sinclair nicht wusste, wonach er eigentlich suchte.

Er schritt das Regal mit den Ordnern jetzt doch ab. Blieb plötzlich stehn: Auf einen der Regalböden war mit Tusche kaum leserlich die Aufschrift gekritzelt: »Laufendes«. Und gleich daneben: »In Aussicht Genommenes«. Er zog wahllos diesen und jenen Ordner hinaus, blätterte ratlos bis missmutig darin herum, klappte ihn geräuschvoll wieder zu. Nichts. Irgendwie nichts. Nichts Besonderes. Nichts, was von Sinclairs nächtliches Eindringen in das Trauer tragende Büro gerechtfertigt hätte.

Er ging auf die Knie und wandte sich den Papierstapeln zu. Halb korrigierte Skripte, mit Randnotizen versehne, notdürftig gebundene Papiere, mit aus den Fugen geratenen Fußnoten, überkritzelte Handschriften. Unkoordiniert dazwischengeschobene Aktendeckel lugten hier und da hervor, von denen er einzelne ebenfalls unkoordiniert hervorzupfte und achtlos irgendwohin pfefferte. Kotzebue, Wieland, Hölderlin … war in kaum leserlichen Großbuchstaben darauf verzeichnet. – Hölderlin? Aha, Fritze! Aber was denn, wie denn? Ein neuer Verleger – völlig unwahrscheinlich – sollte sich tatsächlich ein neuer Verleger gefunden haben?

Von Sinclair riss die Augen auf, zog den Aktendeckel vollends aus dem Stapel und wischte mit großzügigem Schwung den Berg Papiere auf der Schreibfläche des Sekretärs zur Seite. So dass die Zettel wie ein Schwarm aufgeschreckter Schmetterlinge in die Luft stiegen, um sich schließlich nach ungestümem Flattern auf der Hochgebirgslandschaft aus Büchern abzusetzen und sie wie der Winterschnee gnädig mit einer weißen Decke zu überziehn.

»Ein Vertrag!«, murmelte von Sinclair. Überlassung von vierzig Gedichten zur Erstveröffentlichung. In einer Broschurausgabe. Einfache Gestaltung und im Gegenzug garantiert niedriger Verkaufspreis. Geringe Startauflage mit der Option, bei Bedarf sukzessive Nachdrucke aufzulegen.

Unterzeichnet:

Ludwig Gustav Murr

Und Friedrich Christian Hölderlin.

– . –

33

Geliebter Sohn,

ich mache Dir Deine Schmalbrüstigkeit ja keineswegs zum Vorwurf. Und ich gedenke, es auch fürderhin nicht zu tun. Aber, wie ich Dir schrieb, ich werde nicht zulassen, dass dieser eitle Gimpel und brutale Vollstrecker dessen, was er für gerechte Strafe und unumgängliche Konsequenz hält, von Deiner schwächlichen Demut profitiert. Dass er sich an Deiner Krankheit gesundzustoßen beliebt.

Entschlossen
Deine Dir ewig zugeneigte Mutter

— . —

34

Kinder! Da vorne, da unten im Ufergesträuch vorm Garten des Clinicums. Gefährliches Spiel, Nachlaufen, so nah am Wasser! Jeden Augenblick – das konnte doch nur ins Auge gehn – nur eine Frage der Zeit, kürzester Zeit. Hölderlin drückte mit Daumen und Zeigefinger die Nasenflügel zu, um die Hand schließlich abwärts gleiten zu lassen, sich ins Revers zu greifen und an der halb aufgeribbelten Naht herumzunesteln. Nein, keine Kinder. Älter. Die wussten schon Bescheid. Die zerrten sich die Kleider vom Leib. Eins ums andere. Das waren die beiden wieder. Sah er doch, er war ja nun nicht blind.

Hölderlin ging noch einen Schritt näher ans Fenster. Grade so weit, wie er glaubte, nicht seinerseits durchs Fensterglas zu schimmern, von draußen nicht beobachtet werden zu können.

Er konnte sie bestens erkennen. Es waren eindeutig die beiden. Jetzt, am späten Sonntagvormittag, wo ihre Väter nach dem Gottesdienst einem ersten oder zweiten, dritten Gläschen Wein zusprachen und ihre Mütter dem Sonntagsbraten ein mehlgestärktes Sößchen abzuringen suchten. Jetzt noch entschieden besser zu sehen, die beiden, als letzthin immer im schwindenden Licht der Oktober-, nein, inzwischen Novemberabende.

Jetzt fingerte der Bursche tatsächlich schon am Träger ihres Leibchens herum. Moment. Wenn der Oktober schon so kalt gewesen war, ja, Himmels willen, wie kalt dann bitte war so ein trüber Novembersonntag, wo sich gerade erst vor einer Stunde oder anderthalb die Nebel gelichtet hatten. »He, Leute, ihr holt euch den Tod«, schrie er nach Leibeskräften gegen das Fensterglas, das sofort von seinem Atem beschlug, um den weißen

Schatten allerdings sofort wieder der Auflösung anheimzugeben.

Nein, nicht jetzt, vollkommen ungelegen, Himmel Herrgott, jetzt nicht! Aber die schweren Schritte polterten unaufhaltsam die Stiege hoch. Es wummerte an der Tür. Und da Hölderlin sich nicht vom Fleck rührte, nur den Blick zur Tür wandte und sie erschrocken, aber schweigend anstarrte, rief Meister Zimmer durchs Schlüsselloch: »Hölderlin, seid Ihr in Ordnung?«

Keine Antwort.

Ein erneutes »Hölderlin«.

Keine Antwort.

»Wen holt der Tod? Mein Gott, Hölderlin, so antwortet doch!« Und als es immer noch gespenstisch still blieb, setzte Meister Zimmer noch einmal nach: »Hölderlin, ich komme jetzt rein. Nur, ähm, nur, um nach dem Rechten zu sehen.«

Keine Antwort.

»Wenn Ihr nichts sagt …«, aber da hatten Zimmers Hände seinen Satz schon überholt, drückten die Klinke runter und schoben die ächzende Tür auf.

Da stand er. Hölderlin. Hatte sich wieder umgewandt, den Blick aus dem Fenster gerichtet. Schweigend. Nicht die kleinste Regung verriet, dass er von Zimmers besorgtem Eindringen Notiz nahm. Er schien ihn überhaupt nicht zu bemerken.

Der Tischler stellte noch ein behutsames »Hölderlin?« in den Raum, wartete noch einen Augenblick, als aber immer noch keine Reaktion erfolgte, kam er zu dem Schluss, dass der Dichter in kreativer Kontemplation versunken sei und jedes Insistieren seinerseits auf eine Antwort bloß den Keil einer ungebührlichen Störung ins kunstvolle Gedankenspiel treiben würde. Nun selbst stillschweigend, machte Meister Zimmer einen halben Rückwärtsschritt und zog die Tür so leise wie möglich ins Schloss. Entsetzt, als das Schloss denn doch ein überflüssiges Klack vernehmen ließ, das ins Versereimen auf der anderen Seite wie ein Donner eingeschlagen sein musste. Er schlich die knarzende Stiege rückwärts hinunter und schwor sich, sowohl das Schloss von Hölderlins Kammertür als auch die Treppenstufen in den nächsten Tagen zu fetten. Soviel Lärm konnte großer Dichtung nur abträglich sein.

Hölderlin hatte wenig verpasst. Als er den Blick kurz zur Tür und wieder zurückgewandt hatte, war es dem Burschen da unten gelungen, das Leibchen seiner Angebeteten halb hinunterzuschieben, so dass es die rechte Brust freigab. Mit spitzer Knospe ragte diese, noch leicht nachwippend, hervor, getragen von einem zugleich zierlichen und fülligen Hügel. Wahrscheinlich, das konnte Hölderlin nur raten, gänsehautumgarnt. Von poetischer Schönheit! Und eben legte der Junge auch die zweite Brust frei, was das Mädchen, ja, vielleicht mit einem gewissen Stolz sogar, geschehen ließ. Und doch den Eindruck erweckte, als staune sie darüber, dass ihr Galan so fasziniert von dem war, was sich seinen Blicken darbot. Aber der Junge – und Hölderlin, wenn er ehrlich war, nicht weniger – konnte den Blick nicht von diesen forschen Kunstwerken lassen.

Endlich riss der Bursche sich los, bedeutete dem Mädchen mit sanftem Nachdruck, sich zu setzen und an den Stamm der uralten Platane zu lehnen, deren ausladende Blätterpracht Hölderlin Tag für Tag bewunderte, auch wenn diese in Anbetracht des vorgerückten Jahres auf ein paar spärliche Reste, eher auf eine Erinnerung zusammengeschmolzen war. Das Mädchen tat wie ihm geheißen, während sich der Junge das Hemd vom spindeldürren Leib streifte, ebenfalls abwärts glitt und sich rücklings zwischen die Beine des Mädchens setzte. Dabei ruckelte er so weit abwärts, bis sein Hinterkopf genau zwischen ihren Brüsten ruhte.

Hölderlin schoss das Blut ins Gesicht. Er wollte sich abwenden. Doch er konnte nicht, sog den Anblick förmlich auf wie eine traumschöne Offenbarung. Starrte zum Fuß der Platane – kalten Schweiß auf der Stirn. Bitte, um des hohen Himmels willen, möge dieses Wunder der Harmonie nicht, niemals von groben, animalischen Regungen und Bewegungen übermannt und zerstört werden!

Der junge Bursche jedoch, warm gebettet zwischen den süßen Wogen des zierlichen Busens, machte keinerlei Anstalten, die traute Zerbrechlichkeit in Gefahr zu bringen. Im Gegenteil. Hölderlin sah, dass der Junge ein zusammengefaltetes Papier aus der Tasche zog, auseinanderzwirbelte und glattstrich, um sich's mit halb ausgestreckten Armen wie ein Chorknabe seine Noten vor Augen zu halten. Auf die Entfernung war natürlich beim besten Willen und auch mit zusammengekniffenen Augen nicht zu erkennen, was da geschrieben stand, aber dass das Blatt nicht flächendeckend vollgekritzelt war, das war auch von hier oben aus zu erkennen. Zu erahnen, wenn er ehrlich war. Wie's aussah, trug nur das linke obere Viertel des Papiers ein paar Zeilen. Ein Gedicht, womöglich, ein Gedicht. Schäferstündchen mit Poesie!

Sofort zogen die glücklichsten Monate mit Susette vor Hölderlins innerem Auge auf. Ihr Hamburger Sommer und die Traumstunden, während denen er Susette vorgelesen hatte. Aus seinem *Hyperion*, dessen Diotima so sehr nach Susette geraten war. Ein Ebenbild gradezu! Aufs Haar genau. Schon im ersten Entwurf, wollte es Hölderlin scheinen, den er lange vor seiner Zeit im Hause Gontard, lange bevor er Susette zum ersten Mal sah, zu Papier gebracht hatte. Spätestens aber in Hamburg und Frankfurt, in ihrem unmittelbaren Dunstkreis, da er seinem *Hyperion* den letzten Schliff angedeihen ließ. Diotima war immer schon Susette und war sie noch entschiedener geworden, seit er ihr begegnet war.

»Lebendige Töne sind wir, stimmen zusammen in deinem Wohllaut Natur! Wer mag die Liebenden scheiden?«

Hölderlin wandte sich ab, drehte sich zum Schreibtisch, schob den Stuhl zurecht, tauchte den Kiel in die Tinte und sah dem oberen, dem runden Ende der Feder beim Zittern und Beben, beim Wippen und Schaukeln, bei diesem munteren kleinen Tanz zu. Während sich auf dem Blatt Papier die Buchstaben aneinanderreihten, die Versgirlanden aus der Erinnerung abrollten.

»Bin ich allein denn nicht? aber ein Freundliches muß
Fernher nahe mir sein, und lächeln muß ich und staunen,
Wie so selig doch auch mitten im Leide mir ist.
Licht der Liebe!«

— . —

35

Peter Härtlings Roman. Ein wei-
terer Meilenstein auf meinem Weg
zu Hölderlin. Die Idee, sich ihn
zu erschließen über die geogra-
phische Nähe. Was Peter Härt-
ling nicht sonderlich schwer-
fiel. Aber mir. Köln liegt nicht
am Neckar. Trotzdem: Meine Tü-
bingen-Besuche, allesamt, hatten
mit Hölderlin zu tun. Waren zwar
nicht durch ihn initiiert, kamen
gleichwohl nicht an ihm vorbei.

Auf den Spuren des Maestros wan-
deln. Seinen Blick einnehmen,
sein Raumgefühl nachempfinden.
Seine Wahnsinnspirouetten und
Volten nachvollziehen, seine Le-
benslust, seine Poesieglut nach-
glühen lassen, an seine melancholische Verzweiflung und die ver-
zweifelte Melancholie andocken.
So gut das geht, zwei Jahrhunder-
te danach, als nicht zu Depressi-
onen neigender Jetztzeitbürger.

Geht jedenfalls entschieden ein-
facher, für mich, mit geographi-
schem Bezug als ohne. In dankens-
werter Klarheit stehen plötzlich

die Geschichten im Raum, die ich
von ihm gehört, gelesen, gesehn
hatte. Vor mir im Raum. Für all
das steht das, was vom Tübingen
seiner Tage noch steht. Als Ku-
lisse, als Folie, als Grund und
Hintergrund.

Tübingen bringt ihn mir näher.

—.—

Marius lächelte. Legte das Blatt zur Seite, ohne den Kopf aus seiner traumhaften Position zu bewegen. Und während Helena die letzten beiden Verse noch einmal in die Novemberluft hauchte, ohne Stimme, ohne Atem, ohne den Brustkorb zu heben, wies er mit dem Daumen zu Hölderlins Turmkammer hinüber, hinauf.

Doch plötzlich verfinsterte sich seine Miene, als habe jemand mit einem Schlag schwarze, schwere Vorhänge zugezogen. »Es ist ein Trauerspiel …«

»Eine Katastrophe«, pflichtete sie ihm bei. »Kann nicht wahr sein, dass das alles nicht wahr sein kann!«

»Nicht wahr sein darf!« Marius nickte. Jetzt hob er doch den Kopf aus ihrer Venusgrube, wandte sich um und blickte in ihr glückschmerzendes Gesicht. »Einfach grauenhaft, dass wir uns nie und niemals genießen können, ohne an diese verfluchte Unmöglichkeit zu denken.«

Langsam, sehr langsam zog Helena ihr Leibchen wieder hoch, und Marius sah mit bitterem Blick die rotgekrönten Früchte allmählich verschwinden, während sie stammelte: »Wir haben keine Chance, es sei denn …«

»Es sei denn …?«

»Es sei denn, mein Vater …«

»Dein Vater, Helena, niemals. Dein Vater wird sich keinen Millimeter bewegen. Kann er gar nicht bei seiner Position. Man kann ihm nicht mal einen Vorwurf machen.«

»Doch. Ich. Ich kann ihm einen Vorwurf machen. Wenn er nur wollte, könnte er«, entgegnete Helena. Trotzig. Fast schnippisch.

»Das wirst du nicht verlangen können, dass er seine gesellschaftliche Stellung und alles ins Wanken geraten lässt. Als Richter ist er die Moral selbst. – Nur wir, kein andrer, nur wir haben's in der Hand. Können uns nur davonstehlen.«

»Niemals. Die Flucht ergreifen – nie! Marius, so einfach geben wir nicht auf.« Sie riss ihr eben erst zurechtgezupftes Leibchen – ratsch! – auseinander.

– . –

»Verehrungswürdige Frau Mutter! Mich auszudrücken, ist mir so wenig gegönnt gewesen im Leben.

Ihr getreuer
Hölderlin«

– . –

Er stand in Hölderlins Turmzimmer. Und sah das Häuflein Elend an, das da zusammengesunken auf der Bettkante kauerte. Mitleid kroch in Schlangenlinien hinter die Stirn, setzte sich fest. Aber ließ sich nicht ändern, er würde ihm das hier nicht ersparen können. Uralte Freundschaft hin, uralte Freundschaft her. Nein, grade im Sinne der Freundschaft. Schließlich war er ohnedies nur im Sinne eben dieser seit Jahren gewachsenen Verbindung hier, hatte zu Hause alles stehn und liegen gelassen, ackerte, machte und tat. Alles ein einziger Freundschaftsdienst.

Wenn er auch – zugegeben – inzwischen gehörig Feuer gefangen hatte. Als ginge es um ihn selbst, um sein eigenes Schicksal, seine eigene Vergangenheit, die ihn einholte. Um sein eigenes – ja, vielleicht hatte er ein schlechtes Gewissen, das er hier bekämpfte. Das aus den Jahren rührte, als er sich deutlich weniger um Hölderlin gekümmert hatte. Als dieser seine Odyssee durch halb Europa absolvierte, nachdem er bei den Gontards den Hut hatte nehmen müssen. Schweiz, Frankreich, Stuttgart. Und immer wieder Nürtingen. Haltlos, ratlos und rastlos, hoffnungslos, die ganze Zeit von schwarzen Gedanken an sein Unglück verfolgt. Schließlich in Tübingen ins Universitätsclinicum zwangseingeliefert. Nachdem er, Isaac, sich um seinen Prozess zu kümmern hatte und Hölderlins Mutter diesen grausamen Brief geschrieben hatte, hatte schreiben müssen, dass er sich Hölderlin nicht länger annehmen könne und dass damit auch die Homburger Hofbibliothekarsstelle, die er dem Freund verschafft hatte, auslaufe. Als das Einzige, was er für den Freund noch tun konnte, darin bestand, ihm von Dr. Müller bescheinigen zu lassen, dass sein *»Wahnsinn in Raserei übergegangen«* sei und *»daß man sein Reden, das halb deutsch, halb griechisch und halb lateinisch zu lauten schei-*

net, schlechterdings nicht versteht«. Mit Müllers Gutachten hatte er zumindest, wie erhofft, erreicht, dass Hölderlin unbehelligt blieb, was den gegen ihn, Isaac, angestrengten Hochverratsprozess anging. Die Rechnung war aufgegangen, wenigstens die. Und gleichzeitig war es genau dieses verdammte Gutachten, das man als Handhabe nutzte, um Hölderlin gegen seinen tobend bekundeten Willen ins Tübinger Clinicum zu verfrachten.

Hölderlin hob den Blick, sah seinen Freund Isaac an, wie er da neben dem Klavier stand – irgendwo musste er schließlich stehen. Hölderlin warf ihm einen leeren Blick zu, augenscheinlich von irgendwelchen verqueren Gedanken gepeinigt.

Trotzdem – Isaac von Sinclair nahm sich jetzt ein Herz und kämpfte gegen den eigenen Unwillen an. »Friedrich«, das sagte er wirklich nur, wenn's ganz übel kam, fehlte nur noch ein »Johann Christian«. So schlimm aber stand's offenbar nicht. Zumindest noch nicht. Stattdessen also: »Friedrich, ich will's jetzt wissen, jetzt! – Will wissen, wen du in dem Toten im Stocherkahn glaubst, erkannt zu haben!«

Schweigen auf der Bettkante.

»He he, ich kann dir nicht helfen, wenn du nicht mit offenen Karten spielst.«

Beharrliches Schweigen.

»Pass mal auf, alter Junge, ich weiß es eh. Aber ich will, dass du's mir sagst!« Von Sinclair war zwei Schritte näher gekommen.

Hölderlin sah ihn mit großen Augen an. Und schwieg.

Von Sinclair ging in die Knie, hockte sich auf die Fersen, damit dieser blödsinnige Höhenunterschied zwischen ihnen ausgeglichen war. »Wovor, Fritz, hast du Angst?«, stocherte er im Nebel.

Hölderlins Augenlider flatterten, die Pupillen zitterten. Seine Lippen bebten, als wollten sie irgendwas loswerden, brachten aber kein Wort heraus. Aber von Sinclair ließ ihn nicht aus dem Blick. Legte ihm jetzt eine Hand aufs Knie. Beugte sich vor, versuchte, mit dem Arm die Schultern des Freundes zu …

Ein Schrei! Ein ohrenbetäubender Schrei! Hölderlin riss sich los. Sprang auf. Hastete zum Fenster, blickte hinaus auf den Neckar. Regungslos stand er da, nicht mal die eben noch hin- und herblitzenden Augen arbeiteten. Er versteinerte.

Von Sinclair erhob sich aus der unbequemen Hocke, blieb aber neben Hölderlins Bett stehn, wagte keinen Schritt vorwärts. »Fritz?«

Mit stumpfem Blick aus dem Fenster, im Gesicht so wenig Bewegung wie irgend möglich, ohne mit der Wimper zu zucken, legte Hölderlin los. Dass er sich hundertprozentig sicher war, auch auf die Entfernung hin, in dem Stocherkahntoten Gontard erkannt zu haben, den steinreichen Gatten seiner, ach, hoffnungslosen Liebe Susette. Er, Isaac, wisse ja, wie weich sie sei. Und er wisse, wie borniert, wie knochenhart dieser alles mathematisch durchkalkulierende Kotzbrocken von einem Ehemann …

»Na ja, du hast ihm ja nun auch wahrhaftig Hörner aufgesetzt. Klar, dass er sich darüber nicht amüsiert hat.«

Aber Hölderlin antwortete nicht, ging über den Einwand hinweg, als hätte er nie im Raum gestanden. War völlig in seinen Gedanken. »Susette, dieses wunderbare Geschöpf! Mit diesem kaum erkennbaren, zarten Hügel auf dem Nasenrücken, dem kleinen Mund, den schmalen Lippen, vielleicht auf den ersten Blick nicht von klassischer Schönheit, schmucker Ebenmäßigkeit und langweiligem Liebreiz. Eine Sonne, die Frau! Stern meiner Nächte. Und scharfkantiger Stein unendlichen Leids. Denn, wie du weißt«, spulte Hölderlin noch mal die Begebenheiten und Umstände ab, die von Sinclair nun wirklich bis zum traurigen Überdruss bekannt waren, »Liebe meines Lebens, ohne je Erfüllung zu finden. Ohne je in einen Lebensentwurf münden zu können. Obwohl sie doch gleich bei der ersten, der allersten Begegnung entfacht wurde. Mein Gott, was für ein Feuer! Und obwohl sie, wie ich mit gutem Recht wohl sagen darf, von der ersten Sekunde an auf Gegenseitigkeit beruht hat. Aber. Himmel noch mal, die Ehefrau meines Dienstherrn! Wie denn sollte das gehn! Steinreicher Geldadel – und ich der armselige Hofmeister. Zuständig für die klassische und sittliche Bildung der Kinder des Hauses. Auch schon wieder zehn Jahre her. Aber ich weiß noch jede Sekunde wie heute.«

»Fritz, das konntet ihr einfach nicht erwarten, dass er einen Domestiken mit seiner Frau lustig und munter …«

»Domestiken?« Hölderlin schreckte auf, aber er wusste, wie recht sein Freund hatte. Natürlich gehörte er in den Augen das Bankiers als armseliger Hauslehrer zum Stab der Bediensteten, die in erster Linie zu spuren hatten. Denen es schon gar nicht zustand, diese perfekt arrangierte Ehe zwischen einem Frankfurter Bank- und einem Hamburger Kaufmannshaus durcheinanderzubringen. Hölderlin wischte den schauerlichen Begriff von der Fensterscheibe und redete weiter, als sei er kaum unterbrochen worden: »Wo ich also, die Sprösslinge in den Wissensinhalten des klassischen Bildungskanons zu unterweisen, die Ehre gehabt hab. Und ja, irgendwie klar, dass der Kerl natürlich nicht lange brauchte, viel zu kurz, um hinter das süßeste aller Geheimnisse zu kommen. Weil Susette und ich – wir sind irgendwann unvorsichtig geworden, je höher die Himmel waren, in die unsere Liebe wuchs. Und weil irgend so eine neidische Pute aus dem Kreis der andern Bediensteten meinte, uns verraten zu müssen. Jedenfalls, wir hatten – natürlich hatten wir Gontards Eifersucht nichts entgegenzusetzen. Wie denn auch?«

»Sie war ja auch nur zu berechtigt.« Wieder ein Satz, den von Sinclair sich hätte schenken können, der jedenfalls nicht die geringste Resonanz hervorrief.

»Und so traf sein Brotneid mitten in unsere verliebte, unsere wunderbare Turtelnaivität. Traf uns vollkommen unvorbereitet.«

»Um Himmels willen, Fritz, was hättest du denn an seiner Stelle gemacht?! War doch nur folgerichtig, dass er dich des Feldes verwiesen hat. An der Stelle kannst du ihm beim besten Willen keinen Vorwurf machen, so leid mir das tut. So sehr mir's für euch beide leidtut, dass ihr nicht wirklich zueinander finden konntet.«

Hölderlin, als wäre er aus seiner weißen Wolke runter auf die Erde gestürzt, sah plötzlich von Sinclair an und nickte traurig. »Ja. Nein, auch wenn diese Ausgeburt eines seidenfeinbetuchten Langweilers unsrer großen, unsrer traumhaften Liebe wie ein stumpfer Klotz im Weg stand, nein, hast recht, einen Vorwurf kann man ihm nicht machen.«

»Er musste dich doch rausschmeißen«, bestätigte von Sinclair, froh, mit Hölderlin wieder auf einer Linie zu sein. »Absolut menschliche Reaktion.« Von Sinclair stieß den Atem hörbar in den Raum. »Und die Jahre danach?« Eine Frage, die genau die kritische Zeit betraf, wo der Kontakt zwischen ihnen beiden verdammt dünn geworden war. Die Leerphase, die von Sinclair jetzt umso leerer vorkam, grauenhaft leer. Eine Frage, die er leise wie einen Lufthauch Richtung Fenster gleiten ließ. Die Hölderlin aber wider Erwarten erreicht zu haben schien.

»Du weißt ja, dass wir uns auch danach noch getroffen haben – natürlich, haben uns natürlich getroffen, mussten uns treffen«, stammelte er und wandte den Blick wieder aus dem Fenster, »hab mich selbst zitiert, meine Widmung, die ich in ihr *Hyperion*-Exemplar geschrieben hatte, hab ihr's und mir's immer und immer wieder zugerufen, wann immer sich eine Gelegenheit bot: *»Habe, meine liebste Liebe, selbst die Gedanken an Dich mir manchmal versagt und verleugnet. Ich sehe, wie das enden muß. Das Steuer ist in die Woge gefallen, und das Schiff wird an die Felsen geschleudert.«* Es war nicht auszuhalten, ohne wenigstens ein flüchtiges Wiedersehn hin und wieder, ging einfach nicht ohne. Und wir waren beide im Glauben, dass dieses kurze Winken am Fenster, diese seltenen, viel zu seltenen Treffen, diese Augenblicke durch die dichter und dichter wachsende Hecke hindurch spurlos an Gontard vorbeigingen.«

»Habt ihr doch selber nicht geglaubt.«

»Jedenfalls machte er keine Szene mehr. Und dann kam der letzte, oh, ihr hohen Himmel, der letzte Brief von Susette: *»Ich kann nicht weiter schreiben, Lebe wohl! Lebe wohl! Du bist unvergänglich in mir! Und bleibst, so lang ich bleibe.«* Aber wirklich besiegelt war es erst, als sie an Röteln, an Schwindsucht, ich weiß nicht, was schwerer wog …«

»Jedes für sich war ein Todesstoß. Schwindsüchtig wie sie war, musste sie sich natürlich trotzdem ihren Kindern widmen, als sie mit den Röteln gekämpft haben. Bis sie auch bei sich selbst die roten Flecken im Gesicht entdeckte. Das hohe Fieber, die Gliederschmerzen. Und sie wusste genau, was das bedeutete. Und wie Gontards Eifersucht, so hatte sie auch dieser Attacke nichts entgegenzusetzen. Fritz, sie hatte keine Chance.«

»Aus dem Leben, aus dem Lieben gerissen.«

»Ich hätte's dir nicht schreiben sollen. Du hättest es vielleicht nie erfahren. Wärst in der Hoffnung, in dem Glauben glücklich, dass sie noch …«

»Nein!«, schrie Hölderlin aus vollem Hals. Und wurde im nächsten Atemzug gradezu andächtig still. »Issac, nein«, flüsterte er, »ich bin so froh – bin dir so dankbar, dass du mich nicht im Ungewissen – fünf Jahre her all das. Endlose fünf Jahre. Viel zu früh, weiß Gott, eine Ewigkeit zu früh. Die grausame Endgültigkeit der Unvollendeten.« Er schluckte, dass der Kehlkopf auf- und niederholperte.

Und im nächsten Moment musste von Sinclair ansehn, wie Hölderlins Halsadern anschwollen, hervortraten, wie Gartenschläuche pulsierten. Wie sich sein Gesicht verfinsterte, wie aus dem quarkkäsigen Weiß tiefes Rot wurde. Wie es in ihm kochte und brodelte. Wie er sich aber mit aller ihm zu Gebote stehenden Kraft zurücknahm und herausbrachte, er wisse genau und habe immer gewusst, dass Gontards Eifersucht und Rachegelüste nie, in all den Jahren nicht eingeschlafen, von Susettes Tod vielmehr bestärkt worden waren, gesteigert worden sein mussten dadurch, dass er ihn, Hölderlin, als Ursache für die grundlose Krankheit, die ewige Luftnot, den schrecklich rasselnden Atem, den jammervollen Tod Susettes ausgemacht hatte. »Ich hab mich also nicht im Entferntesten gewundert«, fügte Hölderlin an, plötzlich wieder ruhig, fast kalt, eiskalt, »als Gontard hier in Tübingen aufkreuzt. Fünf Jahre nach ihrem Tod. Wie er, von zehrender Eifersucht zerfressen, hierherkommt und jeden Tag, jeden Tag irgendeinen Fischer dazu bringt, ihn mit dem Stocherkahn möglichst nah an meinen Turm zu bugsieren. Am liebsten direkt hier unter mein Fenster. Du kannst dir nicht vorstellen, was ich für Ängste ausgestanden hab.«

»Doch«, nickte von Sinclair, um noch ein zweites und ein drittes »Doch« nachzuschieben.

»Und die Angst, gottverflucht, die Angst ist nicht weg, seit er weg ist. Ist nicht leiser geworden«, raunte Hölderlin, indem er sich jetzt langsam, unendlich langsam umdrehte und die Blicke des Freundes suchte, »die Wut schon, nicht aber die Angst.«

»Angst wovor denn, Fritz, wo Gontard doch, wenn du recht hast und er es war in diesem unseligen Kahn, wo Gontard doch das Zeitliche gesegnet hat. Auf höchst unsanfte Weise. Vor deinen Augen. Der denkbar endgültigste Strich drunter.« Isaac von Sinclair ließ nicht locker, mochte sein Mitleid mit dem Freund noch so sehr dagegenstehn. Er wollte Klarheit.

»Isaac!« Da war das Augenlidschlackern wieder, und das Zittern der Pupillen. »Da draußen. Irgendwo da, in diesem höllisch harmlosen Städtchen mit seinen friedliebenden Bürgersleuten, da läuft ein Kerl rum, der warum auch immer meinen Nebenbuhler rücklings mit spitzblitzendem Dolch …« Hölderlin würgte das Ende des Satzes runter, das Gesicht war wieder blaurot angelaufen. Er torkelte vorwärts, rempelte von Sinclair im Vorbeistolpern an, als sei er Luft, erreichte aber das Bett nicht, sondern warf sich einen halben Schritt davor auf den Boden und wälzte sich, wimmernd wie ein Welpen, dem der Zugang zur stillenden Zitze verwehrt ist, um die eigene Achse. Und die Bodenbohlen stimmten ein knarrendes Klagelied an.

Den heraufstürmenden Tischlermeister wedelte Isaac von Sinclair fort. Mit verbindlichem Dank.

— . —

39

Ich bekomme, was diese Tour vor fast einem halben Jahrhundert angeht, nicht mehr allzu viel aus den Tiefen meines Hirnkastens hochgelockt, aber es war ein unbedarfter Neugiertrip, so viel weiß ich. Warum ausgerechnet Tübingen unsere Neugier als vielleicht Siebzehnjährige so entzündete, dass wir eine Reise dorthin unternahmen, weiß ich nicht. Nicht mehr. Jedenfalls war's das erste Mal, dass ich den Hölderlinturm besuchte. Seine kärgliche Kammer. Mit den kahlen, zumindest jetzt kahlen Wänden. Bei zugleich fantastischer Lage am fast seestill vor sich hinströmenden Neckar. Der wunderbare Blick aus den Turmfenstern, der zu Hölderlins Zeiten noch grandioser gewesen sein muss, als die Platanenallee noch nicht gepflanzt war und selbst in seinen späten Jahren noch so klein war, dass er getrost darüber hinwegsehn konnte.

Vor allem aber die Vorstellung, dass hier ein Dichter, der nun

wirklich Genie und Wahnsinn un-
fassbar nah aneinanderrücken
ließ, in seiner Person verein-
te, der die Schönheit und Freiheit der griechischen Antike
wieder und wieder beschwor und
Gedichte von organischer Schönheit schuf, die Vorstellung
also, dass dieser freiheitslie-
bende Verseschmied hier oben in
dieser beengten Kammer 36 Jahre,
ein halbes, sein halbes Leben zu-
brachte, dieses unglaubliche Zu-
sammengehn von Enge, Schönheit
und Freiheit, traf mich wie ein
Paukenschlag.

Wirkt über die Zeit hinweg. Schwa-
che Erinnerung, langer Nachhall.

—.—

40

Hölderlin schlug die Augen auf. Zögerlich. Wie ein Kind, das man aus den Träumen holt. Immer wieder zurückfallend in traumverlorene Nebel, dann wieder blinzelnd, die Augendeckel öffnend, schließend, öffnend.

Endlich tasteten seine rotunterlaufenen Augen die Welt, die Wände des engen Zimmers ab, folgten dem Morgenlicht, das durch die Turmfenster hereinzwinkerte. Sahen von Sinclair auf dem unbequemen Stuhl zusammengesunken in unbequemem Schlaf. Schiefer Rücken, auf die Brust gesunkenes Kinn, eine Hand mit gekrümmten Fingern im Schoß, als habe sie eben noch die andere Hand mit verschränkten Fingern festgehalten, die jetzt aber am schlaff herabhängenden Arm baumelte. Die Beine der Länge nach ausgestreckt, Füße übereinandergeschlagen. Ein heikles Gebilde, das jeden Moment in sich zusammenfallen musste.

Hölderlin, ebenfalls die Knochen krumm von der Nacht, die er auf dem Boden zugebracht hatte, raffte seine Gliedmaßen zusammen und rappelte sich langsam auf. Wieder leidlich in aufrechter Position legte er die paar Schritte zu dem zerfahrenen Knäuel namens Isaac von Sinclair zurück. Stupste es leicht an, äußerst behutsam, um die fragile Konstruktion nicht zum Einsturz zu bringen.

Aber der leichte Knuff reichte schon. Der winterschlaftief abgetauchte von Sinclair kam ins Rutschen und drohte, seinen widerstandslos über die Bohlen schliddernden Füßen zu folgen. Hölderlin – in seltener Geistesgegenwart – griff dem allmählich in Fahrt kommenden Freund unter die Achseln und hielt ihn in der Schwebe zwischen Stuhl und Boden. Aber lange konnte das nicht gut gehn. Gottlob war die Position scheints hinreichend unbequem, so dass von Sinclair wach wurde und wie von der Tarantel gestochen aufschreckte. Die Körperspannung stellte sich von jetzt auf gleich wieder her, die Kräfte schossen in die Beine, und Bruchteile von Sekunden später wuchs der ganze Kerl in die Höhe. Stand, als wär nichts geschehn. Zupfte seinen Rock zurecht.

Hölderlin und von Sinclair verfielen in tosendes Gelächter. So laut, so anhaltend, dass Tischlermeister Zimmer sich ein weiteres Mal im Eilschritt die Stiege heraufmühte, die Tür aufstieß und konsterniert auf der Schwelle stehn blieb. Natürlich hatte er keine Ahnung, was sich hier gerade abgespielt hatte, aber er kam nicht umhin, in das Gelächter und Gejuchze einzustimmen. So standen die drei Männer im Tübinger Turmzimmer und lachten, lachten sich schief, ohne recht zu wissen warum.

Plötzlich jedoch erstarrte von Sinclair zum Eisblock. Zwei, drei Blicke, und Zimmer wusste, dass er abzudackeln hatte. Mit einem flüchtigen Nicken trat er den geordneten Rückzug an. Kaum war die Tür ins Schloss gefallen, fingerte von Sinclair einen zerfledderten Briefumschlag aus seinem Rock und hielt ihn Hölderlin wortlos vor die Nase.

Hölderlin wich die Farbe aus dem Gesicht.

Von Sinclair ließ den Zeigefinger vom Adressaten – Jakob Friedrich Gontard – auf den Absender wandern: Ludwig Gustav Murr.

»Gib schon her!«, Hölderlin riss von Sinclair das Kuvert aus der Hand. Wogegen sich dieser nicht im Geringsten zur Wehr setzte; alles durchaus in seinem Sinne.

Fahrig zerrte Hölderlin den Brief aus dem Umschlag und begann den Text lückenhaft vor sich hin zu brabbeln: »... gedenke keinesfalls, Eurer Aufforderung nachzukommen … wenn ich eines hasse, dann ist es, erpresst zu … betrachte ich Eure Androhung, dass ansonsten meine Frau und die Kinder – mir ganz ohne Zweifel das Liebste auf der Welt – darunter zu leiden hätten, als gegenstandslos.

Seien Sie meiner Ehrerbietung versichert
Ludwig Gustav Murr
Tübingen, den siebenten Julius 1807.«

Hölderlin blickte vom Papier auf – das sattsam bekannte Zittern in den Augen.

– . –

41

Meister Zimmer, von Sinclair, alle waren verschwunden. Hölderlin allein. Allein mit sich, seinem Turmzimmer und seinem Ausblick. Seinem traumhaften Blick über den Neckar, wo er über die Wiesen am anderen Ufer hinweg bis zum Albtrauf sehn konnte, der als graublauer Streifen den Horizont markierte.

Hölderlin ging zum Schreibtisch. Es war wieder an der Zeit.

»Verehrungswürdigste Frau Mutter! Ich schreibe Ihnen, so gut ich im Stande bin, Ihnen etwas zu sagen, das Ihnen nicht unangenehm ist.«

– . –

42

Er war grade erst wieder zurückgekommen – nur mal kurz, ganz kurz austreten, bisschen Flüssigkeit wegbringen, musste ja wohl möglich sein –, hatte sich kaum in seinem Amtssessel niedergelassen, einigermaßen zurechtgeruckelt, die Arbeit wieder aufgenommen, als es kurz, ganz kurz an der Tür klopfte, bevor sie ohne jedes »Herein!« geöffnet wurde. Eine Ungeheuerlichkeit!

»Bitte ergebenst, eintreten zu dürfen.« Burger hatte sich ohne langes Federlesen am Zerberus des Gerichtsgebäudes und an den beiden argusäugigen Schreibern vorbeigestohlen, vollzog im Schnelldurchlauf das übliche Begrüßungs- und Ehrerbietungsritual und kam aus dem Bückling soeben wieder hoch. Hatte also den Schritt über die Schwelle längst hinter sich gebracht, bevor der – pardon – bräsig auf den Bürosessel gefläzte und über zwei verbeulten, auf dem Schoß verteilten Papieren brütende Inquirent einen Abschottungsversuch hätte unternehmen können. Gendarm Burger konnte sich des Eindrucks nicht erwehren, dass die beiden Papiere, auf denen die Augen des Richters ruhten – geruht hatten, dass die ohnehin als Feigenblätter seines nachmittäglichen Interimssilentiums fungierten.

Richter Heckle blickte kurz auf, erkannte in dem Eindringling den assistierenden Eiferer und – und wollte sich eben wieder in die Geruhsamkeit zurückversenken, als – als er diesen Schlosserlümmel entdeckte, der sich im Schatten des aufdringlichen Gendarms postiert hatte und hinter dessen Rücken von einem Fuß auf den anderen trippelte.

»Was hat der hier verloren?!«, schnauzte Heckle und blickte betont an Burger vorbei, so dass dieser sich genötigt sah, den Schädel umzudrehen und ebenfalls den Lehrling anzublicken.

»Ach so, der«, sagte er beiläufig, »der hat sich als Laufbursche nützlich gemacht.«

»So danke er ihm und schicke er ihn dahin, wo der Pfeffer wächst! Oder zum Teufel«, moserte der Richter, offenbar keineswegs gewillt, sich an seinem kostbaren Nachmittag mit einem Vertreter der niederen Stände zu befassen.

»Leichter gesagt als getan«, entgegnete der Gendarm.

»Ja, was?! Ist er nicht mehr Herr im eigenen Hause? Hat er seine Wasserträger nicht im Griff?«

»Ich kann das Schreiben nur persönlich Ihnen als ermittelndem Richter aushändigen«, ging Marius dazwischen, wohlwissend, dass er sich damit über das gestrenge Gebot hinwegsetzte, Amtspersonen nur zu antworten, wenn man gefragt wurde.

»Papperlapapp. Her mit dem Schrieb, und raus hier!«

Marius bewegte sich keinen Millimeter.

»Burger, nun gebt ihm schon seinen Kreuzer und dann seht, dass der Rotzlöffel Land gewinnt!«

»Sehr wohl.« Burger fixierte Marius und sah wieder diese grässliche Entschlossenheit in dessen Blick. Dieser verdammte Dreikäsehoch würde sich allenfalls von einer Meute Burgwächter mit gekreuzten Hellebarden oder wahlweise gezückten Schwertern des Feldes verweisen lassen. Eine solche Meute war indes grad nicht zur Stelle. Burger machte keinerlei Anstalten, Marius noch weniger.

Dem Richter wurde es sichtlich unbequem in seinem Nachmittagssessel. Er lupfte den Allerwertesten, schob ihn Richtung Rückenlehne, richtete sich amtsgewaltig kerzengerade auf und bemühte seinen sonoren Bass: »Her mit dem Schreiben!«

Und Marius' Kalkül ging ohne weitere Einbrüche und Abbrüche auf: Würde sich der Alte erst mal in den Bericht des Apothekers versenkt haben, müsste man sich im Hintergrund der Amtsstube unsichtbar machen können.

»Was, Burger, hat das zu bedeuten?«, brummte Heckle und schlug mit der flachen Hand auf das notdürftig aus den Falten gezogene Papier. »Sehe ich das richtig, dass …«

»Genau das!«, pflichtete der Gendarm ihm bei. »Dass Miehe, der erste Apotheker am Platze, ganz klipp und ganz klar festgestellt hat: Die Tinte ist die gleiche!«

»Hört auf, in Rätseln zu reden! Ich habe meine Zeit nicht gestohlen, schließlich habe ich mich noch reichlich anderen Sujets zu widmen«, knurrte der Richter und ließ sich allmählich wieder in die bequeme Haltung zurücksinken, zu der der Sessel nun mal einlud. Um sich dann aber doch zügig wieder aufzurichten. »Voran! Meine Blase drückt mächtig, und …«

»Nun, ich hatte meiner Idee und Eurer Weisung gemäß«, Burger machte zwei Schritte vorwärts, »Apotheker Miehe den Auftrag gegeben, die schwarzen Flecken auf dem Nastuch hier«, und, sich im Stolz des erfolgreichen Jägers sonnend, wedelte er mit dem Corpus Delicti durch die Luft, »die Flecken auf dem Nastuch, das ich ja in der Weinkellerei gefunden hab, zu untersuchen und zu vergleichen mit dem …«

»Mit dem schwarzen Blut des Satans«, hielt es Marius nicht länger im stillschweigenden Hintergrund. Er stürmte zum

Sessel des Richters und baute sich mit der breiten Brust des
überbordenden Diensteifers direkt vor Heckle auf. Und emp-
fing einen schneidendscharfen Backenstreich.

— . —

43

Es war im Zuge dieser Neugierreise als Siebzehnjähriger. War in Tübingen. War, soweit ich mich erinnere, das erste Mal im Leben, dass ich die Schwelle einer als solche definierten Studentenpinte betrat. Und überschritt. Mit einer Handvoll Kumpels fand ich mich zu – für diese Zwecke – ausgesprochen früher Stunde, um sechs, halb sieben, keinen Schimmer mehr, jedenfalls so früh in einer der zahllosen Tübinger Kneipen ein, dass wir tatsächlich noch einen Tisch bekamen. Zwei Stunden später ein Ding der Unmöglichkeit. Wir ließen's uns – ohne zu ahnen, welch seltenes Privileg uns zuteil wurde – gefallen.

Ich weiß noch wie heute, wie schön, wie weich, wie glatt sich die versiffte Tischplatte anfühlte. Dickes, schweres Holz, an den Kanten längst rundgeschliffen. Eingesickerte Bierlachen, eingetragene Würfelergebnisse, muntere Kaffeesprenkel. Tische erzählen Geschichten. Ge-

schichte. Besonders beeindruckend: dass irgendjemand, wie
zu fürchten stand, ein stram-
mer Burschenschaftler, »Gaudea-
mus igitur« mit einem stumpfen
Taschenmesser oder wahlweise mit
einem leeren Kuli in die Tischplatte geritzt hatte. Tübingen,
das Nest der Theologen, hier
ging's tatsächlich noch lateinisch zu. Mit einem akademischen
Publikum, das in Latein deutlich
firmer unterwegs war als ich. Jedenfalls war ich nicht im Stande,
die unter die Überschrift gekrit-
zelten beiden Verse des alten
Studentenlieds zu übersetzen.

Sehr zum Nachteil meiner Eitelkeit. Hätte ich doch zu gerne
meinen Freunden gegenüber mit
meiner klassischen Weltläufigkeit
geprahlt. Chance vergeigt. Aber
ich fühlte mich – zack – rüberka-
tapultiert in Hölderlins Epoche.
Auch nicht schlecht. Ein grandioser Trip, um ehrlich zu sein.
Ein Biertisch als Timetunnel.

— . —

44

Geliebter Hölderfritz,

ich habe Deine Zusammenbrüche nun schon seit fünf, wenn nicht sechs, nicht sieben Jahren mit tränendem Auge ertragen. Und ich weiß, wer sie zu verantworten hat. Und ich weiß desgleichen, dass es für ein gestandenes Mannsbild viel verlangt sein mag, seine Frau einem anderen als Gespielin – denn mehr war es ja wohl nicht, mein lieber Fritz, mehr nicht, machen wir uns nichts vor – zu gönnen. Großmut gegen Eifersucht ins Feld zu führen, ist und war seit jeher ein müßiges Unterfangen. Mag alles sein. Aber es geht um meinen Sohn, um mein Fleisch und Blut. Und da laufen die Getriebe nun einmal entschieden anders.

Ich verlange auch nicht, dass Du den seit Jahren im Zaum gehaltenen mütterlichen Zorn verstehst. Noch, dass Du ihn akzeptierst. Er wird mit und ohne Deinen Segen seinen Weg gehen.

Gräme Dich darum nicht, denn wisse: Deine Mutter schöpft eben daraus Kraft, dass sie nicht weiter zur Tatenlosigkeit verdammt ist.

Ich halte mein Schild über Dich,
ich umarme Dich, so fest ich nur kann
Mutter

– . –

45

»Es war so grauenhaft.« Marius hatte die Hände vors Gesicht gelegt und nuschelte zwischen den Fingern hindurch.

»Mach dich nicht verrückt, wir sind stärker. Zu zweit sind wir stärker«, beschwor ihn Helena.

»Ich wollte ihm doch bloß zeigen, dass ich zu was nütze bin. Dass ich mitdenken kann. Dass ich, ach, deiner würdig bin.«

»Ich weiß nur zu gut, dass seine Ohrschellen verdammt gut sitzen!«

»Hühnerdreck, nein, es ist nicht der Schmerz …«

»Natürlich nicht. Die Erniedrigung ist das, was so brennt.«

»Helena«, Marius hatte die Hände vom Gesicht genommen, war aufgestanden. Ein paar Schritte, dann blieb er abrupt wieder stehn, drehte sich langsam zu ihr um: »Ich weiß nicht, wie das alles werden soll. Wenn ich ehrlich bin, ich bin ziemlich verzweifelt. Und es ist mir wohl bewusst, dass das einem Kerl nicht sonderlich gut zu Gesichte steht, wenn er vor seinem Mädchen bekennen muss, dass er nicht weiterweiß. Keinen Meter weiterweiß.«

Sie schob ihre Hand in seine.

— . —

46

Nein, wenn ich an unsere Teenager-Töchter denke, nein, mit seinen Versen sind die Kids von heute nicht hinterm Facebook-, Instagram-, WhatsApp-Ofen hervorzulocken, sicher nicht. Hölderlins große Themen sind garantiert nicht ihre. Schönheit ist eine Frage des richtigen Tutorials von der richtigen YouTuberin; Freiheit ist eine Selbstverständlichkeit; und die griechische Antike – Griechenland? Ist das nicht diese Hungerleidernation, die sich jahrelang am Tropf der EU gütlich getan hat? Und Liebe, klar, aber wenn's nun mal mit diesem Schneckchen nicht hinhaut, Bro, viel zu kompliziert, die Bitch, okay, dann halt nicht, denn, he, andere Mütter haben auch schöne Töchter.

Vielleicht aber, vielleicht würde die Kids sein Leben aus der Wi-Fi-Ruhe bringen. Die langen Jahre im Turm, die ganze Zeit am Rand des Wahnsinns längs schrappend, alleingelassen mit sich, seiner Feder und ein paar verstimmten Musikinstrumenten. Das, vielleicht könnte das die Digital Natives denn doch interessieren. Genau wie die Jeunesse dorée seiner Zeit, die Digger, die zu ihm pilgerten und ihm ihre skandallüsterne Aufwartung machten.

Und die von Hölderlin an der Nase herumgeführt wurden.

—.—

47

»Das obliegt ja nun wohl meiner Wenigkeit, das Schlüsseziehen. Burger, begreift das endlich! Ihr seid Zuträger der Gerichtsbarkeit, die Euch in meiner Gestalt gegenübertritt. Seid Zuträger, nicht Richter.« Heckle schloss das Fenster seines Büros, das er für einen kurzen Moment geöffnet hatte, um frischen Wind hereinwehen zu lassen. So jedenfalls ging es nicht weiter; hier musste mal was klargestellt werden. Hier mussten die Möbel zurechtgerückt werden. Hier musste nicht nur seine, hier musste die Würde des Amtes gewahrt werden!

Aber Burger schien immer noch nicht begriffen zu haben, was die Stunde geschlagen hatte, und beharrte darauf, seine »Conclusio« vorzubringen. »Aber aus der Expertise von Apotheker Miehe geht eindeutig hervor, ich sagte es schon, und der Schlosserlehrling ...«

»Kein Wort mehr über diesen ungehobelten Lümmel! Der beherrscht ja die einfachsten Regeln gebührlicher Gesprächsführung nicht.«

»In der Expertise steht zu lesen, dass kein Zweifel bestehe und die Flecken im Schnupftuch von der genau gleichen Farbe stammen, wie die, die der Schlosserbursche ...«

»Burger!«

»... die wir auf der Arbeitsplatte in der Druckerei gesehn haben. Was ja wohl heißen will, dass der Übeltäter, der in der Weinkellerei die Fässer ins Rollen gebracht hat ...«

»Es interessiert mich nicht, was Ihr für zweifelsfrei erwiesen haltet. Noch einmal: Derjenige, der hier die Schlüsse zieht, ist der Inquirent. Und der bin ich!«

»... dass der Übeltäter versucht hat, sich die Druckerfarbe von den langen Fingern zu putzen, mit denen er kurz zuvor in der Druckerei Bell in die Farbpfütze gelangt hat. Brauchen wir also, wenn wir den Delinquenten gefunden und dingfest gemacht haben, bloß noch seine Hand, seine fünf Finger mit dem längst eingetrockneten Abdruck in Bells Druckerei zu vergleichen, und schon ...«

»Eben!«, ging Richter Heckle dazwischen, streckte den Rücken durch, griff sich mit dem Daumen rechts und links ins Revers und schob – bei einigen gewichtigen Schritten – die Rockaufschläge so weit nach vorne, bis der Stoff spannte. Soweit, dass ein hinreichend großer Abstand zur Brust entstand, um die richterliche Machtfülle zu unterstreichen. »Eben«, wiederholte er, »Ihr sagt es: ›wenn wir den Delinquenten gefunden und dingfest gemacht haben‹. Und das eben, Wolf Christian Burger, das eben ist Eure Aufgabe! Das ist die Aufgabe eines Gendarms im Kurfürstentum Württemberg, pardon, im Königreich Württemberg. Die Aufgabe eines einstweilen noch Gendarms im just zum Königreich erhobenen Württemberg.«

Burger riss die Augen auf, die Pupillen geweitet wie beim Anblick eines gehörnten Keilers, und im nächsten Atemzug die Lider zusammenkneifend zu hauchdünnen Sehschlitzen. »Das – ähm – was soll das heißen?«

»Nun, verehrter Herr Gendarm, sollten Euch die Gerüchte nicht zu Ohren gekommen sein, dass die königliche Administration dabei ist, ein Landreuterkorps zu installieren, die einen Großteil, den Löwenanteil der polizeilichen Aufgaben wahrnehmen sollen. Und damit, guter Burger, werdet Ihr Euch als degradiert zum simplen Wachtmeister betrachten dürfen. In jene Schranken gewiesen, die genau das probate Mittel gegen Eure vorlaute Amtsanmaßung sind.«

»Aber«, Burger wollte die Kröte einfach nicht widerstandslos schlucken, zumal er sich im Grunde keiner Schuld bewusst war, im Sinne der Wahrheitsfindung jedenfalls nicht. Wobei er keine Ahnung hatte, wie der Satz nach dem »Aber« hätte weitergehen können.

Und natürlich war der Richter, einmal im Element selbstgefälliger Amtsführung, schneller zur Stelle: »Ihr werdet Euch ausmalen können, dass ich nicht sonderlich geneigt bin, mich für Euch als Unteroffizier dieses Korps zu verwenden, wenn Ihr von Eurem Übereifer getrieben die Ermittlungen hier an Euch reißt und Euch derart renitent über die Euch zugedachten, begrenzten Befugnisse hinwegsetzt.«

Der Gendarm beeilte sich, ein »Sehr wohl« samt nahezu bodentiefem Bückling anzubringen. Im Aufrichten jedoch blieb er auf halber Strecke hängen, denn die Tür des Büros flog auf, und herein stürzte der eifrige Schlosserlehrling und zerrte eine Kratzfüße veranstaltende, durchaus wuchtige und entsprechend hechelnde Matrone vorgerückten Alters hinter sich her.

»Was erlaubt er sich?«, polterte der Richter los. »Schon wieder dieser Flegel in meiner Amtsstube. Ja, ist ihm denn gar nichts heilig?«

»Meine Ehrerbietung, Herr Richter, aber ich dachte …«

»Interessiert mich nicht.«

Aber Marius, einmal so weit vorgedrungen und getragen von in diesem Fall nun wirklich unerschütterlicher Siegesgewissheit, hörte kaum hin, ließ den Einwand jedenfalls nicht gelten. »Es geht um den, genau um den, den ihr sucht.«

»Ich suche niemanden. Suchen ist die Aufgabe dieses bodentief buckelnden Gendarms hier.«

Anlass genug für Burger, das Aufrichten endlich zu vollenden und dem sich abzeichnenden Unheil die von Kreuz- und Quer- falten durchzogene Stirn zu bieten. »Ich habe den Jungen nicht losgeschickt. Ich nicht.«

»Wäre ja auch noch schöner«, versetzte der Richter und würdigte Burger ein weiteres Mal eines abschätzigen Blickes. »Diese Rotz- nase ist Schlosserlehrling. Er soll sich gefälligst raushalten aus höchstrichterlichen, selbst aus polizeilichen Ermittlungen. Sagt ihm das, Burger! Und Burger, eines ist klar, sonnenklar. Solltet Ihr weiterhin irgendwelche Laufburschen auf die Menschheit und ihre schwärzesten Schafe loslassen, so ist es nicht nur um Eure Zukunft als Landsknecht geschehn, sondern auch um Eure Ge- genwart als Gendarm.«

»Aber das geschah in Eigeninitiative, völlig ohne mein Dazu- tun, wie gesagt!«, versuchte Burger den Hals aus der Schlinge zu ziehn.

»Noch schlimmer«, kam es postwendend zurück.

»Kann ich dann also jetzt gehn?«, fasste sich endlich die ratlos da- stehende Matrone ein Herz und machte Anstalten, sich auf der Hacke umzudrehen und …

»Nein, auf keinen Fall«, protestierte Marius. Sofort wurde er sich des ungebührlichen Vorpreschens bewusst, aber der vorlaute Satz war nicht mehr aus der Luft zu holen. Marius lispelte noch ei- lends ein unterwürfiges »Sie kennt ihn, der Herr«, obwohl er sich sicher war, dass auch das nichts mehr auszurichten vermochte.

»Wer kennt wen?« Richter Heckle blickte gelangweilt auf, als
wäre sein Zorn bereits verblüht.

Was Marius Morgenluft schnuppern und ein Quäntchen Mut
fassen ließ. »Na den, den Ihr sucht. Den mit dem Nastuch.«

Aber Heckle schien plötzlich irgendetwas in den Sinn gekommen
zu sein. Er schwieg. Er grübelte. Ein bisschen zu lang, wie Marius
befand, elend lang. Doch als er eben anheben wollte, noch mal auf
seinen grandiosen Fund hinzuweisen, setzte Heckle sich in Bewegung, langsam, Richtung Burger, legte den Arm um dessen Schultern und flüsterte ihm in einem Anflug von Vertraulichkeit ins
Ohr: »Mich interessieren versiffte Nastücher, ehrlich gesagt, weniger. Aber ich würde mal gern einen Blick in den Brief werfen,
den der Stocherkahntote bei sich hatte. Wenn ich mich recht entsinne, haben wir dessen Inhalt noch gar nicht zur Kenntnis genommen. Könnt Ihr mir den mal holen?«

Burger wurde es abwechselnd kalt und heiß. Er musste sich
schleunigst – auch wenn es ein Affront sondergleichen war – aus
dieser merkwürdigen Umarmung lösen. Aber mal als Allererstes musste es ihm gelingen, jetzt und auf der Stelle die womöglich verlorengegangene Gesichtsfarbe wiederzugewinnen. Allerdings auch nicht zu viel davon. Und alles musste hopplahopp
gehen. Das durfte hier nicht danach aussehn, als bräuchte er eine
Schrecksekunde Bedenkzeit. Aber was, zur Hölle, sollte er sagen?

»Was jetzt, Burger, könnt Ihr mir den Brief mal holen?! Mit den
Schnupftuchhelden hier werde ich schon allein fertig.«

»Ach, der Brief, der sah nach einem ziemlich albernen Liebesbrief-
chen aus.« Okay, das war nicht schlecht. Aber wie jetzt weiter?
Wie hatte er um Himmels willen auch so dämlich sein können,
das Zeugs diesem hergelaufenen Busenfreund des Unsinnsdich-
ters zu überlassen. Ein Fall, verdammt, war schließlich noch lange
nicht abgeschlossen, wenn Heckle ihn »erst mal« für abgeschlos-

sen erklärte. Das wusste er doch. Wie konnte er bloß – Und jetzt? Burger fiel nichts ein, fiel auf den Tod nichts ein. Nichts, als mit der Wahrheit rauszurücken, mit der halben Wahrheit. »Völlig unbedeutend. Die Utensilien. Und sie sind dann auch, na ja, muss uns kein bisschen leidtun, sind dann auch verloren gegangen irgendwo auf dem Weg zwischen Neckar und Physicus und Gendarmerie und …«

»Wie bitte was?! – Sakrament.« Heckles Arm schnellte von der Schulter des Gendarmen, als habe er sich dort höllisch verbrannt. »Was heißt hier ›verloren gegangen‹?«

»Nun, na ja, also …«

»Burger!«, zischte Heckle, »Ihr könnt bloß von Glück reden, dass wir im Moment nicht alleine sind. Aber das wird ein Nachspiel haben, das sich gewaschen hat, das sag ich Euch!«

»Ihr müsst sie unbedingt anhören!«, nutzte Marius, mit den Fingern an seiner Hosennaht nestelnd, die winzige Abkanzlungspause. »Sie weiß, wem das Nastuch gehört.«

Diese Flachpfeife schickt der Himmel, dachte Burger.

– . –

48

Muss Jahre, Jahre später gewesen sein. Einer verflossenen Kinderliebe auf der Spur. Jutta. Oder diese mir. Jedenfalls war sie studienhalber in Tübingen gelandet. Und hatte sich, Jahre danach, anderthalb Jahrzehnte danach wieder gemeldet. Sie musste über meine Eltern an meine Berliner Adresse gekommen sein. Und ich wollte rauskriegen, was sich für mich dahinter verbarg. Was es war, das mich fiebrig an sie denken ließ. Wenn ich in meinen turbulenten Zeiten damals dazukam, an sie zu denken.

Plötzlich war klar, dass ich ein ganzes Wochenende definitiv dazukommen wollte, an sie zu denken. Und nicht nur das.

Also Berlin - Tübingen. Damals, zu DDR-Zeiten fast so eine Weltreise wie zu Zeiten Hölderlins. Unter der Voraussetzung, dass man einen Kutschentag für eine Zugstunde rechnet.

Aus dem Stand endlose Spaziergänge durchs Neckartal. Traum-

haft schön. Wir wälzten alte Geschichten, und wir verstanden
uns saugut; mir wurde heiß und
wurde kalt.

Nachmittags kurzes Stelldichein
in ihrer Tübinger WG. Ich musste
grinsen: Alles ein Stück älter,
ein Stück weiter zurück in die
gute, alte Alternativepoche, die
in Berlin schon längst verstrichen, schon längst abgelöst war
von der auch schon wieder ab-
klingenden Hausbesetzerbewegung
und auf der anderen, der apoliti-
schen Seite, vom Neonzeitalter.
All das schien in Tübingen noch
nicht angekommen zu sein.

—.—

49

Mein bester Hölder,

jetzt rückt alles in greifbare Nähe. Ich habe ihn ausfindig gemacht. Ich habe Erkundigungen über ihn eingezogen und habe
mir berichten lassen, dass auch er auf Rache sinnt. So gesellt
sich zu meinem Tatendrang noch ein zweiter Beweggrund:
Dich schützen zu wollen, Dich schützen zu müssen.

In Liebe zu Dir, mein guter Fritz,
Mutter

– . –

Abends nahmen wir uns die gleichen Kneipen vor, oder annähernd die gleichen oder doch Kneipen gleichen Typs wie die, die ich seinerzeit mit meinen Kumpels als erste Studentenpinten meines Lebens unsicher gemacht hatte.

Und andern Morgens – Übernachtung züchtig in zwei getrennten Zimmern – statteten die Liebe aus Kindertagen und ich Hölderlin und seinem Turm einen kurzen Besuch ab. Händchen-in-Händchen-Spaziergang. Nicht viel mehr als ein Anstandsbesuch. Eine Art Reverenz an den faszinierend ausgerasteten Turmdichter. Den Wahnsinnsliebenden.

– . –

51

Ja, sie sei sich sicher, ganz sicher.

Marius hatte sich wieder in den Hintergrund der Amtsstube zurückgezogen – aus den Augen, hoffentlich aus dem Sinn –, und hörte der wuchtigen Madonna mit einem verschämten Gefühl des Triumphes zu.

Wenn Sie schon einmal hier sei, hatte der Richter sie in einem Anflug von Pragmatismus, von Freundlichkeit fast aufgemuntert, dann, na dann bitte sehr. Was sich die wohlbeleibte Wirtin vom ›Ochsen‹ kein zweites Mal sagen ließ. Sie sei sich, wie gesagt, sicher, dass sie wisse, wer sich solcher Schnupftücher bediene.

»Ja, wer denn nun!« Burger, in der Hoffnung, seine Gendarmenehre lasse sich womöglich wiederherstellen, wurde ungeduldig.

Was die Wirtin sichtlich genoss. Sie begriff, welche Macht ihr in ihrer Machtlosigkeit plötzlich in den Schoß gefallen war. »Na ja, also«, setzte sie an und versetzte ihren Resonanzkörper in thekendamenrasselnde Wallung, »man glaubt es kaum. Kaum zu glauben, dass ein schlichter Bauernkerl solche Nastücher benutzt. Und doch ist es so. Ich nehme wohl an, …«

Richter Heckle sprang sofort wieder im Dreieck, ließ jeden Hauch von Freundlichkeit umstandslos fahren und knurrte bissbereit: »Schon wieder jemand, der es wagt, an meiner statt was anzunehmen, sich Schlussfolgerungen anzumaßen.«

»… ich nehme an«, fuhr Eleonore Rahminger unbeirrt fort, »dass er eine Großmutter hat, oder meinethalben hatte, die ihm solche Nastücher mit alter, zittriger Hand genäht und sein Monogramm reingestickt hat. In mühevoller Kleinarbeit.«

»Keiner«, Heckle legte den Kopf schief, das Gesicht in die Hände, stützte die mit dem bleiernen Gewicht der Resignation beladenen Ellbogen auf dem Schreibtisch auf, »keiner, nicht einer weiß die Würde des Richteramtes zu respektieren, geschweige denn zu wahren.«

»Und auch diese Spitzenstreifen, die die alte Frau ins Nastuch – selbst bei so einem rohen Klotz wie ihrem Enkel – eingezogen hat, sprechen für emsige Handarbeit an langen Winterabenden.«

»Es geht hier indes nicht um des Teufels Großmutter«, sprang Burger bereitwilligst in die Lücke, die Richter Heckle hinterlassen hatte, »es geht um den Satan selbst!«

»Genau«, wagte sich jetzt selbst Marius wieder aus der Deckung, »es geht um den Satan in Gestalt eines Bauernknechts mit noblen Nastüchern.«

»Raushalten!«, raunte Burger in Vertretung des Richters, der in erster Linie damit beschäftigt war, sein weises Haupt zu schütteln.

»Doch, der Junge hat recht.« Wirtin Rahminger ergriff wieder das Wort und verschaffte Marius das lang ersehnte Oberwasser, womöglich sogar die Bonuspunkte, die er beim Schwiegervater in Spe zu erwerben hoffte. »So wahr ich die dicke Ochsin bin, so wahr ist das, was sich der Kurze hier zusammengereimt hatte, als er angerannt kam, in die Gaststube, die Tür aufriss und mich halb übern Tresen zog und fragte, ob ich mich nicht erinnern würde, wie sie, ein Häuflein trunkene Lehrjungs, wie sie sich am Biertisch lustig gemacht hätten über diesen Raufbold und Bauernknecht und seine völlig überkandidelten, mäd-

chenhaften Taschentücher mit den Initialen K. K. – König und
Kaiser. Oder: Knut Köhler. Und ja«, nickte sie, sich selbst bestä-
tigend, ja sie erinnere sich genau. An den Tisch mit den ange-
bläuten Lehrburschen und an die auffälligen Nastücher in Gro-
bianhand.

Marius wagte sich jetzt endgültig aus dem Hintergrund,
machte einen Satz vorwärts und stand breitbeinig im oran-
ge-roten Abendlicht, das durchs trübe Fenster in die Amtsstube fiel. »Hochwohlgeboren ehrwürdiger Herr Richter, darf
ich mich anheischig machen«, Marius legte in Erwartung der
nächsten Breitseite, die Heckle abfeuern würde, eine Pause ein.
Aber nichts. Der Richter hatte immer noch das Gesicht in den
spitz auslaufenden Fingern vergraben und gab keinen Laut von
sich. »Darf ich mich anheischig machen, Knut Köhler, den Bauernknecht herbeizuzitieren?«

Keine Antwort. Was Marius als Zeichen nahm. Womöglich
etwas voreilig.

– . –

52

Mein guter, mein bester Hölder,

ich werde Nürtingen nicht verlassen. Dazu fehlt mir die Kraft. Ich werde Dir von hier aus zur Seite stehen. Du wirst nichts davon merken, keine Sorge, ich werde Dir nicht zu nahe kommen. Ich bleibe im Hintergrund. Indessen, es wird etwas passieren.

Mein guter Sohn, sei umarmt von Deiner
Mutter

– . –

Die Tür schoss auf, donnerte voll Karacho vor den Bücherschrank und schlug zurückfedernd sofort wieder zu, nachdem der breitschultrige Bursche hineingeschlüpft war.

Die Tür blieb jedoch keine zwei Sekunden geschlossen. Wurde – jetzt deutlich behutsamer – ein weiteres Mal geöffnet, und Marius trat mit zögerlichen Schritten ein. Hielt sich jedoch im Windschatten des vorausgeeilten Heißsporns und sagte, wie gehabt, keinen Mucks.

»Wo ist jetzt der Lohn?«, dröhnte der Bursche.

»Raus hier!«, dröhnte Heckle zurück. Seine Stimmgewalt war bekanntermaßen ebenfalls beeindruckend. Doch allein darauf wollte er sich scheints nicht verlassen. Er schoss aus seinem Sessel in die Höhe, rückte die Perücke zurecht und stand schon vor dem Eindringling. Während er noch versuchte, ihn mit degenspitzen Blicken zu durchbohren, entdeckte er hinter dessen Rücken den zweiten, den hinterhergeschlichenen Lümmel und erkannte in ihm diesen verhexten Schlosserlehrling, der ihm nun schon seit Tagen, wenn nicht seit Wochen trampeltierartig auf die arg geplagten Nerven stieg. Der Richter machte einen Ausfallschritt, bog sich halb um den mit großen Augen dastehenden, gottserbärmlich nach frischem Schweinemist riechenden Kerl, griff den vergebens zurückweichenden Jungspund am Kragen und zerrte ihn ins Mittagslicht, das eben um die Kante des Fensterrahmens bog und verschämt hereinblinzelte.

»Was hast du jetzt wieder angestellt?«, prustete der Richter.

»Was heißt hier ›angestellt‹!« Der Bauernbursche – obwohl Heckle doch den angstschlotternden Marius am Schlafittchen hatte und mit glühenden Augen fixierte – fühlte sich angesprochen. »Ich hab die verdammte Brennnesselbande in sämtlichen Mauerritzen Eures Hinterhofes …«

Ohne den Blick von seinem Delinquenten abzuwenden, geschweige denn ihn von der Angel zu lassen, brüllte Heckle den vorlauten Holzklotz an, er habe nichts, aber auch gar nichts im Hof des Hohen Gerichts verloren, habe Brennnesseln Brennnesseln sein zu lassen, solange er nicht herbeordert werde.

Aber das genau sei er, schmetterte dieser zurück. Kraftstrotzend flankiert vom Muskelspiel seines Oberkörpers, das trotz Hemd nicht zu übersehn war. Man habe ihn höchstpersönlich zu nebliger Morgenstunde vom Feld geholt, er solle sich für einen ansehnlichen, für einen außerordentlich sagenhaft exorbitanten Lohn der Brennnesseln bei Gericht annehmen. Worauf er alles habe stehen und liegen lassen, hierher geeilt sei und mit hier, man möge ruhig einen Blick drauf werfen – und er ließ seinen Daumen über die Klinge knistern – mit frisch gedengelter und geschliffener Sichel also sei er dem wuchernden Sauzeug zu Leibe gerückt. Und nun stehe er hier und wolle, verdammt noch mal, seinen gerechten, seinen exorbitanten Lohn!

Worauf es für den Richter kein Halten mehr gab. Er schüttelte das schlotternde Häuflein Elend, zu dem der Schlosserjunge zusammengeschnurrt war, wie ein Kampfhund seine Beute. Hatte kein Ohr für die kläglichen Laute, die Marius herausbrachte, um so etwas wie eine Rechtfertigung in die Waagschale zu werfen: »Ich habe doch nur, habe nur helfen wollen, verhindern wollen, dass der Mörder sich der Verhaftung entzieht und so.« Weiter kam er nicht, da flog ihm die Rechte des Richters um die Ohren, dass es keine Freude war.

Während die Musik zu diesem Veitstanz das Gebrüll des Bauernknechts lieferte: »Was? Du Saustück, du hast mir einen verdammten Sack voll Geld versprochen, den ich bloß hier oben abholen ...« – und im gleichen Atemzug holte auch er aus und donnerte Marius einen Haken in den Magen, so dass er aus dem Zugriff des prügelnden Richters geschleudert wurde, durch die halbe Stube torkelte und sich mit eingeknicktem, von Würgekrämpfen erschüttertem Leib am höchstrichterlichen Schreibtisch festhielt. Gottlob in unmittelbarer Nähe des Papierkorbs.

Augenscheinlich weil bei dem Schrumpfindianer dort nichts mehr zu holen war, knöpfte sich der Furor des um seinen gerechten Lohn geprellten Burschen nun den Richter vor. Ohne freilich zu ahnen, wen er vor sich beziehungsweise zwischen den Fingern hatte, und ohne dass es ihn auch nur im Entferntesten interessiert hätte, gab er auch diesem »Sesselfurzer«, wie er sich ausdrückte, einen gewaltigen Schwinger mit auf den Weg, der Heckle direkt in die Arme des immer noch würgenden Schlosserlehrlings holperstolpern ließ.

Indem ihm klar wurde, bei wem er da Halt und Stütze gesucht und gefunden hatte, griff der Richter sich, mochte er noch so benebelt sein, den Jungen und zerrte ihn am Kragen aus der Amtsstube, um ihn auf der Türschwelle noch mit einem Tritt zu versorgen und höchst unsanft – durchaus erstaunlich, wie er nicht ohne Stolz feststellte, zu welch vulkanischen Explosionen seine Büroschimmelkräfte fähig waren – in den Korridor zu katapultieren. Und zwar mit einem solchen Schwung, dass es Marius, a tempo vorwärtstorkelnd, nicht gelang, vor der Treppe abzubremsen.

Was Heckle schon nicht mehr mitbekam. Es hätte ihn auch nicht im Geringsten interessiert. Er war damit beschäftigt, an der rechten Seite seiner Perücke herumzufingern, wo sich die Locken inzwischen wie verfilzte Wollwürmer ausnahmen.

Endlich drehte er sich mit einem Ruck um und sah den Bauernlümmel an. »Und jetzt kümmere ich mich um euch!«, sagte er. Oder wollte er doch sagen. Da schnellte die Sichel mit rasendem Schwung auf die amtliche Schreibtischplatte und ließ ihre Spitze zentimetertief darin verschwinden.

— . —

54

Ich musste den DDR-Film bereits in den Knochen haben. Jedenfalls wusste ich um Hölderlins hoffnungslose Susette-Liebe. Wusste, dass er ihr die Treue trotz unerfüllter und unerfüllbarer Liebe über Jahre und Jahrzehnte hinweg gehalten hatte, ein langes Leben lang. Beeindruckend. Getragen von einer Tugend, die ich nie, schon gar nicht in jungen Jahren beherrschte. Von einer Tugend, für die ich Mitte 50 werden musste. Eine Tugend also, die ich, wenn's gut läuft, allenfalls noch ein Drittel-Leben lang pflegen kann. Hölderlin – uneinholbar.

Jutta, jene Tübinger Freundin jedenfalls sah ich dann doch noch ein paar Mal wieder. Wir trafen uns in meiner Berliner WG, zogen ein, zwei Abende um die Häuser, ich stattete ihr etliche Jahre später eine weitere Stippvisite ab, wir schrieben uns ellenlange Briefe, zig E-Mails, aber…

An unserm Tübinger Wochenende jedenfalls kehrten wir Hölderlins

Turm ziemlich schnell den Rücken.
Keine Zeit. Bloß Zeit für Wich-
tigeres.

–.–

55

Der zwischenzeitlich herbeigerufene Gendarm und seine beiden Gehilfen registrierten Marius nicht, der die krummgeschlagenen Knochen unter die Arme genommen hatte und treppab türmte. Die Herrn Ordnungshüter nahmen bloß eines wahr: das Tumultgedröhne, das aus der Heckle'schen Amtsstube durch den Flur rumorte und das gesamte Personal mit überm Kopf zusammengeschlagenen Händen und entsetzensgeweiteten Augen im Treppenhaus hatte zusammenströmen lassen. Da standen sie alle, die Schreiber und Protokollanten mit ihren abgenutzten Ärmelschonern, die Richter unter vergilbten, schief sitzenden, aber staatstragenden Locken, die Anwälte in vom Winde verwehten Roben, die Aktenträger und Archivare mit erblindeten Brillen, die Doktoranden mit verschlissenen, auseinanderfallenden Gesetzesbüchern unterm Arm, der penible Pedell, der beim Tintenfässernachfüllen aufgeschreckt worden war und jetzt entsetzt den riesigen Tintenfleck auf seinem Handrücken begutachtete, während er das bedrohliche Gepolter hörte und schreiende Angst um das schöne, das gediegene Mobiliar und die vor zwölf Jahren erst erneuerte Kirschholzvertäflung litt. Alle standen sie auf dem Treppenabsatz und blickten, Gottes Gnade erflehend, hinauf zu dem Korridor, an dessen Ende sie das Büro des gefürchteten Vorgesetzten oder verehrten Kollegen wussten.

Die Gendarmen nahmen den Weg durch die Schneise, die Marius, tränenüberströmt und der Schwerkraft kaum noch etwas entgegensetzend, durch den Pulk entsetzter Angehöriger der Gerichtsbarkeit geschlagen hatte. Allerdings in entgegengesetzter Richtung. Sie stolperten treppauf, drei Stufen mit einem Satz nehmend, jagten den Flur entlang, dem immer mehr anschwellenden Getöse entgegen.

Mehr der Form halber als in der Annahme, Richter Heckle werde sie ernsthaft hören, geschweige denn hereinbitten, klopfte Gendarmeriemeister Wolf Christian Burger an die Tür. Um diese im nächsten Augenblick aufzustoßen – und – und eines gnadenlosen Durcheinanders gewahr zu werden: Aktenregal und Bücherschrank hatten sich im Sturz gekreuzt und ihren jeweiligen Inhalt über den Boden ergossen und zu einem wilden Eisschollenfeld aufgeworfen, dessen höchste Erhebungen, hatte es den Anschein, von den über- und untereinanderrollenden Leibern der beiden Kontrahenten eingeebnet worden waren. Denn die besagten Streithähne kugelten sich unmittelbar daneben eng umschlungen auf dem Boden und waren übersät von rausgerissenen, aufgewirbelten und, sofern die bewegte Luft ihnen den entsprechenden Bewegungsspielraum ließ, herabgerieselten Papieren. Auf diese Weise war eine zerzauste Sedimentationsdecke über den handgreiflichen Streit geworfen worden.

Natürlich war Richter Heckle eindeutig der am meisten ramponierte Kämpfer: Das üppig geflossene Nasenblut hatte sich im halben Gesicht verteilt und gab ihm einen bestürzend monströsen Anstrich, war munter auf die Rüschen seines Hemdes getropft und hatte den Amtsrock mit zahllosen Sprenkeln dekoriert. Knapp neben der Mitte seines Schädels klaffte eine ansehnliche Platzwunde, von wo aus das schüttere Echthaar mit bordeauxroten Schlieren durchzogen wurde, die teils bereits zu schwarzen Krusten ausgehärtet waren und die paar verbliebenen Haarfransen zu hässlich glänzenden Nestern gekräuselt und verfilzt hatten. Nur noch das rechte Auge warf zitternde Blicke durch den Raum, das andere war so zugequollen, dass kein Durchkommen mehr war.

Aber er musste auch prächtig ausgeteilt haben. Sein stämmiger und deutlich größerer Widersacher trug sich mit einer halb abgeknickten Schreibfeder im rechten Nasenloch, die ihm der Richter in seiner Verzweiflung und vollkommen überrascht von

der ungewohnten körperlichen Attacke hineingerammt haben
mochte. Im Eifer des unvermindert andauernden Gefechts war
der Berserker nicht mal dazu gekommen, den beißend spitzen
Fremdkörper aus der Tiefe seines opulenten Riechkolbens zu
ziehn. Beide Wangen waren blutrot angelaufen, offenbar hatte
Heckle ihm nicht nur eine geschallert. Und die linke Hand hing
schlaff an ihrem Arm, zu gar nichts mehr fähig. War vermutlich,
indem sie einen Schwinger an den Mann brachte, stärker ver-
letzt worden als der Empfänger.

Ein Bild des Grauens allenthalben: der Schreibtisch umgestürzt,
das Tintenfass an die Wand geschmissen, zwei Stuhlbeine zertrümmert, die Flasche exquisiten Rotweins – eine Anerkennung
seitens eines zahlungskräftigen Delinquenten womöglich – war
zu Boden gegangen und hatte ihren rubinroten Inhalt über den
Inhalt der ausgerissenen Schreibtischschublade gegluckert.

Ein Bild des Grauens, das die Gendarmen jedoch nicht im Mindesten würdigen konnten. Nach Verstreichen einer atemschöp-
fenden Schrecksekunde oder zweier starteten sie durch, die
unter ihren Stiefeln wegspritzenden Ordnerschollen ebenso
wenig beachtend wie die aufflatternden Papierschwärme, und
rissen und zerrten an dem sich über die knarzenden Bohlen
wälzenden Knäuel und versuchten, die beiden Zankteufel aus-
einanderzupflücken. Was ihnen unter Aufbietung aller Kräfte
endlich gelang. Auch wenn die beiden Streithammel immer
noch keine Ruhe geben wollten und mit geballten Fäusten und
gefletschten Zähnen und ungeachtet ihrer Blessuren zweifellos
erneut aufeinander losgegangen wären, hätte man sie gelassen.
Aber die Gendarmen hatten die zwei Derwische jetzt im engen,
unnachgiebigen Klammergriff.

Richter Heckle, die Gendarmen endlich als Gendarmen wahr-
nehmend, riss sich los, schüttelte Burger und seine Gehilfen ab
wie lästige Kletten, zupfte an seiner leicht bis mittelschwer de-
rangierten Kleidung herum und fuhr sich mit der blutverkleb-

ten Rechten durchs Haar. Er richtete sich mit Schwung kerzengrade auf, drückte den Rücken durch und versuchte, die jämmerlichen Reste seiner amtlichen Würde einzusammeln und wieder zusammenzupuzzeln. Mehr schlecht als recht. Und auch seiner Stimme mangelte es erheblich an Durchdringungskraft. »Den da«, röchelte er und streckte den zitternden Zeigefinger aus, »sofort festnehmen, den da!«

Ein kurzes Kopfnicken Burgers, und seine Assistenten legten den wutschnaubenden Harlekin des Bösen in Ketten.

»Der Mann ist ein Fall für den Kerker. Der hat den Doppelmord auf dem Gewissen«, flüsterte der Richter, »das haben meine Ermittlungen eindeutig ergeben. Überführt durch gründliche Nachforschungen und in zähen Verhören. Fehlt nur noch das Geständnis, aber dafür seid Ihr zuständig, Burger.«

– . –

56

Fritz, mein guter Hölder,

bitte wundere Dich nicht, wenn Dinge geschehen, von denen Du nichts weißt und die Du Dir mit noch so viel Kopfzerbrechen nicht erklären kannst. Denke stets daran, Deine Mutter legt ihre Hände für Dich ins Feuer. Sie steht hinter Dir, sie steht vor Dir und neben Dir. Sie wirft alles für Dich in die Waagschale. Des kannst Du gewiss sein.

In immerwährender Liebe und Hingabe
Mutter

PS:

Bitte sorge dafür, mein Junge, dass diesen Brief und die Briefe der letzten Tage und Wochen niemand zu lesen bekommt. Außer Dir niemand! Hörst Du?!

— . —

57

»Eine Katastrophe, teurer Freund, nicht mehr. Die Revolution hat, wie du nur zu gut weißt, ihre Kinder gefressen. Und in Jena hab ich begriffen …«

»Also ist der Prozess doch nicht so spurlos an dir vorübergegangen. Hast du nicht immer gesagt …?«

»Fritz!« Von Sinclair unterbrach ihn. Und Hölderlin nahm seine endlose Runde durchs Turmzimmer wieder auf. Wie der Panther im Käfig. Schweigen breitete sich aus. Errichtete eine eisige Mauer zwischen den Freunden, die sich im Moment scheints genau daran erinnern mussten: an ihre Freundschaft.

»Darf ich überhaupt nicht dran denken«, nahm von Sinclair den Faden wieder auf, »an die ganzen Monate, die sich dieser blödsinnige Hochverratsprozess hingezogen hat …«

»Ich wurde schließlich auch verschiedentlich von den Ermittlern heimgesucht.«

»Da kann man unserm guten Doktor Müller gar nicht genug für danken, dass er dich flugs für bekloppt erklärt und so aus dem Kreuzfeuer geholt hat.«

»Nicht lustig, Isaac, überhaupt nicht lustig.« Hölderlin war stehn geblieben. Ein Elend! Er liebte es nicht, wenn seine Kreise gestört wurden. Aber jetzt war's unabwendbar. Er musste von Sinclairs Blicke finden und einfangen.

»Das weiß ich, Fritz. Ja. Du warst zwar das inquisitorische Gebohre der Ermittler los, aber …«

»... aber um den Preis, dass ich mich in Autenrieths Clinicum allen möglichen Folterungen unterzieh..., und dass jetzt alle Welt denkt, ich wäre wahnsinnig.«

»Fritz, tut mir leid, meine flapsige Bemerkung.«

»Muss dir nicht leidtun«, entgegnete Hölderlin und nahm seine Runden wieder auf. Setzte einen Fuß vor den anderen, kreiste zum abertausendsten Mal durch seine Kammer, immer an den Wänden entlang. Den Blick auf die Fußspitzen, zur Decke oder wahlweise aus dem Fenster gerichtet. »*Bin* ich doch! Ich bin doch des Wahnsinns, Isaac.«

»Dieser endlose Prozess«, war auch Isaac von Sinclair wieder bei seinen Gedanken angekommen, »wenn der mich eins gelehrt hat, dann, dass es keinen Zweck hat.«

> *»Seine schwarzen, blutbefleckten Hände*
> *Dünken dem Erobrer göttlichschön –*
> *Schwache morden scheint ihm keine Sünde,*
> *Und er jauchzt auf seine Trümmer hin.*
>
> *Um wie Könige zu prahlen, schänden*
> *Kleinre Wütriche ihr armes Land;*
> *Und um feile Ordensbänder wenden*
> *Räte sich das Ruder aus der Hand.*
>
> *Pfaffen spiegeln um Apostelehre*
> *Ihren Narren schwarze Wunder vor;*
> *Um Mariasehre krächzen Nonnenchöre*
> *Wahnsinn zum Marienbild empor.«*

»Lang lang ist's her, Fritz. Das hast du noch vor dem Sturm auf die Bastille geschrieben.«

»Die Revolution ist die Hoffnung«, insistierte Hölderlin, »die Hoffnung ist die Freiheit.«

»War sie, Fritz, anfangs«, räumte von Sinclair ein, »aber da ist nichts mehr von übrig. Mordend und plündernd, das wirst du nicht leugnen wollen, völlig entfesselt sind die Revolutionshorden durch die Lande gezogen. Von wegen Freiheit. Vernichtung!! Die haben's wacker verstanden, noch den letzten Sympathisanten zu vergraulen.«

Ohne seine spiralierenden Kreise ein weiteres Mal zu unterbrechen, resümierte Hölderlin: »Sie haben dich gebrochen, Isaac, und du bist eingeknickt.«

»Nenn es, wie du willst. Wir haben uns ja schon oft die Köpfe heiß geredet darüber, ohne je einen Millimeter weiter gekommen zu sein. Die Tatsache jedenfalls, dass ich jetzt für Hessen-Homburg in diplomatischer Mission unterwegs bin …«

»… ist Verrat.« Ein Wort, das bleischwer in der Luft hing, Hölderlins Kreisbewegung fortsetzte, überholte, zum Geschoss wurde.

»Nein, Fritz«, versuchte von Sinclair zu parieren, »ebenso wenig wie die Tatsache, dass du bei einem der reichsten Pfeffersäcke Frankfurts als Hofmeister angeheuert hast. Kein Verrat an den Idealen der Revolution. Ein Broterwerb.«

»Ein staatstragender.«

»Wenn Napoleons wütende und brandschatzende Meute das ist, was von der Revolution übriggeblieben ist, dann ist es keine Schande, sich dagegen zu wehren.«

»Wir sind harmlos, Isaac, sind schwach geworden. Butterweich.«

»Wenn wir das man nicht immer schon waren. Auf alle Fälle, Fritz, was ich eigentlich sagen wollte …«

Jetzt blieb Hölderlin denn doch stehn. »… dass du zurück nach Homburg musst?«

»Über kurz oder lang. Ja, so sehr es mir ins Herz schneidet, dich hier in deiner Ratlosigkeit zu sehen. Dich so zurückzulassen.«

»Isaac«, Hölderlins Pupillen begannen zu zittern, zu flattern, »aber der Casus ist doch gar nicht abgeschlossen.«

»Nein.« Von Sinclair ging zum Fenster.

–.–

58

Ich war längst zum Radiomacher geworden, als ich ein weiteres Mal Tübingen ins Visier nahm. Ich weiß nicht mehr, worum es ging, womöglich ums Lächeln der Leiche, die Unsterblichkeit oder ums Zölibat, um die männliche Eitelkeit, die religiöse Symbolik des Lichts oder weiß der Deibel oder der liebe Himmel um was. Jedenfalls war ich verlegen um einen ketzerischen Theologen, den ich als Interviewpartner heimsuchen konnte. Zudem arbeitete ich für eine Redaktion, die, wie ich wusste, zu gern auf den VIP-Effekt bei O-Tönen setzte. Kein Wunder dass meine Wahl auf Hans Küng fiel, der, wie auch zu Vor-Internet-Zeiten nicht schwer herauszufinden war, in Tübingen dozierte.

Es waren also die Zeiten, als man noch Briefe schrieb und diesen bei ausbleibender Rückmeldung ein paar Tage später hinterhertelefonierte. In diesem Fall war zumindest Letzteres nicht nötig. Küng antwortete postwendend. Sein

Brief enthielt eine Absage des Inhalts, dass er sich nicht berufen fühle, zu dem meinerseits angerissenen Thema sinnstiftende Aspekte beizusteuern.

So aufrichtig wie knapp. So definitiv. Weitere Versuche, ihn umzustimmen, würden zwecklos sein, das war völlig klipp und klar zwischen den Zeilen zu lesen. Schade, ewig schade. Ich hätte die Interviewreise zu gern genutzt, um Hölderlins Turm noch mal einen Besuch abzustatten. Und so wurden es Jahrzehnte, in denen ich den Dichter am Rande des Wahnsinns ziemlich weit in den Hintergrund schob.

Er hat's überstanden. Und seine Faszination nicht minder.

—.—

59

»Oh nein!« Sie kreischte. Als ginge es um ihr Leben. Aber es ging nicht um ihr Leben. Nicht um ihres. Um seins. Sie stürzte auf ihn zu, durchmaß die Werkstatt in rasendem Tempo, zog nicht mal die Tür hinter sich zu. Dann stand sie neben ihm. Das Grauen ins Gesicht geschrieben. Diese entsetzliche Endgültigkeit, die sein gebrochener Blick festschrieb, nahm ihr den Atem, ließ den nächsten Kreischer bereits in der Kehle ersticken. Sie stand mit aufgerissenen Augen da und starrte.

Es dauerte eine Ewigkeit, bis sie es fertigbrachte, sich hinunterzubeugen und das Ohr ganz nah an seine Lippen zu bringen. Ob er noch atmete. Aber sie wusste es nicht, sie konnte es nicht rausfinden. Sie hörte ein Rauschen, und sie hörte keines.

Die Tränen schossen nur so hervor. Und sie machte nicht die geringsten Anstalten, die Sturzbäche einzudämmen. Als sie sich zögerlich wieder aufrichtete, da – sie wusste auch nicht wieso, spielte auch keine Rolle –, da berührte sie dieses grauenhaft grausame Stück Eisen – dieses höllische Eisen, das ihm – das ihm in der Brust – tief in der Brust steckte.

Wieder benebelte ein Schwall Tränen ihren Blick. Ihren Blick, aber nicht das, was sie fühlte. Sie fühlte Hitze! Sie fühlte, dass das Eisen heiß war. Viel heißer, als man erwarten konnte. So heiß, dass jeder Versuch, es rauszuziehn, scheitern musste. Sie hätte sich so schrecklich verbrannt, dass sie sofort wieder losgelassen und trotzdem mit übelsten Brandblasen zu kämpfen gehabt hätte. Das Eisen musste ihm glühendheiß in die Brust gefahren sein.

Mein Gott, wäre sie doch bloß früher auf den Gedanken gekommen, dass da was nicht stimmen konnte! Nie, nicht ein einziges Mal, seit sie sich trafen, und, der Himmel wusste es, sie hatten sich oft getroffen, nicht ein einziges Mal hatte er sich verspätet. Selbst wenn er länger als erwartet hätte arbeiten müssen, immer war er dem Meister mit einer blödsinnigen Ausrede entwischt. Der Alte sah ja sowieso fast nichts mehr und wäre ohne ihn völlig aufgeschmissen gewesen. Deshalb arbeitete Marius wie ein Ackergaul und legte auf die Weise einen üppigen Vorrat an Steinen im Brett des Meisters an, und deshalb konnte er die Werkstatt ohne große Umstände verlassen, wann immer ihm der Sinn danach stand. Gut gut, na ja, also fast. Jedenfalls war es ihr plötzlich spanisch vorgekommen, als er nicht kam und nicht kam. Und, Satan, hätte sie früher auf ihre Zweifel, auf ihr ungutes Gefühl gehört!

Jetzt – jetzt – sie konnte den Anblick nicht länger ertragen. Sie stürzte aus der Werkstatt. Schneller noch, als sie eben hineingerannt war. – »Meister, Meister!«, schrie sie noch im Laufen, so laut es ihre belegte Stimme hergab, »Meister, da ist was Schlimmes – der Marius, Meister, Ihr müsst – bitte, kommt, Ihr müsst nach Marius sehn!«

»Du weißt doch, dass das mit dem Sehn so ’ne Sache ist«, knurrte der Alte. Bemühte sich aber denn doch aus seiner Wohnung im Hinterhof und schlurfte auf die Quelle des Geschreis zu. Natürlich kannte er sie. Natürlich wusste er, dass sie die Tochter von Richter Heckle war. Und dass Marius ein viel zu kleines Licht für sie war. Aber das war nicht *sein* Problem, konnte er nicht zu seinem Problem machen. Ihm konnten die Standesunterschiede ohnehin alle mal den Buckel runterrutschen. Die Kleine gefiel ihm; seinen Segen hatte der Junge. Was also gab es da jetzt? Was machte das Mädchen für ein Gewese!

– . –

»*Verehrungswürdigste Frau Mutter! Ich habe die Ehre, Ihnen wieder schreiben zu wollen. Die Briefe, die Sie mir geschrieben haben, haben mich immer sehr gefreut. Ich danke Ihnen für die Güte, die Sie mir darin erwiesen. Ich muß schon wieder schließen.*

Ihr Ihnen ergebener Sohn
Hölderlin«

– . –

Kein schöner, nein, das war wahrhaftig kein schöner Anblick. Und die Kleine hatte tatsächlich recht: Das Eisen war noch heiß. Und musste noch entschieden heißer gewesen sein, als es eingedrungen war. Denn das war schon eine Zeitlang her. Gut, er war bloß ein schlichter Schlosser und kein Medicus, aber wenn man sich die Einstichstelle ansah oder, was bei ihm, dem alten Meister, eher infrage kam, wenn man sie berührte – ganz eindeutig, es hatten sich bereits Krusten am Rand gebildet. Das Blut war geronnen, der Einstich schon eine Zeitlang her. Eben.

»Und stimmt«, sagte er in Gedanken, »irgendwie bunt. Was sagst du noch mal, was sind das für Farben?«

»Blauer Frack mit Messingknöpfen, ledergelbes Wams, Kniebundhosen und Stiefel mit braunen Stulpen«, wiederholte sie artig mit tränenerstickter Stimme.

Der Alte kam nicht dazu, Helena von seinen Erkenntnissen zu berichten. Denn die Lawine, die er losgetreten hatte, als er das Werkstattfenster aufgerissen und völlig in Gedanken ein »Mordio!« hinausposaunt hatte, war ins Rollen gekommen. Burger hatte wieder seine zwei Gehilfen mitgeschleppt, einen davon indes gleich weiter zu Richter Heckle geschickt. Und unterwegs hatte Burger noch schnell den Physicus aus der Ammergasse eingesammelt. So stand nun also ein Triumvirat auf der Schwelle, das wie aus einem Munde murmelte: »der vierte Mord!«

Und Burger korrigierte – durchaus auch sich selbst: »Der vierte unnatürliche Tod binnen kurzer Zeit in unserm friedlichen Tübingen. Was ist bloß los?«

Er bekam keine Antwort. Wie auch? Von wem auch?

»Hängen die irgendwie zusammen?« Noch so eine Frage.

Jetzt war es an dem Arzt, sich zu dem Toten herabzubeugen und den Puls zu fühlen. Wo nichts zu fühlen war. Gar nichts. »Tot«, stellte er fest.

Helena kreischte auf. Alle rissen den Kopf herum und sahen das junge Mädchen an, dass sie bislang völlig übersehen hatten. Sie hatte sich hinter die Drehbank zurückgezogen und den Auftritt der Ermittlergarde schweigend beobachtet.

Eher der Form halber raunte Burger: »Bitte verlassen Sie die Werkstatt!« Schob noch ein »Sofort« hinterher, war aber mit den Gedanken längst wieder beim Physicus, der jetzt die Wunde einer genaueren Betrachtung unterzog. So dass Helena und ihr leises Schluchzen in Vergessenheit gerieten.

Umso mehr als jetzt der alte Schlosser seine Stunde gekommen wähnte und seine wesentlichen Erkenntnisse von der ersten Inaugenscheinnahme vortrug. Sehr zum Erstaunen des Ermittlertrios, das dem alten, fast blinden Mann ein wunderbar verschnörkeltes Treppengeländer, nicht aber ausgesprochen gradlinige Schlussfolgerungen im Casus eines unnatürlichen Todes zugetraut hatten. Mit einem glühenden Eisen also.

Dann ging der Alte in die Knie und tastete mit den Händen die unmittelbare Umgebung der Leiche ab, nicht ohne hin und wieder anzuecken und jedes Mal zurückzuschrecken, als habe er eine kalte Kröte angefasst. Doch dann – plötzlich juchzte er lauthals: »Wer suchet, der findet.« Er richtete sich auf und förderte einen unscheinbaren Lappen zu Tage, der übersät war von braunen, bald kleinen, bald größeren Flecken.

»Ähm?«, fragte Burger und sah ratlos auf den stolz triumphierenden Schlosser, »ein Lappen. Richtig?«

»Und was für einer!«, jubelte der Alte, »das ist der, genau der, den der Meuchelmörder benutzt hat, um das glühende Eisen anpacken zu können, als er es meinem Lehrjungen zwischen die Rippen …«

Kreischen hinter der Drehbank. Handwedeln auf Seiten der Ordnungshüter. »Erspart uns die Einzelheiten!«

»Das wird nicht gut möglich sein«, mischte sich der Arzt ein, »ich werde das Eisen jetzt rausziehn müssen, denn erst dann …«

Burgers Assistent hatte sich längst abgewendet und strebte mit schnellen Schritten zur Tür. Jetzt auch gefolgt von Burger. Doch sie kamen nicht weit.

»Ihr bleibt!«, dröhnte es von der Tür her. Heckle hatte sich eingefunden und gebot der Gendarmenfahnenflucht mit militärischem Schneid Einheit. Und der Gendarmeriegehilfe, der den Untersuchungsrichter herbeigerufen hatte, nickte seinen bleichen Kollegen zu. Dass man es – nun wieder vollzählig – schon schaffen werde, mit vereinten Kräften.

Den Deserteuren blieb nichts andres übrig, als sich auf der Hacke umzudrehen und im Schlepptau Heckles an den Ort des Schreckens zurückzukehren.

Der Richter tat einen Schrei. Für seine Verhältnisse einen regelrecht lauten Schrei. Gradezu ein Gefühlsausbruch. Der den Anwesenden – inklusive seiner sich nach wie vor im Hintergrund haltenden Tochter – endgültig den Schreck in die Glieder fahren ließ. So, nein, so kannte man Paul Reinhardt Heckle, seines Zeichens einer der vordersten Gesetzeshüter der Tübinger Gerichtsbarkeit, so kannte man ihn nicht.

Der Physicus hatte das Eisen inzwischen aus der Brust des armen Marius gezerrt: ein sorgsam angespitztes, ja nadelspitzes Vierkanteisen, das, so versicherte der alte Schlossermeister, nicht von schneller Hand angefertigt worden war. Sondern eines, bei dem man sich offenbar die Mühe gemacht hatte, die Kanten zu feilen und die Spitze gar zu polieren. Ein Eisen also, auf das einiges an Schufterei verwendet worden war.

Was Richter Heckle nicht davon abhielt, eine – ebenfalls aus seinem Mund äußerst ungewöhnliche – Leichenrede anzustimmen, nachdem er sich gar eine Träne – oder täuschte das? – abgerungen hatte. Er wischte sich also kurz mit dem Handrücken über die blasebalgfaltigen Tränensäcke und hob an, eine Laudatio auf den leider, so leider von uns Gegangenen anzustimmen. Auf diesen jungen, diesen wunderbaren Menschen, in dem er stets eine großartige Zukunft habe aufziehn, ein herrliches Talent habe schimmern sehn, das nun vergeudet und vertan mit ins Grab der Ewigkeit geworfen werde. Und, ja, es sei an dieser Stelle zu betonen, dass es sich nicht nur um die rein handwerkliche, sondern auch um seine menschliche, seine zwischen- und mitmenschliche Gabe drehe, die zuletzt auch dazu geführt habe, dass er sich mit einigem Eifer und beachtlichem Erfolg an diversen polizeilichen Ermittlungen beteiligt habe.

Helena traute ihren Ohren nicht. Und schwieg. Und rührte sich nicht. Hielt sich nur mit drei Fingern an der Drehbank fest, hinter der sie sich verborgen hielt. Während sich das Schweigen als probates Mittel gegen die penetranten Schluchzattacken erwies.

»Wer kann so was wollen? Wer kann ein so junges Gedeihen mit Stumpf und Stiel ausreißen wollen? Wenn auf irgendjemanden die Bezeichnung ›holder Knabe im lockigen Haar‹ zutrifft, dann auf diesen dahingeschiedenen Lehrjungen, der sein Leben noch vor sich hatte, der noch so vielen Menschen großes Glück hätte bescheren können, die, ach …« Richter Heckle warf sich ein schnelles Kreuzzeichen über die Brust, und die anderen Anwesenden taten es ihm gleich.

Nur Helena nicht. Sie hatte scheints alle Kraft, sich zurückzuhalten, aufgebracht und aufgebraucht; sie konnte das Schluchzen nicht länger zum Schweigen bringen. Es musste raus, es musste irgendwohin. Angeschoben und getragen von den letzten Sätzen der erstaunlichen Rede ihres Vaters, brachen jetzt die Tränen wieder los, rannen ihr übers Gesicht, wurden von immer zügiger nachkommenden Sturzbächen aufgegriffen, ließen sich nur völlig unzureichend herunterschlucken, so dass das Schluchzen zum Gurgeln mutierte. Zu viel salziges Wasser, überall viel zu viel Wasser! Sie vergoss, sie verflüssigte sich.

Heckle aber gefror das Wort auf den Lippen, als er ihre Stimme aus dem Schluchzen heraushörte. Er warf den Kopf herum: richtig, seine Tochter! Sakrament! In absolut beschämendem Zustand. Vor aller Öffentlichkeit. Noch dazu vollkommen unbefugt, überhaupt hier zu sein. Vollkommen fehl am Platze ließ sie sich hier vor allen Leuten derart gehn. Überhaupt, was hatte sie da rumzuheulen! Was ging sein missratenes Töchterlein dieser blond gelockte Hungerleider an! Das schlug dem Fass ja wohl den Boden aus!

»Komm du mir nach Hause!«, donnerte er Richtung Helena, die daraufhin unter erneutem Schluchzen von Schmerz und Hingabe geschüttelt wurde und nur noch eines wollte: alleine sein. Sie raffte die Röcke, schob sich hinter der Drehbank hervor und wandte sich zur Tür. Als sie von hinten volle Breitseite erwischt wurde. Von einem neuerlichen Donner: »Du bleibst, Frollein, du bleibst! Du wartest, bis ich hier fertig bin.«

Wiewohl im Augenblick nicht mehr viel am Ort des Geschehens auszurichten war. Man konnte vielmehr den Eindruck gewinnen, dass Heckle den Gendarmen in erster Linie deshalb bei der Arbeit über die Schulter sehen wollte, damit seine Tochter länger schmoren würde. Dass er sie als erste Maßnahme schon mal weichkochen und gehörig auf die Folter spannen wollte. Mit der zeichnerischen Kunstfertigkeit eines Gendarm Burger jedenfalls, der inzwischen ein jungfräuliches Blatt Papier und seinen angekauten Stift gezückt und angefangen hatte, die Situation aufzuzeichnen, war es nicht weit her. Nicht so weit jedenfalls, dass, ihr zuzuschauen, gerechtfertigt hätte, einen ehrwürdigen Richter stundenlang von der Arbeit abzuhalten.

Aber Heckle blieb.

Blieb, bis sich auch der Doktor verabschiedet und die Autopsie der Leiche für den andern Tag zugesichert hatte. Bis die Gendarmeriegehilfen den armen Schlosserlehrling schulterten, um ihn hinter dem Medicus her zu dessen Räumlichkeiten zu schleppen. Erst dann nickte der Richter dem alten Schlosser zu, setzte den Zangengriff am Oberarm seiner Tochter an und schob, sie schräg vor sich her treibend, ab.

— . —

»Verehrungswürdige Mutter! Wie haben Sie recht, mich zu ermahnen, daß ich mich immer mehr der Tugend und ordentlicher Sitten befleißigen soll. Ich rechne auf Ihre christliche Verzeihung, teuerste Mutter, und auf mein Bestreben, mich immer mehr zu vervollkommnen und zu bessern.

Ihr Hölder«

– . –

Es war die Hölle! Wochen-, monate-, jahrelang tat sich überhaupt nichts in Tübingen. Man hatte sich allenfalls damit abzuplagen, dass ein Kutscher zum dritten Mal die gleiche Hausecke rammte, jetzt aber den Eckpfeiler des Fachwerks so gründlich zertrümmert hatte, dass dieser mit gewaltigem Aufwand ausgewechselt werden musste. Wer also kam dafür auf? Die Brauerei, der Kutscher oder die Gäule?

Oder es ging um den besoffenen Nachtwächter, der zum tausendsten Mal mitten in der Nacht die falsche Zeit ausgerufen und nicht wenige Würdenträger aus dem wohlverdienten Schlaf geschreckt und völlig verfrüht zum Dienstantritt geschickt hatte. Oder irgendwelchen absurden Bezichtigungen war nachzugehen, diese und jene Sternguckerin am andern Ende der Stadt sei eine Hexe, so wahr einem Gott helfe, eine Hexe, die nach allen Regeln der schwarzen Kunst Angst und Schrecken verbreitete. Es ging um geklaute Birnen, um zerschossene Katzen, verdroschene Hunde, auf dem Neckar treibende Ochsenkadaver, um unsachgemäß entleerte Mitternachtsvasen und ungültige Armutszeugnisse.

Aber das hier! Das hatte die Tübinger Gendarmerie, hatte Wolf Christian Burger in all seinen Dienstjahren noch nicht erlebt! Vier – ja, was denn, wenn wenigstens klar gewesen wäre, dass es Morde waren! Vier hintereinander. Binnen kürzester Zeit, wie gesagt. In so kurzer Zeit, dass sich die Ereignisse nun wirklich überschlugen. Dass mit der Arbeit beim besten Willen nicht mehr nachzukommen war. Und nicht eines der anstehenden Dramen war aufgeklärt. Alle steckten sie samt und sonders in der Katastrophe fest, ohne dass er, Burger, von Heckle ganz zu schweigen, ohne dass sie die Tragödien zur Katharsis der Beteiligten hätten vorantreiben können.

Doch, warte – da war doch noch was – hätte er fast vergessen – zwei von diesen Delikten – eins grausamer als das andre – zwei standen doch unmittelbar vor der Aufklärung. Da hockte dieser Bursche doch noch unten, den hatten sie ja noch gar nicht wirklich rangenommen.

»Döbel, holt mal die Kellerassel rauf, wir müssen das jetzt mal angehen!«

Der Gehilfe nahm das Schlüsselbund vom Haken und machte sich dienstbeflissen sofort auf den Weg. Keine drei Minuten später hörte man das Krakeelen durchs ganze Haus. Der Bauernknecht hatte kaum die Schritte und das Schlüsselgeklapper vernommen, da war er von seiner Liege hochgeschnellt und legte mit dem fürchterlichsten Gebrüll los, das das Ruhe- und Ordnungsgemäuer je vernommen hatte. Man sei ja wohl nicht ganz bei Trost, ihn so lange hier unten in diesem Loch bei Wasser und Brot einzupferchen wie einen räudigen Eber! Er verlange sofort nach dem Richter, nach einem Anwalt, einem – was wisse er denn, was für ein Gesindel sich im Namen des Gesetzes rumtreibe –, verlange nach irgendjemandem jedenfalls, der ihn hier raushaue. Und wenn man nicht sofort einen solchen riefe, dann werde er das Raushauen eben selbst besorgen. Aber dann Gnade ihnen Gott, dann werde hier kein Stein auf dem andern …

Er kam nicht dazu, seine Philippika zu Ende zu bringen, denn der Gendarmeriegehilfe machte sich am Schloss zu schaffen, drückte die gottserbärmlich kreischende Kerkertür endlich auf, griff dem Delinquenten in die Ketten und ließ ihn weiterschimpfend und polternd vorangehn.

Oben angekommen fuhr der Bursche Burger umstandslos an, was er sich denn eigentlich denke, ihn, den fleißigsten aller

Bauernknechte, so lange von der Arbeit abzuhalten, seit Tagen, er habe aufgegeben mitzuzählen, seit wahrscheinlich fünf, vielleicht sechs Tagen! Ihn grundlos festzuhalten in diesem Tollhaus hier.

Das war das erste Mal, dass ihn das Kantholz traf. In den Kniekehlen. Knut Köhler sackte weg. Aber der eigentliche Schlag war die Verblüffung. Die Tatsache, dass dieser Furz von einem Gendarmeriegehilfen, oder was das sein wollte, es fertigbrachte, ihm, dem stärksten Bauernknecht im ganzen Königreich, Knüppel in den Weg, in die Knie zu schmeißen. Köhler richtete sich, die Überraschung notdürftig weggesteckt, zu voller Größe wieder auf, hob die Fäuste und legte drei Drohschritte Richtung Lattenschwinger zurück, bevor – bevor ihn der zweite Schlag traf. Wieder ein verdammtes Kantholz, wieder in die Kniekehlen, wieder sackte er weg. Aber diesmal war's der andere Mistkerl. Donnerschlag, das konnte ein ganz ein übles Spiel hier werden! Er entschloss sich, fürs Erste auf weitere Drohgebärden zu verzichten und abzuwarten, was sich ergeben würde. Gute Entscheidung. Es hagelte keine weiteren Schläge.

Bloß dieser Torfkopf, der sich schon in der Amtsstube von diesem Richter als erste Geige aufgespielt hatte, meinte, ihn zwiebeln zu müssen. Wenn auch nicht mit Lattenschlägen.

»Also, was ist nun mit dem Nastuch?«

»Was soll damit sein?«, parierte er einigermaßen selbstbewusst.

»Das hier.«

»Gebt mir mein Nastuch her!« Er sprang auf, versuchte nach dem Tuch, das da vor seiner Nase durch die Luft wedelte, zu schnappen – bis – verdammt und zugenäht, die waren schnell – bis ihn ein hölzern knirschender Schlag in den Kniekehlen traf.

»So. Hätten wir das schon mal. Döbel, notieren!: Delinquent identifiziert Taschentuch als sein Eigentum.« Burger schlürfte genüsslich Oberwasser. »Und die ganzen schwarzen Flecken da?«

»Nasenbluten. Schon ewig her.« Knut Köhler spürte den Verdacht in sich aufkeimen, es könne durchaus sein, dass er Wortschläge fast ebenso gut auszuteilen wusste wie Faustschläge. Die Flamme des Stolzes flackerte in seiner Brust auf.

»So, Blut! Und in der Druckerei Bell hat die Nase auf den Arbeitstisch geblutet. Kann das sein?«

Gut gut, der Kerl brachte auch eine gewisse Schlagfertigkeit in Anschlag. Musste man neidlos anerkennen. Aber Knut, der neue Knut, war besser, war schneller, pfiffiger: »Auch schon ewig her.«

»Ach, Ihr wart also da?!«

»Schon ewig her, sag ich doch.«

»Und was wolltet Ihr von Drucker Bell?«

»Na ja nun, was man von einem Drucker halt so wollen kann.« Zum Donner, das war eine Sackgasse, in die er da reingeritten war. Er wusste, wenn er ehrlich war, gar nicht so recht – das waren nicht seine Felder, die hier hätten beackert werden müssen. Latten, Papier, Druckzeugs – er war mehr für Spalthammer, Forke, Dreschflegel zu haben. Was konnte man denn als Bauernknecht, der er ja nun mal unverkennbar war, von einem Drucker wollen?

»Nun?«, drang es unter funkelnden Augen hervor. Der Gendarm stand breitbeinig da und wippte auf herzzerreißend quietschenden Sohlen genüsslich auf und ab.

Schweigen. Knut brauchte noch einen Moment, nur ein Momentchen. – Kroch, der hatte gesessen! Soweit in Sachen Schlagfertigkeit. Diesmal ein Hieb von vorn. Grade rechtzeitig noch hatte er die Holzlatte ankommen sehn. Grade rechtzeitig noch konnte er mit einer Vierteldrehung sein Gemächte in Sicherheit bringen. Wodurch das Kantholz mit großem Hallo auf seine Hüfte krachte. War da was gebrochen? Hatte sich verdammt so angehört – Gottlob, das Holz! Abgeknickt wie ein schlaffer Grashalm im Herbst. Das obere Ende der Latte war noch über zwei, drei Fasern mit dem unteren verbunden und baumelte den Schwung des Schlags aus, bevor der verblüffte Gendarmeriehandlanger das Ding in die Ecke feuerte und sich ein neues Exemplar aus dem bereitliegenden Lattenbündel klaubte.

»Ich frage kein drittes Mal.« Burger reckte gnädige fünf Finger in die Luft und legte mit der anderen Hand im Sekundenrhythmus einen nach dem andern um.

»Also«, brachte Knut heraus, »ich – ich arbeite ja auf dem Schlenzerhof …«

»So? Auf dem Schlenzerhof, aha.«

»… und da hat mich der Bauer, der gute Mann, der hatte mich gebeten, doch mal beim Drucker Bell vorzusprechen und anzufragen, was es denn kosten würde, die völlig zerlesende Bibel des Hauses – Ihr müsst wissen, die zerfällt wahrhaftig jeden Augenblick. Und das ist ja nun nicht gerade zum Lobe Gottes. Wisst Ihr, ganze Bündel von Blättern fliegen völlig losgelöst zwischen den Buchdeckeln herum. Nur noch eine Frage der Zeit, bis die ersten verloren gehn, mit Sicherheit die wichtigsten Seiten, bis das ganze allerheiligste Buch der Bücher sich unter Gottes zornigen Augen in frevelhaftes Wohlgefallen auflöst und …«

Gendarm Burger fuhr ihm kurz entschlossen in die Parade: »Das ist nicht die Aufgabe eines Druckers. Dafür geht man zum

Buchbinder. Aber«, und er ließ die Augenbrauen gönnerhaft aufwärts zucken, »aber geschenkt. Döbel, schmeißt den Lügenbaron eilends wieder in sein Kellerloch! Wir brauchen ein paar Stündchen, um dem Bauern vom Schlenzerhof unsere Aufwartung zu machen und mal höflichst nachzufragen, ob denn …«

»Nein, das wird nicht nötig sein«, ging Knecht Knut dazwischen. Er brauchte nur ein kurzes Weilchen. »Ich brauche nur ein kurzes Weilchen, dann fällt mir's ganz gewisslich wieder ein.«

Zischend ging eine der Holzlatten wieder auf die Reise, verriet sich aber, indem sie durch die spannungsgeladene Luft schnitt, so rechtzeitig, dass Knut sich wegducken konnte und die Latte ihr Ziel verfehlte, mit voller Wucht weiterkreiste und den Trottel am anderen Ende der Latte in einen lustig um die eigene Achse wirbelnden Kreisel verwandelte.

»Nein nein«, beeilte Knut sich, vom Missgeschick des eben zum Stillstand gekommenen, mit Latten gegen Wortmühlenflügel kämpfenden Don Quijote abzulenken und sich nicht allzu auffällig in Genugtuung oder gar Spott zu ergehn, »nein, der Schlenzerbauer weiß davon nichts. Und es dreht sich auch nicht um die Bibel – es ist nur – ich wollte bloß – Ihr dürft das dem Bauern auf keinen Fall stecken, auf keinen! Versprochen?«

Keine Antwort.

»Es ist nur«, fuhr Köhler bedächtig fort, »die Tochter des Bauern, wenn Ihr wüsstet, wie schön, wie anmutig sie – na jedenfalls, sie dichtet. Verse so schön wie ihre süße Nackenhaut, wie die süße Rötung ihrer Wangen. Und da wollte ich ihr ein Album mit ihrer Poesie …«

Wumm, die Keule saß wieder. Traf ihn in die offenbar besonders beliebten Kniekehlen. Satansschmerz! Verdammte Hacke, das war der wievielte Schlag auf die gleiche Stelle. Da sollte es wohl schmerzen! Noch so 'n Ding, und er konnte seine Knie zu den durchgefaulten Rüben vom vergangnen Jahr schmeißen.

Aber Burgers Wolf Christian ließ ihm keine Zeit, die Höllenpein auszukosten. »Kann es nicht vielmehr sein, dass es sich nicht um die knuffigen Verslein einer Bauernmaid, sondern um die Poeme eines wahnsinnigen Dichters handelt?«

»Wie kommt Ihr denn darauf?«

»Fragen stellen, Knut Köhler, obliegt der Gendarmerie. Der Gendarmerie in meiner Person. Also!«

Eine Holzkante im Kreuz, eine weitere oben im Nacken, und dann wieder eine in den Kniekehlen. Er ging zu Boden wie ein verwachsenes Getreidehälmchen, ein schwächliches Opfer der Sichel, die in den Weizen fährt. Schwarz vor Augen! So schwarz wie die gottverflucht schwarze Pfütze auf der Arbeitsplatte des gottverfluchten Druckers. So schwarz wie die gottverfluchte Seele dieser drei Gendarmen. So schwarz wie …

Ein Schwall eiskaltes Wasser. Die Augen gingen wie von selber wieder auf und sahen die Maulschelle kommen. Zu spät. Sie saß schon. Pfeifend, beißend, brennend. Nachglühend. Und schon die nächste. Und noch eine.

»Ihr meint den aus dem Turm?« Immerhin wusste Knut wieder, woran er war. Sie hatten ihm also nicht das Hirn aus dem Schädel geschlagen, aber er wusste: Sie hatten ihn weichgetrommelt.

—.—

64

»Verehrungswürdigste Frau Mutter! Nehmen Sie vorlieb mit dem wenigen, das ich Ihnen schreiben kann.«

War vielleicht keine Glanzleistung für einen Dichter, so ein Satz, aber dafür stimmte er. Die blanke Wahrheit. Hölderlin war mit ganz was andrem befasst. Mit was ganz anderem.

»Ich hasse mich! es ist ein ekles Ding
Des Menschen Herz, so kindischschwach, so stolz,
Und doch so hämisch wieder! weg! ich hasse mich!
So schwärmerisch, wenn es des Dichters Flamme wärmt,
Und, ha, wenn sich ein freundeloser Junge
An unsre Seite schmiegt. So stolz so kalt!
So fromm, wenn uns des Lebens Sturm
den Nacken beugt.«

Das war's, was er unter der Feder hatte, woran er rumzufeilen hatte. Darin steckte sein Geist, das musste aufs Papier, das hatte diese Tiefe, die er suchte. Das war keine Pflichtübung.

»Ich schließe den Brief schon wieder, und nenne mich

Ihren gehorsamsten Sohn Hölderlin«

– . –

65

Er schwankte wie eine morbide Birke am Wegesrand. Er schwankte, aber er stand. Und holte Luft. Anhechelnd gegen die Hölle in seinem Körper, in sämtlichen Knochen. Und versuchte, sich zu vergewissern, wo die Füße, wo der Kopf …

»Ich warte«, schnauzte der Gendarm und tippte in affenartig schnellem Rhythmus mit dem rechten Mittelfinger auf die offen ausgestreckte Handfläche der Linken. »Heraus mit der Sprache.«

»Der wahnsinnige – der Großdichter in seinem Turm«, stammelte Knut und wunderte sich über die plötzliche Freigebigkeit, die sein Innerstes zum Leuchten brachte.

»Ihr wollt mir doch nicht weismachen, dass Ihr auch nur eine Zeile aus dessen Feder kennt. Da kann ja nicht mal ich was mit anfangen. – Döbel, kennt ihr einen Hölderlin-Vers? Einen einzigen?« Burger sah seinen Gehilfen auffordernd an.

Der, völlig verdattert, stotterte ein »N-Nee« zusammen, fügte ein »Wo denkt Ihr hin?« hinzu, schob dann aber doch nach: »›Komm ins Offene, Freund‹. Ich glaub, das könnt von ihm sein. Aber sonst. Nee, da bin ich überfragt.«

»Da seid Ihr, Knut Köhler, tumber Knecht auf dem Schlenzerhof, sicher besser im Bilde.«

»So, ähm, also ich weiß nicht recht.« Die Kniekehlen mussten dran glauben, ein weiteres Mal, reißender Schmerz, tanzende Lichtpunkte auf der Innenseite der Augenlider.

»Und wie nun kommt Euer Nastuch, mit Eurem schwarzen Blut befleckt, aufs Verladepodest der Weinkellerei?«

»Welcher Weinkellerei?« – Krong!

»Wieso wart Ihr Euch so sicher, dass Ihr ausgerechnet da freies Spiel habt?«

»War ich doch gar nicht. Aber wahrscheinlich war's schon. Immerhin waren die ganzen Leute von der Weinkellerei auf diesem verspäteten Weinfest beim Schlenzerbauern. Tät ich also in der Weinkellerei meine Ruhe haben. Und war ja dann auch so. Bis dieser Verleger-Zottel da aufkreuzt. Sehr zu seinem Leidwesen. Murr, oder wie war noch sein Name? Hat zum letzten Mal gemurrt.« Was Köhler ein Kichern, fast ein Kichern entlockte. Noch bevor es zur Entfaltung kam, biss er sich auf die Lippen. »Was kann ich denn dafür, wenn sich just in diesem Augenblick zwei, drei Weinfässer selbständig machen?«

»Und wie ist es«, Burger war sich sicher, dass man jetzt hier alles auf einen Streich würde aus den Füßen bringen können, »wie ist es mit dem Stocherkahn, mit dem dritten Mord?«

Knut Köhler wunderte sich, dass er nach all den Schlägen, die er hier kassiert hatte, noch in der Lage war, eine einigermaßen ansehnliche Gefühlsaufwallung auf die lädierten Beine zu stellen. Er fuhr jedenfalls hinreichend überzeugend aus der Haut. »Nee, das könnt ihr nicht machen! Mir den auch noch in die Schuhe schieben.«

»Was heißt hier ›auch noch‹?«

Und jetzt war Köhler sogar mit einem Argument zur Stelle: »Das ist doch der, von dem ich mein Geld kriege. Mieses Geschäft, wenn ich den übern Jordan schicken tät.«

»Vielleicht Angst, er könnte Euch verraten? An die langen
Messer der Justitia ausliefern? – Aber apropos Penunzen: Um
wie viel ging's denn? Da steckt ja noch mal eine ganz andre
Poesie drin, in so einer angemessenen Entlohnung. Die Poesie
klingender Münzen, damit dürfte sich doch auch ein Bauernknecht leidlich auskennen. Zum Beispiel wissen, dass mehr
mehr ist.«

»Ein Sack voll Geld, Kruzitürken, ein stattlicher Sack voll …«
Jetzt biss er sich auf die Zunge. Er hatte zu viel, eindeutig zu
viel – da hatte dieser Blödian von einem Bluthund ihn doch tatsächlich dazu gebracht, zu plaudern wie ein Waschweib, viel
mehr auszuplaudern, als der Sache, als vor allem seiner Person
zuträglich sein konnte. Viel mehr. Sack und Asche.

— . —

66

Dann kam, zweieinhalb Jahrzehnte später, Rilo, eine alte Studienfreundin auf mich zu. Sie hatte meinen Namen in irgendeinem Radioprogramm gelesen und sich auf die Suche nach meiner E-Mail-Adresse gemacht. Was, noch bevor private Homepages in Mode kamen, nicht ganz so einfach, dennoch erfolgsgekrönt war. Nachdem wir uns auf den neuesten Stand der jeweiligen Lebens- und Liebessituation gebracht und die vergangenen Jahrzehnte im gestreckten Galopp durchmessen hatten, entwickelte sich ebenfalls im Eiltempo die Idee, nach einer Idee für ein gemeinsames Projekt zu suchen.

Keine Ahnung, beim besten Willen keine Erinnerung, wie wir und warum wir auf Hölderlin kamen. Und wer von uns. Ich habe den Verdacht, dass Rilo es war, die damit vorpreschte. Die den Dichter quasi aus dem Hut ihrer Projektideen zauberte. Ohne dass ich wüsste, wie er da hineingekommen sein mochte. Jedenfalls: Da war er wieder! Stand breitbeinig in meinem Leben. Lonesome Fellow,

der den Blick über die unendlichen Weiten der Prärie schwei-
fen und ein paar wenige, alles
entscheidende Worte fallen lässt.
War einfach wieder da. Aus heiterem Himmel.

—.—

67

Es gab kein Zurück mehr. Er wusste jedenfalls nicht, wie das hätte bewerkstelligt werden können. Und er hatte den gottverdammten Eindruck, dass sich die Gendarmen seiner jämmerlichen Bedrängnis bewusst waren.

»Himmel noch mal, so erleichtert Euch doch!«, kam es vom großen Vorsitzenden.

Erleichtern? Erleichtern hieß doch was anderes. He, der Mann hatte sich – musste sich im Wörtervorrat vergriffen haben. Kochte auch nur mit Wasser. Vielleicht war ihm mit einem gerüttelt Maß Bauernschläue doch beizukommen. – Normalerweise schon, aber nicht bei dem Gesicht, das der Gendarm jetzt plötzlich aufzog. Niemals. Eine undurchdringbare Maske.

»Knut Köhler, so beschenkt den Herrn, Euren Gott mit der Wahrheit!« Burger ließ den Satz in seiner heiligen Feierlichkeit erst mal so stehn und eine fromme Runde durch den Raum schweben. Er hatte die Hände gefaltet und vor der Brust aufgerichtet, dem Himmel entgegen, hatte die Ostersonntagspfaffenmiene aufgesetzt, hatte die schafspelzweiche Kirchengewölbestimme aufgelegt. Sattsam erprobt und immer gut mit gefahren. Aber hier, bei diesem Bauerntrampel, kein Zweifel, hier musste er noch mal nachlegen. »Gott im hohen Himmel wird Euer Richter sein. Und Gott im hohen Himmel kann genau wie die irdische Gerichtsbarkeit Gnade walten lassen. Aber das ist an Bedingungen geknüpft. Denn auch der Herr lässt sich nicht auf der Nase herumtanzen.«

»Was denn für Bedingungen?« Sakra, war er schon wieder zu weit gegangen? Sah diese dämliche Frage nicht viel zu sehr nach

Schwäche, nach Entgegenkommen, nach vorschneller Einwilligung aus?

»Die Wahrheit! Dass ihr mit der Wahrheit rausrückt. Jetzt geht das noch, jetzt hat Gottvater sein gütiges Auge noch nicht vor lauter Entsetzen von seinem irregeleiteten Schäfchen abgewendet, jetzt habt Ihr die letzte Gelegenheit, Euern Irrtum zu bekennen, umzukehren, in den Schoß der gottwohlgefälligen Kirche zurückzukehren.«

»Und wer garantiert mir das?« Wieder so eine Frage, die er am liebsten nachträglich runtergeschluckt hätte. Donnerschlag und Satan, wieso war seine Zunge immer schneller als seine Hirnwindungen. Zum Kotzen.

Aber Gendarm Burger schien die verkorkste Frage gar nicht oder doch kaum gehört zu haben. Er war in seinem Element. »Gott hält seine gütige Hand über Euch. Wie über alle Sünder. Noch. Noch gehört Ihr dazu, zur gottesfürchtigen Gemeinde der Sünder. Und selbst die Jurisdiktion hienieden im Jammertal wird Euch zugutehalten, dass wir die Streckbank nicht über Gebühr ...«

»Streckbank?!« Knut riss die Augen auf, fühlte, wie der Schweiß zwischen den Fingern zusammenlief. »Was kommt denn noch alles?«

»... dass Ihr uns nicht allzu große Mühe und nur eine zerbrochene Holzlatte gekostet habt. Dass Ihr fast von Euch selbst aus mit der Wahrheit rausgerückt seid. Kooperativ, mein Gott, Ihr seid doch ein kooperativer Geist, der all den andern am Schlenzerhof gewisslich gern unter die Arme greift. Das habt Ihr auch hier bewiesen. Mit großartiger Kraft, mit gottpreisender Aufrichtigkeit, als Ihr davon spracht, dass Ihr ...«

»Ich hab doch nichts gesagt«, insistierte Knut Köhler und wusste doch, dass diese komischkauzige Trotzigkeit entschieden mehr aussagte, als ihm lieb war. Verflucht noch mal, wieso brachte er hier einfach nicht die richtigen Sätze zu Wege! Aus Verlegenheit schob er noch ein »Ich hab doch gar nichts gesagt« nach.

»Und noch eines, Knut Köhler.« Burger wusste, dass er die Popenmiene jetzt so ganz langsam würde weggleiten lassen können, aber nicht zu früh, bloß nicht zu früh! »Wenn Ihr hier und an dieser Stelle vor Gott Ross und Reiter nennt, dann wird es weniger Euch als eben jenen ans Fell gehn.«

»Wem?« Das klang nicht wenig verlockend, zugegeben.

»Ross und Reiter eben.«

»Rösser, also da haben wir genug von im Stall, und Reiter …«

»Wer, Knut, wer hat Euch bezahlt?« Burgers Überraschungsattacke. Schnurgrade. Jetzt saß sie. Saß besser als jeder Schlag mit dem Kantholz.

»Dieser Geldmacher aus Frankfurt.«

»Geldmacher?«

»Weiß nicht, wie der heißt. Ist, glaub ich, steinreich und kommt jeden Tag an neues Geld, wenn's sein muss. Wie's aussieht.«

»Geht's ein bisschen weniger nebulös?«

»So 'n Hochkaräter aus Frankfurt. Direx, weiß ich nicht, Geldhaus, Bank, Kasse irgend so was, versteh ich nichts von. Gotthard oder so was, glaub ich, hat der geheißen.«

Burger verstand auch nicht wirklich was, aber darum ging es auch nicht. Es ging darum zu liefern. Richter Heckle würde gar nicht anders können, als ihn, Burger, im Zuge der Etablierung

dieser Landsreuterkorps fleißig zu protegieren. Wenn es ihm
gelang, diesen Dorftrottel hier … »Döbel, habt Ihr das im Pro-
tokoll?«

»Nein«, knurrte dieser, »noch mal!«

»Wie: noch mal?«, sah Knut konsterniert in die Runde, »was
noch mal?«

»Ich wusste doch nicht, dass ich jetzt plötzlich den Stift statt
den Prügel hier in die Hand nehmen sollte. Das müsst Ihr mir
sagen, Burger, müsst Ihr mir das.«

Das war doch wohl nicht zu fassen. Da legte dieser angesäg-
te Baum von einem Kerl ein fantastisches Geständnis ab, und
keiner hatte mitgeschrieben! Wieder mit leeren Händen vor
Heckle! »Döbel, jetzt schreibt! Ich diktier's Euch in die Feder.«

— . —

68

Jedes Mal, wenn er zwei, drei Verse hintereinanderbekommen hatte, war ihm das Anlass zu ausgelassenem Jubel. Dann tänzelte er ein paar Runden durch sein Zimmer und legte zwischendurch einen Knicks auf jedem Lichtfleck ein, den die Sonne auf die Bodenbretter zauberte. Dann sang er irgendwelche sinnentleerten Silben, zerrte ein paar violinenschlüsselfreie Tonfolgen aus der Flöte, hämmerte eine Kaskade entfesselter Falschakkorde in die Tasten des rasselnden Klaviers.

Und Sekunden später, als sei er vom schlechten Gewissen eingeholt worden, kam ihm der Gedanke, dass er sofort und auf der Stelle der Mutter zu schreiben habe:

»Insonders hochzuverehrende Mutter! Die Fortdauer innerer Überzeugung, die zur Tugend beiträgt, ist keine geringe Beobachtung. Das Gute und das Wohlbefinden sind wichtige Gegenstände, die man nicht gern entbehrt. Ich nehme mir die Freiheit, schon wieder abzubrechen.«

— . —

69

»Fritz, welche Rolle spielst du in diesem Drama?« Von Sinclair war es gelungen, Hölderlin aus seinem Turm zu locken. An diesem kalten, aber sonnigen Dezembertag. Raus! Ins Offene, Freund! Die Straße am Flussufer, bis raus aus der Stadt. Die Häuser hinter sich lassen! Durch die kalten Morgennebel, die dem Schilf im Drüberstreichen blütenweiße Glitzermäntel übergezogen hatten, die das armselige Dornengestrüpp in bizarre Wesen mit abstehenden Eisbärten und verworrenen Mähnen verzaubert hatten. Mit jedem Schritt in die zähen Nebelschwaden eine kreisrunde Lücke stampfen, die sich gleich wieder schloss, wulstig wallend die Daunendecke wiederherstellte. Während das niedergetretene Gras seinen hermelinweißen Kristallpelz abwarf und splitterweise an die längst durchnässte Wolle der Strümpfe abgab, um diese in vorwärtsstaksende Felltiere zu verwandeln. Während die Schnallen der Kniebundhose sich im Ufergesträuch verfingen und aufsprangen. Während da vorne, da drüben auf seinem übers Wasser ragenden Knorz der Eisvogel zwar einen Blick rüberwarf zu den beiden Störenfrieden, aber stocksteif sitzen blieb, als wäre er selbst festgefroren, um seinem Namen die gebührende Ehre zu erweisen. Während er sein prachtvoll buntes Gefieder, dass es mit jedem Amazonaspapagei hätte aufnehmen können, in die durch den Nebel sickernde Sonne hielt. Ein Leuchten, ein Strahlen, ein wunderbarer Morgen.

»*Sollten aber einige meine Sprache zu wenig konventionell finden*«, murmelte Hölderlin vor sich hin, »*so muß ich ihnen gestehn: Ich kann nicht anders.*« Er setzte seine Schritte rhythmisch voreinander, irgendwie jambisch, zerrte seine kleine Schreibtafel aus der Rocktasche und reihte zwei, drei, vier Verse auf.

Aber von Sinclair ließ nicht locker, erinnerte an seine immer noch offene Frage: »Also: Welche Rolle hast du dir in diesem Drama auf den Leib geschrieben?«

»Am Fenster meines runden Refugiums zu stehn und zuzusehn. Aber das habe ich doch schon des Langen und des Breiten …«

»Als unbeteiligter Beobachter?«

»Exakt.«

»Das eben, Fritz, das glaube ich dir nicht.« Von Sinclair hob einen Stock auf und setzte mit vollkommen stumpfem Blick an, das Holzstück Richtung Eisvogel zu schleudern.

»He, Isaac«, Hölderlin fiel seinem Freund nicht gern, aber jetzt denn doch in den Arm, »du wirst dieses Abbild unsterblicher Schönheit nicht zerstören! Du nicht und niemand andrer. Die Ästhetik der schillernden Farben, die …«

»Welche Rolle!«

»Ich – ich bin nichts als eine Beute des Wahnsinns. Und wenn er mich mal gerade für einen Augenblick aus den Krallen lässt, dann lass ich die Feder übers Papier kratzen. Das ist mein Leben, Isaac. Und das weißt du.«

Von Sinclair ließ den Stock fallen, sann ihm noch kurz nach, weil er im Sturz denn doch noch ein Idyll zerschlug, die Ästhetik der strahlend weißen, so winzigen wie eisigen Kristallkon-

strukte zerknisterte.«Ich glaub dir kein Wort.« Auch er hasste
es, derart schroffe Saiten anzuschlagen. Aber anders war Hölderlins windigen, vergeistigten Fluchtreflexen nicht beizukommen. »Ich glaub ganz was andres.«

»Du wirst es mir gleich verraten.«

»Ich glaube, Hölderlin, dass Du die Strippen gezogen hast.«

»Wovon redest du?«

»Das weißt du genau.«

»Ich – Isaac, mir wird so – so – im Kopf, diese Spirale …«

»Hölderlin, du bist immer, aber auch wirklich immer auf der
Flucht!«

»Ich muss – muss zurück – in meinen Turm. – Ich hab, hab keine
Kraft – da ist was in mir ist da was, das hat mich in den Krallen
– was, das mich rumreißt …« Er hatte keine Luft mehr. Drehte
sich indes trotzdem wie die Spirale, die er eben beschworen
hatte, um die eigene Achse. In immer enger werdenden Kreisen. Der Kopf saß schief und verquer auf dem Hals, die Augen
waren aufgerissen, die Pupillen jedoch nur noch am Rand zu
erahnen. Der Mund war völlig verzerrt und brachte kein Wort
mehr hervor, stattdessen schäumenden Speichel, der zwischen
den Lippen hervorquoll. Hölderlin stürzte, schlug hin wie ein
Brett.

Was tun? Von Sinclair trat selbst der Schweiß auf die Stirn. Und
er zitterte ebenfalls am ganzen Leib. In seiner Ratlosigkeit fiel
ihm nur ein, den krampfenden und bebenden Freund auf die
Schultern zu hieven. Er hob Hölderlins Oberkörper an, lehnte
ihn notdürftig an einen Baum, schob sich mit den Schultern darunter, um ihn im Einknicken aufzufangen. Schwerer Brocken,

alles was recht war. Eine Tortur, eine unfassbare Tortur, ihn den
ganzen Weg zurückzuschleppen. Gut, nur gut, dass Hölderlin
nach wenigen Metern aufhörte zu zittern und zu krampfen.
Und dass er keinen Laut von sich gab. Dass er schlicht wie ein
nasser Sack auf seinem schaukelnden Dromedar lag.

»Zimmer!«, schrie von Sinclair, so laut es ihm sein hetzender
Atem gestattete, »Zimmer, so kommt, so helft doch!«

Zimmer kam. Zimmer grinste. Zimmer tippte sich an die Stirn
und bedeutete von Sinclair, Hölderlin abzustellen. Hölderlin
stand.

– . –

70

»Und wenn wir schon mal dabei sind, Köhler«, Gendarm Burger legte vorsichtshalber wieder die pastorale Miene auf, die hatte doch perfekt gezogen, »dann wollen Gott und alle Heiligen noch wissen, worin genau Euer Auftrag bestand, den dieser Gold- und Geldesel Euch so teuer bezahlt hat. Und denkt dran, nur die Wahrheit, die volle Wahrheit kann Euer Sündenkonto in Schranken halten.«

Knut Köhler schlug sich ein flüchtiges Kreuz auf die Brust. »So wahr mir Gott helfe, der hatte Übles im Sinn. Und mich hat er als seinen Handlanger ausgeguckt. Und ich, in meiner Bauerndämlichkeit, geb mich dafür her.«

»Aber Ihr seid gottlob ein christlicher Mann« spendete Burger Trost. So überzeugend, als eben machbar war.

»Denkzettel sollte ich verpassen. Zwei an der Zahl. Jeder ein Vermögen wert. Davon das erste Drittel davor, den Rest danach. Wobei – das zweite und dritte Drittel – dazu kam es nicht mehr, da war er selbst ja schon übern Jordan. Übern Neckar.«

»So schnell kann's gehn.«

»Und ich guck in die Röhre, zum Deibel!«

Gendarm Burger schubberte sich mit den viel zu langen Fingernägeln seiner Linken den Nacken, als gelte es, den Deibel irgendeiner diffusen Vorahnung auszutreiben. »Und jetzt noch mehr Butter bei die Fische«, sagte er, »warum Denkzettel?«

»Na, dass die aufhören damit.«

»Köhler, lasst Euch die Würmer nicht einzeln aus dem Rüssel ziehn und aufs Nastuch betten! Ihr wisst, der Zorn Gottes kann fürchterlich sein.«

»Dass dieser Verlagsknurr und sein Druckerlein nicht auf die Idee kommen, tatsächlich irgendwas für ein Geschreibsel von diesem durchgedrehten Holunder herauszubringen.«

»Warum das denn nicht?«

»Da bin ich freilich überfragt. Mit so Versen und Dings, da kenn ich mich nicht aus.«

»Eine kleine sanfte Warnung also an die Männer des gedruckten Wortes. – Döbel, habt Ihr das?« Der Gendarm ertappte seine Hand dabei, dass sie schon wieder im Nacken scharren wollte.

»Bloß diesen kleinen Schuss vor den Bug. Und so war's ja auch. Mehr war's ja auch überhaupt nicht. Der Rest war 'n Unfall.«

»Un*fälle*! Tragisch und unbeabsichtigt.«

»Aber völlig!«

– . –

238

71

Nicht ganz einfach, den störrischen Hölderlin die Stiege hinaufzumanövrieren. Während dieser kaum verständliche Wörter vor sich hin brabbelte. »Glaub, es war Immanuel Nast, an den hab ich geschrieben, als Jungspund, verschossen in dieses Louisenmädchen, hab ich dem schon geschrieben: ›*Ich hab nebenher einen traurigen Ansatz von Rohheit, daß ich oft in Wut gerate, ohne zu wissen, warum.*‹ Und an Louise selbst: ›*mein mürrisches, mißmutiges, kränkelndes Wesen und unüberwindlicher Trübsinn*‹. Mein Gott, ich war jung, so jung. Und mein Leben lang holt's mich, holt's mich immer wieder ein.«

»Hölderlin?« Von Sinclair war sich nicht ganz sicher, ob er zu ihm durchdringen würde.

»*Ich, mein werter Herr, bin nicht mehr von demselben Namen*«, lautete Hölderlins Antwort.

Sie gingen schweigend weiter; im Turmzimmer angekommen, setzten sie ihn aufs Bett. Noch im Sitzen schloss er die Augen, und sie überließen ihn seinem Schicksal. Zimmer zog die Tür leise, ganz leise zu und hörte dem Schloss beim Einschnappen zu.

Dann stiegen sie leise, ganz leise, soweit die knarzenden Stufen es zuließen, wieder hinab.

»Gottgütiger Himmel!«, raunte von Sinclair, »Eure Geduld, Eure Hilfsbereitschaft, bewundernswert! Der Herr wird's Euch danken.«

Zimmer lud von Sinclair mit einer kurzen Handbewegung auf eine Stippvisite in die Werkstatt ein.

»Gern, aber gern«, nickte von Sinclair und tat zwei, drei Schritte über die Schwelle. Und blieb wie bestellt und nicht abgeholt in der Mitte der Tischlerei stehen. Der einzige Schemel, den es gab, war voll mit Beiteln, allerhand Schleifwerkzeug und Holzhämmern. Und sich irgendwo anlehnen, an der Hobelbank, am Holzvorrat, am Werkzeugschrank, am Zeichenbrett oder an der Fensterbank – ausgeschlossen. Auf allem lagerte eine zentimeterdicke Sägemehlschicht. Ein gelber Pelz, den von Sinclair nicht an seinem Rock wiederfinden wollte. Auch nicht – schon gar nicht als dünnen, aber hässlichen Streifen. Also blieb er in gebührendem Abstand von sämtlichen Utensilien der Werkstatt stehen. Die schlanken Finger in den Hosentaschen vergraben. Eine Tischlerei, wie seine rauesten Träume sie ihm ausgemalt hatten.

»Das ist seine Masche«, grinste Zimmer und verlieh seinem Vergnügen endlich den Ausdruck, der ihm die ganze Zeit auf der Zunge gelegen hatte. »Aber trotz und alledem: natürlich gut, lobreich und hilfreich, dass Ihr ihn hierher zurückmanövriert habt.«

Von Sinclairs Rücken ächzte und streckte sich durch. Und noch mal. Zwecks Unterstreichung. »Eine Masche?« Von Sinclairs Miene verfinsterte sich. Ganz im Gegensatz zur in sich hinein grinsenden Vergnüglichkeit des Tischlers. So ganz allmählich begriff er, dass Hölderlin sein Ausweichmanöver im wahren Sinne des Wortes auf seinen, von Sinclairs Schultern ausgetragen hatte. Begriff, dass jetzt er Opfer geworden war von Hölderlins Methode, lästige Besucher abzuwimmeln, von denen etliche anrückten, ohne einen Hehl draus zu machen, dass es ihnen einzig und allein darum zu tun war, aus nächster Nähe einen wahnsinnigen Dichter in seiner Kemenate zu bestaunen, einmal in ihrem Leben einen Einsiedler in seinem Elfenbeinturm geknackt zu haben.

»Bringt er natürlich auch gegen die bucklige Verwandtschaft zum Einsatz«, prustete Zimmer los und hielt sich den Handrücken vor den lachweit aufgerissenen Mund. »Außer Schwester Rieke, die er nie des Feldes verwiesen hat und verweisen wird. Ansonsten sind ihm alle Verwandtenbesuche ein Gräuel. Zwei Mittel hat er sich dagegen einfallen lassen: das Überschütten mit Huldigungen und Ehrbezeugungen, mit himmelhohen Titeln des gehobenen Adels, von »dero Hochwohlgeboren« über »Hochwürden« bis »großmächtige Majestät«. In einem solchen Übermaß, dass jedem Dorfdämel klar werden muss, hier kann was nicht stimmen. Hier soll wer weggehuldigt werden. Und ebenfalls klar ist, um wen es sich dabei dreht. In besonders hartnäckigen und begriffsstutzigen Fällen, bei Leuten dümmer als Dorfdämel greift er dann zur Anfallskeule.«

»Dämlicher als Dorfdämel – danke!«, stimmte nun auch von Sinclair ins Lachen ein und begrüßte mit munterem Augenzwinkern die Staubwolke, die sich wie eine Windhose, getragen von der prustend ausgestoßenen Luft, direkt neben Zimmer erhob, der sich, um die Erschütterung seines Oberkörpers abzufangen, an den Backen eines halb geöffneten Schraubstocks festhielt.

»So war das nicht gemeint.« Natürlich hatte er's so nicht gemeint. Wie sein Lachen unwiderlegbar bewies.

»Aber nicht ohne ausgeprägtes schauspielerisches Geschick, da muss man unserm Fritz den gebührenden Respekt zollen«, schüttelte von Sinclair den Kopf. Und es war nicht wirklich auszumachen, ob das Kopfschütteln vom Lachen herrührte oder vom Staunen.

»Täuschend echt. Wahrhaftig! Zumindest genau so, wie man sich als Normalsterblicher vorstellt, dass eine Attacke des Wahnsinns vonstattengehen muss.«

»Stimmt. Eine notwendige Einschränkung.« Von Sinclair legte den leicht gekrümmten Zeigefinger an die Nase. »Was von noch

größerem Geschick zeugt, indem der gute Hölderlin die einge-
fahrensten Wirklichkeitsvorstellungen seiner Rezipienten stärker
in Betracht zieht und einkalkuliert als die Wirklichkeit selbst.«

»Denn das ist unstrittig«, nickte Zimmer und drehte mit der verhornten Kuppe seines kleinen Fingers eine querliegende Acht
durch den Staubpelz des Schraubstocks, »unstrittig, dass er weiß,
was er da inszeniert. Dass er die Angriffslust cholerischer Anfälle und Ausfälle kennt. Auch wenn ich fest davon überzeugt bin,
dass diese sein eigentliches Problem nicht sind.«

»Sondern?«

»Sondern die finstren Augenhöhlen einer Matrone mit Namen
Melancholia …«

»… dass die den Vorhang zuzieht«, pflichtete von Sinclair bei,
»dass die beleibte Graugesichtige alles in Finsternis hüllt.«

»Wo er sich nur rausgewunden bekommt, indem er im Kreis
geht. Um nicht durchzudrehn.« Und zur Bestätigung brachte der Tischlermeister zunächst seine Acht zu Ende, um dann
mit der rechten Hand nach oben zu weisen, wo man Hölderlin im Kreis – oder waren es Spiralen? – einhertigern hörte. Das
Knarren der alten Bohlen offenbarte, wie's ein Stockwerk höher
zugehn mochte. »Wie hart der Sisyphos-Brocken jeweils ist, den
er vor sich herwälzt, verrät das Tempo seiner Schritte. Je schneller und enger die Kreise, desto dramatischer ist die Lage. So weiß
ich immer, wann ich rauf muss.«

»Und das jetzt hier? Ist das eher langsam, oder ist Gefahr im
Verzug?«, fragte von Sinclair.

– . –

72

Aber wie, zum Kuckuck, würde ich der Versuchung entgehn, fürs Libretto der Soundinstallation eine Gedichtaneinanderreihung wie bei diesen ›Lyrik und Jazz‹-Projekten der 70er Jahre abzuliefern. Wie überhaupt ließe sich Hölderlins Poesie – genau: aufmischen? Durcheinanderwirbeln, fragmentieren, neu zusammenschustern. Dekonstruktion – das Modewort. Weshalb das Verfahren ja nicht unbedingt schlecht sein muss.

Klar war auf alle Fälle, dass ich mich dafür nicht durch die Konvolute der »kritischen Textausgabe« mit Oden und Versen, mit Hymnen, Liedern, Elegien beißen wollte. Ein Königreich für ein Reclamheftchen.

Das dann doch nicht. Dafür war Hölderlin in seinen 73 Lebensjahren, in seinen 60 Jahren Dichtkunst zu fleißig. Entschieden zu fleißig. All seine Gedichtverse würden einen rechten Stapel von Reclam-Heftchen hergeben. Also hat man für die Hölderlin-

Allesleser eine gebundene Aus-
gabe herausgebracht. Hellgrau-
blauer Papierumschlag, dunkel-
graublauer Stoffeinband, darin
444 engzeilig gedruckte Seiten
einer Poesie.

—.—

Es war jetzt schon seit geraumer Zeit verdächtig still oben. Auch nicht unbedingt ein beruhigendes Zeichen. Zimmer gab von Sinclair einen Wink, und sie nahmen ein weiteres Mal die so enge wie steile Stiege in Angriff. Drückten vorsichtig die Klinke runter, schoben die Tür auf – blieben stocksteifstarr stehn.

»Ouh nein«, entfuhr es von Sinclair, und Zimmer steuerte, schnell und übermächtig aufstoßend, ein direkt vom Herzen kommendes »Scheiße« bei.

Da lag er. Mitten im Zimmer. Auf dem Boden. Gekrümmt und ineinandergerollt wie ein junger Hund. Keine Regung.

Sie wagten sich auf leisen Sohlen näher. Mit entsetzensentstellter Miene, eine düstere Vorahnung zwischen die Stirnfalten geschrieben. Von Sinclair gab jede Zurückhaltung auf und ging in die Hocke. »Gott sei's gedankt, er atmet noch«, flüsterte er.

»Der ist schlicht eingeschlafen«, grinste Zimmer, froh, nicht gleich wieder losprusten zu müssen. »Immer auf der Flucht, der Mann, sag ich doch. Selbst hier in seinem Refugium.«

Worauf Meister Zimmer sich ein Herz nahm, ebenfalls in die Knie ging und das Blatt Papier ganz langsam, aber ganz sicher aus Hölderlins schlafschlaffen Fingern zwirbelte. Noch mal nachruckelte, vorsichtig zupfte – endlich hielt er den Brief in Händen. Und nickte von Sinclair zu: »die Frau Mutter«.

Immer noch verschüchtert und vom schlechten Gewissen geplagt, weil sie ihn da oben, seinen Wirbelwind noch in den

Knochen, alleingelassen hatten, ließ Isaac von Sinclair jetzt denn doch das Briefgeheimnis Briefgeheimnis sein und schielte mit gespitzten Augen auf das Papier zwischen den verhornten Fingern des Tischlers.

   Mein lieber, mein guter Hölder,

wenn dem so ist, wie ich erfahren habe, wenn er in der Stadt ist, sich mit einem Kahn auf den Neckar staken lässt, unmittelbar zu Füßen Deines Turms, und wenn Du nichts zu unternehmen weißt – ich weiß es!

Ich werde, wie gesagt, als alte gebrechliche Frau die beschwerliche Reise nach Tübingen nicht bewältigen können und schon gar nicht das dann am Ort anstehende Unterfangen. Aber Frauen sind bekanntlich andere Mittel gegeben. Und auch ich verstehe mich aufs Netzeknüpfen. Zumal, da ich in Deinem Tübingen über tragfähige Verbindungen zu so einigen guten Geistern verfüge, die mir regelmäßig das Neueste zutragen, die sich außerdem für nichts zu schade sind. So werde ich, mein Junge, eh Du Dich versiehst, Dinge in die Wege geleitet haben, die Deinen jetzigen, traurigen Zustand angemessen rächen. Dinge, von denen Du freilich erst jetzt im Nachhinein durch diesen Brief Kenntnis erlangst. Dinge, die ich Dir nicht vorher hätte verkünden können, um Dich nicht in die Gefahr zu bringen, sie im Zweifelsfall unterm Zugriff inquisitorischer Daumenschrauben auszuplaudern.

Auf diese Weise, des sei versichert, wird Deine unglückliche Liebe, die er zu zerstören und zu verhindern suchte, was Dich, mein braver Hölderlin, in die lähmende Umnachtung trieb – diese Deine unglückliche Liebe wird auf diese Weise fünf Jahre nach ihrem Tod endlich und endgültig erfüllt. In der Gewissheit, dass … –

An dieser Stelle war die Tinte vollkommen verwischt, womöglich von Tränen getroffen, ausgeufert zu einem unleserlichen Buchstabensumpf. Nur noch der mütterliche Gruß und die Unterschrift waren einigermaßen zu lesen.

»Nichts als heiße Worte«, kam es plötzlich von der Seite. Von Sinclair und Zimmer fuhren herum, das Blut schoss ihnen ins Gesicht.

Hölderlin hatte den Kopf angehoben, die Ellbogen nach hinten gezogen und aufgestellt, so dass er in gekrümmter Liegeposition den beiden bei der unlauteren Lektüre zusehn konnte. »Ihr dürft ihr kein Wort glauben. Es ist der irregeleitete Furor einer alten Frau. Gebeutelt durch das Schicksal ihres missratenen Sohnes – der eben kein Kirchenmann wurde, der eben nicht mit Frau und Familie ein Pfarrhaus bewohnt, der bloß mit einem Sammelsurium von verqueren Versen aufzuwarten weiß. In gnadenloser Selbstüberschätzung noch dazu! Hab ich ihr vor Jahr und Tag schon geschrieben. »*Mein sonderbarer Charakter, meine Laune und mein Ehrgeiz – alles Züge, die sich ohne Gefahr nie ganz ausrotten lassen – lassen mich nicht hoffen, daß ich im ruhigen Ehestande, auf einer friedlichen Pfarre glücklich sein werde.*« Aber sie will es nicht, wollte es nie wahrhaben. Ihr dürft ihr also diese Ausbrüche nicht übel nehmen, dürft sie um Gottes willen nicht ernst nehmen.«

Damit schickte er die beiden aus dem Zimmer, indem er sie durch tiefe, viel zu tiefe Verbeugungen verabschiedete. Noch auf der Treppe aber hörten sie ihn deklamieren, blieben stehn und sahen sich an.

»Nur Einen Sommer gönnt, ihr Gewaltigen!
Und einen Herbst zu reifem Gesange mir,
Daß williger mein Herz, vom süßen
Spiele gesättiget, dann mir sterbe.

Die Seele, der im Leben ihr göttlich Recht
Nicht ward, sie ruht auch drunten im Orkus nicht;
Doch ist mir einst das Heil'ge, das am
Herzen mir liegt, das Gedicht, gelungen,

Willkommen dann, o Stille der Schattenwelt!
Zufrieden bin ich, wenn auch mein Saitenspiel
Mich nicht hinab geleitet; Einmal
Lebt ich, wie Götter, und mehr bedarf es nicht.«

– . –

Ich blätterte die Gedichtsammlung ziellos durch, ließ die Seiten an mir vorbeisirren wie ein Daumenkino, blieb hier und da hängen, machte Eselsohren in die Seiten, ließ den Bleistift unkoordiniert rumkritzeln.

Wenn ich mich recht entsinne, war das alles noch vor den Zeiten der komplett abgelichteten Klassiker im Netz. Als genau das vehement diskutiert wurde, als ich jedenfalls noch auf dem Standpunkt stand, das Einscannen sei Frevel am Medium Buch, sei der Todesstoß des Bibliothekswesens. Eine Debatte, die in mir bis heute nicht ausgestanden ist, die eher durch Gewöhnung und eigenen Gebrauch als durch Überzeugung im Begriff ist auszulaufen.

Im nächsten Schritt jedenfalls knöpfte ich mir dieses eselsohrenbestückte Poesiealbum gründlicher vor. Seite für Seite ließ ich mich von Vers zu Vers führen, und wo ich ins Stolpern kam, ins Grübeln oder ins Schwärmen, da

hakte ich ein. Blieb hängen,
tippte ab, setzte im Schädel
Links und Querverweise, ließ mich
auf Gedankensprünge ein. Begriff
sofort, dass es nur gehn würde,
wenn ich genau dieses Hin- und
Herschwanken zwischen unbändiger Melancholie und grandioser
Begeisterung für die Ästhetik,
für alle Formen geradezu anti-
ker Schönheit und Freiheit aus-
kostete.

Im dritten Schritt: Themen be-
nennen!

Um mir dann zu erlauben, Gedichte
zu zerlegen, neu zusammenzuwür-
feln, in Verse zu zerschmettern
und die Fransen neu zu verknüp-
fen. Dekonstruktion eben. Thema-
tisch sortiert und gruppiert.

Schon dreist, zugegeben, einem
Klassiker so zu Leibe zu rücken,
einem begnadeten Verseschmied in
die Parade zu fahren, den Schmie-
dehammer umzulenken, neu zu erheben, auf das fertige Werkstück
niedersausen zu lassen.

Ich weiß nicht, irgendwie hatte
ich und hab ich den Eindruck, mit
ihm kann man's machen. Er nimmt
mir's nicht übel. Freut sich vielleicht sogar an meiner Zerpflück-

Aktion, an diesem Verschiebebahn-
hof, den ich da in seiner Gedich-
tesammlung angerichtet hab. Weil
er so souverän ist, nach all den
Jahren Bedenkzeit, so souverän
zu erkennen, dass es ja nach wie
vor seine Züge sind, die ich aus-
einanderkoppelte, neu zusammen-
stellte, auf die Reise schickte.

—.—

75

Er wusste auch nicht, welcher Teufel ihn da geritten hatte. Auf alle Fälle hatte er das Gefühl, es ließe sich Hölderlins Wahrheitsliebe leichter Flügel verleihen, wenn man dabei einen Fuß vor den anderen setzte. Und von Sinclair hatte ja beim ersten Angang dieser Art erlebt, dass der anfängliche Widerstand des Freundes, wenn es darum ging, einen Schritt aus seinem Schlupfwinkel zu wagen, dass dieser Widerstand ziemlich schnell in sich zusammenfiel, wenn er erst mal vor der Tür stand. Und ausschritt.

So auch heute.

Hölderlin, kaum draußen, atmete tief durch. Machte Riesenschritte in affenartig schneller Folge. Ließ von Sinclair hinter sich herhecheln. Wo hatte der Mann die Kraft her? Hockte er doch tagein tagaus in der Stube und pflegte seinen Wahnsinn. Pflegte seine Lyrik. Seine Wirrwarrmusik. Alles andere als muskelstärkende Aktivitäten. Womöglich waren es die Runden, die er immer an der Wand lang durch sein Zimmer drehte. Vollkommen verrückt: Die sollten ihn körperlich auf der Höhe halten?

Aber was eigentlich war an diesem Burschen nicht verrückt.

Hölderlin ging voraus. Von Sinclair hinterher. Holte er auf, wurde Hölderlin schneller. Als gehe es ihm geradezu darum, kein Gespräch zustande kommen zu lassen. Als wisse er oder ahne doch, dass das diesmal nicht ganz so locker vonstattengehn würde. Dass er sein beliebtes Ausweichmanöver in den amtlich diagnostizierten Irrsinn nicht noch einmal würde fahren können. Nicht vor Isaac von Sinclair.

Mit wallender Mähne und vor sich hergeschobnem Atemnebel, der sich in der kalten Luft nur zögerlich auflöste, bog Hölderlin wieder auf die Uferstraße ein. Schlug den gleichen Weg ein wie beim letzten Mal. Ließ die Häuser der Stadt hinter sich. Erst jetzt wurde sein Schritt ruhiger, kürzer, erst jetzt entspannte sich sein Körper. Zusehends. Die Schultern sanken langsam, die verkrampften Finger lockerten sich, die finstere Miene hellte sich auf.

Hölderlin – ein guter Freund, alles was recht war, ein sehr guter Freund. Herzensgut. Einer, dem man einfach helfen musste. Wenn man konnte. Einer, der entschieden mehr verdient hatte als Mitleid.

Einer, der ihn jetzt endlich aufholen ließ. Einer, mit dem man schweigen konnte. Mit dem man schweigend zwischen den abgegrasten Feldern einhergehen konnte, die händeringend auf den ersten Schnee warteten, auf dass die weiße Decke zugezogen werde. Ein Freund, mit dem man vielsagende Blicke wechseln konnte und der trotzdem alles aufsog, was die Natur ins Blickfeld schob. Der sah, dass die alten Weidenknorze, die sich am Wegesrand seit Ewigkeiten aus der Böschung buckelten, und ihre Ziehkinder gleich nebendran, die neuen Äste vom vergangenen Jahr ineinanderschoben. Als wollten sie sich befingern, sich bei der Hand nehmen im langgestreckten Reigen gegen die Eiseskälte, die trotz Sonnenschein bereits in der Luft lag und sich Morgen für Morgen in den Stoppelfeldern festhielt. Der sah, dass die dürre Birke voller Neid auf die Büsche und Bäume blickte, die auf der anderen Seite des Weges den Neckar säumten und ihr wohlgemut üppiges Astwerk gemeinsam in den Himmel streckten. Wie die Birke den Hauch von einem Morgenwind dankbar entgegennahm, um die größten und gröbsten Raureifgebilde abzuschütteln. Wenigstens das.

Von Sinclair hatte plötzlich das Gefühl, eine Glückswallung überschwemme Leib und Verstand. Für einen Augenblick,

einen kurzen. Er legte Hölderlin die Hand auf die Schulter.
Und wunderte sich, dass dieser sie nicht herunterwedelte.

Sie schritten weiterhin zügig aus. Als hätten sie ein Ziel. Als
müssten sie bis zur Abenddämmerung den Horizont erreichen.

»Fritz«, von Sinclair blieb stehen; jetzt rutschte die Hand doch
von Hölderlins Schulter. »Lass uns einen Moment hier auf dem
Baumstamm ausruhen.«

Hölderlin ging weiter. Als habe er nichts gehört.

»Fri-itz!«

Hölderlin ging schneller.

Von Sinclair setzte sich wieder in Bewegung und beeilte sich,
Hölderlin einzuholen, zu überholen, sich ihm in den Weg zu
stellen. Sich vor ihm so breitbeinig aufzubauen, dass er ihm
nur übers Feld hätte ausweichen können oder durch die Ho-
lunderbüsche am rechten Wegesrand.

»Isaac!«

»Wenn es die Mutter nicht war, in ihrem blinden Schutzreflex
für den Sohn, in ihrer Rachsucht dem vermeintlich Schuldigen
gegenüber ...«

»Wieso ›vermeintlich‹?«, konterte Hölderlin tonlos und wollte
sich eben zum Weitergehn wenden und sich die freie Luft des
jungen Morgens nicht verderben lassen.

Von Sinclair aber packte ihn an der Schulter. Hielt ihn fest. Ließ
ihn nicht aus der Hand und nicht aus den Augen. »Wieso *nicht*
›vermeintlich‹?«

»Natürlich stand der zwischen uns, der alte Schwerenöter!«

»Nicht natürlich, sondern naturgemäß. Gontard war der Ehemann!«

Hölderlin ließ die Luft zwischen den Lippen rauszischen. Ein kurzes Grinsen. »Ehemann! Ein kalter Stein. Granit, Isaac, der war aus Granit gefertigt. Hatte ein Herz aus – hatte kein Herz. Für ihn war die Ehe ein Geschäft. Das Wort Liebe: ein Unwort. Er schritt geschäftsmäßig zu Werke, naturgemäß, war schließlich Bankier. Ein Mann, der Tag für Tag großes Geld bewegte. Einäugig, wie er war, hatte er nur einen Blick für Börsenkurse. Rechts und links des Weges konnte er nichts erkennen. Und blickte auch nicht hin. ›*Je mehr Rosse der Mensch vor sich vorausspannt*‹, hab ich, glaub ich, seinerzeit meiner Schwester geschrieben, ›*je mehr der Mensch sich in Gold und Silber steckt, um so tiefer hat er sich ein Grab gegraben.*‹ Dass die Ehe eine Zweckehe war, Susettes Eltern sie gut versorgt wissen wollten, kam Gontard grade recht. Und so hat er ihr mit gradewegs mechanischem Eifer, im Sinne der Fortsetzung und Erfolgskrönung des Ehehandels, vier Kinder in den Bauch gepflanzt, an den Hals gehext. Vier Investitionsobjekte. Die dann über Kost und Logis hinaus auch noch weitere Kapitalaufwendungen erforderten.«

»Fritz, halt ein! Du lässt ja kein gutes Haar an dem armen Mann.«

»Warum auch«, erwiderte Hölderlin. Und von Sinclair war froh, dass der Freund überhaupt antwortete und nicht völlig in die Innenwelt seiner Tirade abgetaucht war. Aber als wolle er ihn eilends Lügen strafen, redete Hölderlin weiter ohne Punkt und Komma: »Zum Beispiel, zum verflixten Beispiel erforderten die Bälger die Finanzierung eines Hofmeisters. Dumm nur, dass ein Mensch mit Fleisch und Blut kam und nicht eine Gliederpuppe mit Brillengestell auf der Nase und Rute in der Hand, kein Lernmechanismus, kein Paukautomat. Er wusste doch, dass er sich mit mir einen Dichter ins Haus holte. Und hätte ahnen können, dass Dichter sich auf das verstehn, was sie Tag für Tag, Vers für Vers besingen.«

»Auf die Schönheit zum Beispiel.«

»Auf die Schönheit zum Beispiel. Dass sie sich verstehn auf die Tiefe dessen, was jenseits der Vernunft rangiert. Und regiert. Recht eigentlich regiert.«

»Du meinst, auch als Geschäftsmann …«

»Grade als Geschäftsmann …«

»… hätte er wissen müssen, welches Risiko er sich da einhandelt.«

»Wenn er über Jahre seine schöne, seine intelligente, seine zu wahrer Gefühlstiefe fähige Frau vertrocknen lässt, darf er sich nicht wundern. Sie war einfach mehr als nur ein Posten auf seinem Konto. Aber mit so was konnte er nichts anfangen. Er konnte nichts andres als Kalkül und Erfolg und Rendite hin- und hermanövrieren.«

»Mag ja alles sein, Fritz, und das wenige, was ich von Gontard mitbekommen hab, spricht durchaus für deine Einschätzung. Aber …«

»›Durchaus‹ – na, immerhin.«

»… aber das alles heißt nicht«, da war von Sinclair denn doch Jurist genug für, »das heißt nicht, dass der, der ihn auf diesem verfluchten Stocherkahn rücklings abgestochen hat, dass der straffrei davonkommen, völlig unbehelligt durch die Gegend rennen darf. Wer also, Fritz, wer hat die Fäden gezogen, wenn du die Intrigen eines alten, zutiefst gekränkten und enttäuschten Weibs für nicht wirkmächtig genug hältst?« Isaac von Sinclair ließ die Hand, die zwischenzeitlich wieder auf der Schulter des Freundes zum Liegen gekommen war, sinken. Und ging jetzt seinerseits voraus. Sie mussten sich bewegen, um weiterzukommen. Er widerstand der Versuchung, über die Schulter zu schielen, ob Hölderlin folgte.

»Ich weiß es nicht«, murmelte Hölderlin und setzte endlich doch ein paar knirschende Schritte voreinander.

Ohne den Schritt allerdings zu verlangsamen, wandte von Sinclair sich jetzt doch zu ihm um und raunte: »Susette. Quasi posthum?«

Das saß.

— . —

76

Die fragmentierten und neukombinierten Gedichte – das war die halbe Miete. Aber eben nur die halbe. Ich wollte noch einen, mindestens einen Kontrast. Und stolperte irgendwo – keine Erinnerung mehr, wie genau, wo genau – über die Briefe an die Mutter. Und war erschüttert. Wie vor den Kopf gehauen. Hölderlin, der gloriose Dichter, der Wortkünstler, Reimejongleur, der Sprachbildermaler, Verseschlagzeuger, der sollte solche Briefe schreiben?

»Verehrungswürdige Frau Mutter! Ich bitte Sie, daß Sie es nicht ungütig nehmen, daß ich Ihnen immer mit Briefen beschwerlich falle, die sehr kurz sind. Ich muß es bei dem bewenden lassen, Ihnen von meinem Wohlbefinden Nachricht gegeben zu haben.«

Solche Briefe?

»Verehrungswürdigste Frau Mutter! Ich habe Ihnen schon lange nicht mehr geschrieben. Mein Briefschreiben wird Ihnen nicht immer viel sein können, da ich das, was ich sage, so sehr, wie möglich, mit wenigen Worten sagen muß, und da ich jetzt keine andere Art zu sagen habe.

Ich breche schon wieder ab. Wie ich Sie um Verzeihung bitte!«

Der wortgewandte, sprachgewalti-
ge Dichterstar verstummt. Ver-
liert sich in Inhaltsleere. Weiß
nicht, was er sagen soll, was
er sagen will. Kriegt keine drei
Sätze auf die Reihe, die mehr zu
sagen haben, als dass sie nichts
zu sagen haben. Wenn er sich der
Mutter mitteilen will. Von der
er sich bedrängt fühlt, die ihm
reinredet, ihn in ihren Lebensentwurf einpassen will. Wenn er
sich veranlasst fühlt, das Aller-
notwendigste mitzuteilen: dass
man noch da ist. Wenn die Mutter
ihm eine klippklare Aufforderung
zur Antwort zwischen die Brief-
zeilen geschrieben hat. Wenn die
Frau des Tischlers ihn drängte zu
antworten.

*»Die vortreffliche Frau Zimmerin ermahnt mich, daß ich möchte es
nicht vernachlässigen, Ihnen mit einem Schreiben aufmerksam zu
sein, und so die Fortdauer meiner Ergebenheit Ihnen zu bezeugen.
Die Pflichten, die Menschen sich schuldig sind, zeigen sich vorzüglich
auch in einer solchen Ergebenheit eines Sohnes gegen seine Mutter.«*

Vielleicht auch schrieb er nur,
weil ihm natürlich bewusst war,
dass sie für ihn aufkam, finanziell. Und die Hand, die einen
füttert, die beißt man nicht nur
nicht, die hält man bei Laune,
indem man zumindest ab und zu ein
Lebenszeichen von sich rüber-
wirft. Indem man wenigstens ver-

lauten lässt, dass man noch lebt.
Was Mütter eben wissen wollen.

Hölderlins Briefe an die Mutter
also als Ikonen der Sprachlo-
sigkeit. - Auch wenn er nicht
vollkommen kommunikationsunfähig
war, auch in der zweiten Hälfte
des Lebens nicht. Wofür die wenigen und immer weniger werdenden,
aber überlieferten Gespräche mit
wenigen, immer weniger werdenden
Freunden sprechen.

Sicher aber ist: Der Hauptkom-
munikationsstrang, der ihm in
seinen 36 Turmjahren geblieben
war, waren seine Gedichte, seine
Verse. Die gebundene Sprache.
Geschrieben und deklamiert. Der
normale Sprachgebrauch im Miteinander geht ihm zunehmend verloren. Davon legen die Briefe an
der Mutter ein höchst beredtes
Zeugnis ab. Texte des Verstum-
mens. Das irgendwann dann auch,
noch weiter gegen Ende, auf die
Poesie ausgriff. Aber davon ist
er 1807 weit entfernt.

—.—

77

»Nah ist
Und schwer zu fassen der Gott.
Wo aber Gefahr ist, wächst
Das Rettende auch.
Im Finstern wohnen
Die Adler.«

Hölderlin stand am Fenster. Von Sinclair hockte auf der Bettkante. Fortsetzung des Kammerspiels. Die Katastrophe schon, die Katharsis indes war noch nicht in Sicht. Von Sinclair hatte getan, was er konnte. Hatte seinen detektivischen Spürsinn spielen lassen. Hatte immerhin ein paar Puzzlesteine sortieren und zusammensetzen können. Aber es schienen eher mehr als weniger Rätsel durch den Raum zu wabern.

»So, alter Freund. Jetzt mal ohne jeden Wahnsinn. Ohne cholerische, lyrische, hypochondrische, melancholische Anfälle, seien sie echt oder Faxen, egal: jetzt mal nicht! Ich will wissen, wieso Susette …«

»Dacht ich mir doch, dass es das ist, was dir noch nachgeht.«

»Fritz: wegen dir! Geht mir deshalb nicht aus dem Kopf, weil ich weiß, dass es dir nicht aus dem Kopf geht. Was also hat Susette mit Gontards Ende im Stocherkahn zu schaffen?«

»Von mir kein Wort mehr. Um keinen Preis werd' ich Susette posthum anschwärzen. Ihr Bild ist bewahrt im Medaillon meines Herzens. Und das lass ich mir durch niemanden beschädigen. Auch durch dich nicht, Isaac.« Hölderlin wandte sich von der inzwischen komplett kahlen Trauerweide ab, die sich gegen den finstren Abendhimmel noch finstrer abzeichnete. Er drehte sich auf den Hacken um, sah von Sinclair an. Nagelte ihm seine Blicke in die Augen. Aber auch der wusste, gestochen scharfen Blickblitzen standzuhalten.

Sie fixierten sich. Belauerten sich. Wie zwei Tiger. Von denen jeder den ersten Sprung machen will. Und unbedingt mitkriegen will, muss, wenn der andere zum Sprung ansetzt.

»Susette – ich sag dir, was mit Susette war.« Immerhin hatte von Sinclair Zeit genug zum Nachdenken gehabt. Auf dem schweigsamen Rückweg von der Wanderung am Neckarufer, und danach auf Hölderlins Bettkante, während dieser sich im Kreis durch die gute Stube schob. Und schob. Zeit genug zum eins und eins Zusammenzählen.

Hölderlin wandte sich wieder ab. Was von Sinclair jedoch nicht davon abhalten konnte, seine Version der Dinge dem anderen Tiger zum Fraß vorzuwerfen: »Also Susette – Susette hatte einen langen Atem, obwohl die Krankheit ihr die Luft raubte. Das weißt du noch viel besser als ich. Und sie wollte dich auf jeden Fall verschonen. Wollte dich nicht in den Zusammenhang stellen, dich weit genug von ihr wegbringen. Fünf Jahre Abstand. Hatte den Auftrag vergeben und die Ausführung fünf Jahre später anberaumt. Und sie hatte ihren Vetter angewiesen, das Geld erst nach Gontards Beerdigung auszuzahlen.«

Hölderlin schwieg.

»So hat sie sich also jetzt, von langer Hand vorgeplant, von sehr langer Hand, fünf Jahre, nachdem sie der Schwindsucht, den Röteln erlegen war, hat sich schuldig gemacht, hat ihren Gatten aus dem Weg räumen lassen.«

Hölderlin sah wieder aus dem Fenster. Sprach zu den Winterbäumen, die er dort unten wusste, aber in der vollends hereinbrechenden Dunkelheit kaum mehr erahnen konnte. Trotzdem wandte er den Blick nicht vom schwarzen Fenster ab. Schien das Spiegelbild des von der kurzen Kerze erleuchteten Zimmers mühelos durchdringen zu können. »Nein«, sagte er.

»Was nein, wie nein?«

»Falsch gereimt.«

»Bin eben kein Dichter.« Von Sinclair musste, peinlich genug, unwillkürlich lachen.

»Nicht schlecht zusammengereimt. Nicht schlecht, aber auch nicht richtig.«

»Sondern? Jetzt mach es nicht so spannend! Hier sind nur wir zwei.«

»Sie hat den Auftrag vergeben. Richtig. Kurz vor ihrem Tod. Fünf Jahre her, da hat sie einen Wechsel ausgestellt, der – richtig – erst nach der Bestattung Gontards beim Vetter eingelöst werden konnte. Sie hat – falsch – die Einhaltung einer Fünfjahresfrist nicht angeordnet. Die wäre ihr – meine Wenigkeit hin, meine Wenigkeit her – sicher viel zu lange gewesen. Nein, da gab's gar keine Frist. Wollte sie doch sicher sein, dass ihr stocksteifer Göttergatte nicht zwischenzeitlich dazu kommt, eines natürlichen Todes zu sterben. Das musste also alles so schnell wie möglich vonstattengehn. Ihr Tod – falsch – kam ihr dazwischen, war nicht einkalkuliert. Aber sie befürchtete ihn, wusste, dass sie sich beeilen musste. Und dann kam er noch schneller.«

»Und der Bursche, der den Auftrag angenommen hatte, hat davon nichts erfahren.«

»Wie denn auch. Er war natürlich in völlig anderen Kreisen zuhause. Er hatte eher Angst vor der eigenen Courage, wollte die beste aller denkbaren Situationen, den hundertprozentig sicheren Hinterhalt auskundschaften. Wollte Gontard auf jeden Fall unterwegs erwischen, auf Reisen, nicht in Frankfurt. Er verfolgte sein Opfer unverdrossen bei dessen eher seltenen Geschäftsreisen, um die beste Gelegenheit auszuspähen. Und jetzt, hier in Tübingen, als er mitbekam, dass Gontard sich immer und immer wieder mit einem Stocherkahn hinaus auf den Neckar hat fahren lassen …«

»… da schien ihm die Gelegenheit günstig«, griff von Sinclair den Faden auf, »ohne wahrscheinlich zu wissen, weshalb Gontard sich hier rumtrieb. – Und das, ehrlich gesagt, weiß ich auch nicht. Aber du wirst es mir gleich sagen.«

»Auch da gilt: um keinen Preis«, sagte Hölderlin. Redete dann aber doch weiter, ohne den Blick aus der Nachtfinsternis abzuziehen. »Der wollte mir an den Pelz. Steht für mich völlig außer Frage. Sich rächen. Ich weiß nicht, was er ausgeheckt hatte oder aushecken wollte, aber dass es gegen mich ging, ist sonnenklar. Aber erst mal musste er eine Möglichkeit ausbaldowern, wie er an dem Tischler vorbeikam. Konnte er sich doch an fünf Fingern abzählen, dass mit Zimmer nicht gut Kirschen essen ist, wenn sich einer an mich ranpirscht, um mir – ja, weiß ich auch nicht, dass der Tischler mich auf alle Fälle mit Argusaugen hütet, wenn er mich schon bei sich im Turm wohnen lässt. Deshalb diese ganze verrückte Stocherei zu Unzeiten. Nur konsequent, dass ihm genau so ein Stocherkahn zum Verhängnis wurde. – Womit wir das geklärt hätten.«

»Das schon«, entgegnete von Sinclair, stand jetzt endlich auf und stellte sich neben Hölderlin ans Fenster.« Woher, Fritz, wusstest du das alles? Hier in deiner Einsiedelei im Elfenbeinturm? Woher?«

— . —

Für Hölderlin konnte die gebundene Sprache scheints nicht gebunden genug sein. Nicht in seinem Turm. Im Turm fand er wieder zurück zum konsequent durchgehaltenen Reimschema, zum klassischen Metrum, zur antiken Strenge. Zur straff durchgeformten Struktur. Der Freiheit, die er sich als junger Dichter herausgenommen hatte, sich mehr auf die Sprache als auf die Regularia zu verlassen, dieser Freiheit benahm er sich wieder. War sie ihm zu gefährlich geworden? Brauchte er, suchte er mehr Halt? In seiner Haltlosigkeit.

—.—

»Hochzuverehrende Mutter! Ich bin Ihnen bekannt, wie ich mit meinen Bitten bin und Ihnen beschwerlich falle. Ich nehme mir die Freiheit, Sie zu bitten, daß Sie sich meiner, wie gewöhnlich, mit Ihrer Gütigkeit annehmen.«

— . —

80

Paul Reinhardt Heckle hatte eine Schwäche. Eine Schwäche für Mauern. Heckle hatte zwei Schwächen. Eine Schwäche für Mauern und eine Blasenschwäche. Bekanntermaßen. Ein Spaziergang mit ihm war kein Vergnügen, ein regelrechter Rutenlauf. Als wäre man unterwegs mit einem Rüden in seinen aktivsten Jahren. Aber kein Drama: Richter Heckle machte keine Spaziergänge. Er ging nur, soviel er unbedingt musste. Nach Hause zum Beispiel. Zum Beispiel jetzt. An der Weinkellerei vorbeikommend, nahm er den Eckpfeiler der zur Straße vorspringenden Wand des Gebäudes mit der Verladestation pladdernd in Angriff. Und an der Murr'schen Druckerei vorbeikommend, hatte er schon wieder so viel nachgeladen, dass er wenigstens ein flinkes Rinnsal an der Fassade – in pietätvollem Abstand von der Werkstatttür – absetzen konnte.

Dann war der Weg nach Hause nicht mehr weit und bot nicht mehr viel Gelegenheit und noch weniger Notwendigkeit, das Revier zu markieren. Außerdem standen an den besonders markanten Stellen so viele Passanten herum, dass nicht mal ein Richter vom Schlage Heckles sich den neugierigen Blicken aussetzen wollte. So kam er schneller zu Hause an als erwartet. Viel eher.

Und nach bester Inquirentenmanier legte er den behutsamen Schleichschritt an den Tag, der sich im Zuge langjähriger Routine bei ihm eingebürgert und eingeschliffen hatte. Selbst in den eigenen vier Wänden. Als ginge es auch hier darum, kein verbrecherisches Gesindel aufzuschrecken, sondern auf frischer Tat zu ertappen.

So war er der Einzige aus der ganzen Familie, bei dem weder die Bohlen der guten Stube noch die Stufen der Stiege zu den

Zimmern im oberen Stock knarrten. Wie er das machte, wie er diese Schritte knapp unter der Schwelle zum Schweben bewerkstelligte, war und blieb allen im Haus ein Rätsel.

Als er den oberen Korridor betrat, sah er auf den ersten Blick, dass eine der Türen einen Spalt geöffnet war. Wenn Paul Reinhardt Heckle, Richter am ehrwürdigen Gericht zu Tübingen, eines hasste, dann waren das geöffnete, erst recht halb oder nur einen Spalt weit geöffnete Türen. Nicht nur, dass diese von ungebührlicher Nachlässigkeit zeugten, was im Hause eines amtlich bestellten und bestallten Richters schlicht verboten gehörte. Nicht nur, dass die Vernachlässigung des Schließvorgangs ein sicheres Indiz für ihren finstren Geschäften nachgehende Einbrecher war, also unnötig zu Ängsten und Sorgen führte. Nein, insbesondere spaltweit geöffnete Türen riefen des Richters inquisitorische Neugier auf den Plan, die aber, wie er fand, im eigenen Hause nichts verloren hatte.

So schlich er also – widerwillig, höchst widerwillig, aber unumgänglich – auf leisen Sohlen heran und bezog auf der Schwelle der Kemenate seiner Tochter Position. Und was er sah, gefiel ihm mitnichten!

Seine Tochter: tränenüberströmt. Auf dem Boden sitzend. Tief gebeugt. Tropfen fielen auf das Papier, das sie in der rechten Hand hielt. In der linken hatte sie irgendeinen Gegenstand, den der Richter nicht sofort erkennen konnte. Jedenfalls nicht von seiner Position aus. Die er indes nicht verlassen wollte, um die Szene nicht vor der Zeit zu stören.

Er verharrte regungslos. Doch es passierte nichts. Helena schien nicht mal zu spüren, dass sie beobachtet wurde. Richter Heckle musste die Initiative ergreifen: »Helena!«

Sie fuhr zusammen. Ihre Tränenflüsse versiegten augenblicklich. Noch ehe sie ihrem Impuls nachgab, zur Quelle der

Ansage zu blicken, zog sie beide Hände samt Inhalt auf den Rücken. Ohne zu bedenken, dass genau diese Geste sie äußerst verdächtig machte. Zumal in den Augen eines Untersuchungsrichters.

Die Frage, die kommen musste, kam prompt: »Was versteckst du da hinterm Rücken, Fräulein?«

»Vater, verzeiht, aber das ist …«

»Ja. Ich höre.«

»Das ist meins.«

»Mag ja sein. Trotzdem will ich's wissen! Und zwar unverzüglich.« Der Richter kam zwei Schritte näher, baute sich bedrohlich nah neben ihr auf.

»Vater …!« Ein letzter Versuch.

»Sofort. Raus damit!«

Helena blieb nichts anderes übrig. In der Hoffnung, den Vater hinreichend ablenken und beschwichtigen zu können, drückte sie ihm zunächst den Inhalt der linken Faust in die Hand.

Der Richter blickte flüchtig auf das, was er längst fühlte.« Ein Schlüssel? Was ist das für ein Schlüssel? Und wofür?«

»Für sein Herz.«

»Für was? – Meine Geduld geht rapide zu Ende, ich sag's dir. – Ist schon am Ende«, verbesserte er sich. »Für wessen Herz?«

»Marius'.«

»Dieser aufdringliche Schlosserlümmel? Wie kommt er dazu, dir einen Schlüssel für sein Herz …« Der Groschen, der ja schon bei letzter Gelegenheit ins Rollen gekommen war, fiel jetzt endgültig. Hörbar. »Das darf doch wohl nicht wahr sein. Du bist die Tochter eines Richters!«

Helena schluchzte. Die Tränen schossen wieder hervor. Und es war ihr einerlei, völlig einerlei. Sie hielt nicht eine zurück.

Prompte Reaktion: »Sakrament, stell die schwachsinnige Flennerei ein! Und der Brief in deiner anderen Hand?«

»Sein Abschiedsbrief.«

»Und das Ganze in diesem gottverfluchten Kuvert da, wo der Frechling deinen Namen draufzuschreiben sich erdreistet hat?« Richter Heckle hatte alles im Blick. Und ließ nicht locker.

Plötzlich schossen die Worte heraus wie die Tränen, und Helena lauschte staunend den eigenen Trotzsätzen: »Marius – er hat es selbst getan. Du kannst die Suche nach seinen Mördern einstellen.«

»Weshalb? Der Idiot. Und wie willst du das wissen?«

»Er hat's doch geschrieben – hier!« Sie schlug den zusammengefalteten Brief in der Rechten auf die Handfläche der Linken. Ohne ihn freilich zu öffnen.

»Ist es zum Äußersten gekommen? Helena, sag's mir! Jetzt.« Heckle legte die berühmten Finger an die Schläfe, die zuckenden Augenbrauen brachten der Stirn noch mehr Falten bei, sein Blick schraubte sich in die Augen seiner Tochter. »Ist es zum Äußersten gekommen?«

»Ja«, sagte Helena. Und es klang nicht im Mindesten kleinlaut.

Eine Ohrfeige schoss hervor. So schnell, so unerwartet, dass das Mädchen nicht ausweichen konnte. Die väterliche Hand landete krachend, die Wange brannte. Brannte lichterloh.

»Sag was!«

Aber ihr fiel nichts ein.

Zack, die nächste Ohrfeige. »Sag was.«

Durch den brennenden Tränenfilm hindurch sah sie ihrem Vater ins zornesrot angelaufene Gesicht. »Was denn? Was soll ich sagen?«

»Was du dir dabei gedacht hast.«

»Bei so was denkt man nicht«, schluchzte sie.

Die nächste Backpeife.

»Wir waren glücklich, Vater.«

»Du weißt doch gar nicht, was Glück bedeutet.« Heckle, Vater und Richter, gönnte sich eine kurze Atempause, bevor er eine wichtige Weisheit an den Mann, an die Tochter brachte: »Das Leben ist keine Perlenkette aus Glückssternchen. Das Leben beinhaltet gewisse Erfordernisse. Zum Beispiel, dass man sich der Verantwortung stellt. Wie ein Mann.«

Sie wusste auch nicht wieso, aber irgendwie ermutigte sie das zum Widerspruch. Sie hatte das Gefühl, Marius stünde direkt hinter ihr, schaue ihr über die Schulter, stütze ihr den Rücken.

»Aber das hat er doch gewollt. Genau das. Aber du hast ihm
ja keine Chance gegeben.«

»Er war ein Schlosserbengel. Nicht mehr. Und du bist die Tochter
des Richters Paul Reinhardt Heckle. Er war deiner schlicht nicht
würdig.«

»Das eben mein ich. Du wärst immer gegen uns gewesen. Er hat
alles versucht, alles, um dir zu zeigen, dass er trotz seines niederen Standes zu was taugt. Und du? Hast ihn bestenfalls ignoriert.
Oder zum Teufel gejagt. Er hat keinen Ausweg mehr gesehn. Du
hast ihm die Luft zum Atmen genommen, hast ihm die Lebens-
kraft geraubt.«

Richter Heckle war bass erstaunt, war entsetzt. Seine Tochter! Empörend, einfach empörend, was erlaubte sie sich? Ihren eigenen
Vater derart abzukanzeln. Ihm gar die Verantwortung für den
Selbstmord dieses Rotzlöffels in die Schuhe zu schieben. Da hörte
sich doch wohl alles auf! Sein eigen Fleisch und Blut – es war nicht
zu fassen. »Ich habe Kopfschmerzen, rasende Kopfschmerzen.
Dein Erfolg, Helena.«

»Hast du gesehen, was für eine Kleidung er für seine letzte Stunde
gewählt hatte?« Helenas Bremsen funktionierten einfach nicht.
Nicht mehr. »Die Hose, das Wams.«

Nein. Hatte er nicht. Nicht genau jedenfalls. Irgendwie bunt, das
war ihm aufgefallen. Nebenbei. Denn was um des lieben Himmels Willen ging ihn das an? Was interessierten ihn die Klamot-
ten eines ehemals todessehnsüchtigen, jetzt mausetoten Schlüs-
selmachers?

»Gelbe Kniebundhose, gelbes Wams, blauer Rock, Stulpenstiefel.«

»Kann sein. Mag sein, aber – ach nein, jetzt aber nicht theatralisch
werden, Fräulein Tochter! Eine Inszenierung – an Pathos ist offen-

bar kein Mangel.« Richter Heckle lachte laut auf, prustete los, dass die Speichelfetzen um seinen Mund tanzten. »Aber er hat seinen Werther schlecht gelesen. Der hat sich mit einer Pistole ins Jenseits befördert. Und nicht mit einem selbstgebastelten Eisendorn.«

»Weil er doch keinen Dolch hatte. Er wollte beides: in den Kleidern Werthers, und durch die Waffe Romeos.« Helena war mitten in dieser unendlichen Dunkelheit gradezu stolz. Froh. Froh, all das rausgebracht zu haben. Dem Vater das ganze Elend aufgetischt zu haben.

Aber der – dem fiel nichts anderes ein, als sich auf die Schenkel zu klopfen. »Die großen trostlosen, vergeblich Liebenden der hohen Literatur! Dass ich nicht lache.« Und er lachte.

Und lachte.

– . –

Hölderlin hielt sich mit aller Macht. In meinem Hirnkasten. Mit der Soundcollage im Radio war er irgendwie noch nicht abgefeiert. Nicht für mich. Mein eigenes Libretto spukte mir weiter durch den Schädel, lag quer im Hinterkopf. Immer, wenn ich auf Musiker stieß oder auf Kulturmacher verschiedenster Couleur, schob sich die Frage hinter die Stirn und gab und gab keine Ruhe, ob sich eine musikalische Möglichkeit ergeben würde, Hölderlin auf die Bühne, auf die Beine zu stellen. Aber – Fehlanzeige! Jahrelang.

Nicht wenige Veranstalter erinnerten sich mit Grausen an die Flut von Siebziger-/Achtzigerjahre-Projekten, die Lyrik und Rock und Jazz und high Vibrations in einen Schmalztopf warfen und emsig umrührten.

Mein Libretto schlummerte den Dornröschenschlaf. Und wuchs die Hecke riesengroß.

Dann zwei blutjunge Schlagzeuger
in Freiburg! Mintzu und Franz.
Mit ausuferndem Equipment von
klassischem Schlagwerk über Ma-
rimbaphon und Steeldrum bis hin
zu allerhand Firlefanz, dem man
irgendeinen Rhythmus entlocken
kann. Alles, was rappelt und
klappert, sich zum Improvisieren
eignet.

Eine großartige Einladung an Hölderlin.

Und gleichzeitig und auf der
andern Seite: diese hellen,
klaren, diese Wahnsinnsstimmen
im Freiburger Münster. Die Mäd-
chenkantorei – die faszinierende
Möglichkeit, Hölderlins Poesie
in Himmelsklanggesang zu betten.
Zum Schweben zu bringen.

Eine zweite großartige Einladung
an Hölderlin.

Schönheit – Vergänglichkeit –
Göttlichkeit: sein Bermudadrei-
eck! Und er wollte bloß mittendrin die Füße auf den Boden be-
kommen und gleichzeitig nach den
Sternen greifen. Muss doch möglich sein! All das Schöne um die
Schultern fassen, in wirbelndem
Tanz sich drehn und in den Lüften
feine Stimmen zirpen, jubeln,

kichern hören. - Hölderlin be-
wohnte sein Wolkenkuckucksheim,
umflort von Engelsgesang! Traum-
haft.

Poesie galt ihm sowieso als Gesang
und der Ton als das »*wahrste Bild
des reinen Seelenwesens*«. Jedes
Wort genoss er als tanzendes Element, das er bloß auf die Schwin-
gen heben musste. Und das Wort
ihn.

—.—

82

»*Verzeihen Sie, liebste Mutter! wenn ich mich Ihnen nicht für Sie sollte ganz verständlich machen können. Ich wiederhole Ihnen mit Höflichkeit, was ich zu sagen die Ehre haben konnte. Die Zeit ist buchstabengenau und allbarmherzig. Nehmen Sie sich meiner an.*

Indessen Ihr gehorsamster Sohn
Hölderlin«

Er verschloss das Tintenfässchen und setzte ein paar Schritte voreinander. Blieb am Fenster stehn. Verse kamen ihm in den Sinn. Ein paar Jahre alt.

»*Hoch auf strebte mein Geist, aber die Liebe zog*
Schön ihn nieder; das Leid beugt ihn gewaltiger;
So durchlauf ich des Lebens
Bogen und kehre, woher ich kam.«

— . —

Sie waren unterwegs zum Markt. Dort, wo die engen Straßen mit den ewigalten Kneipen abgehn.

»Trüb ists heut, es schlummern die Gäng' und die Gassen,
Und fast will mir scheinen, es sei, als in der bleiernen Zeit.«

Dort, wo Hölderlin sich in jungen Jahren als Student des Tübinger Stifts so gern rumgetrieben hatte zu nachtschlafender Zeit. Dort, wo es jetzt die vielleicht letzten Birnen des zügig zu Ende gehenden Herbstes gab. Dort, am Brunnen.

Genau dort. Am Brunnen kam er ihnen auf einmal entgegen. Freudestrahlend. Begrüßte Hölderlin. Mit einem überschwänglichen »guten Tag!« kam Spreuer auf sie zugestiefelt. »Der Herr Hölderlin!«

Diesem verschlug's die Sprache. Schließlich stand ja immer noch die letzte Frage seines Freundes unbeantwortet im Raum. Und genau jetzt – wenn man vom Teufel redet oder gerade versucht, nicht davon zu reden – genau dann –

Von Sinclair starrte die beiden abwechselnd an. Hölderlin stammelte irgendwas von wegen »Verlagsgehilfe des seligen Herrn Murr«. Und dass er, Hölderlin, ihm diese Arbeit habe vermitteln können, indem er sich bei Murr für ihn eingesetzt und als zuverlässiges Faktotum ins Gespräch gebracht hatte.

Offenbar hatte das unsortierte Verlegenheitsgefasel, das er da vom Stapel ließ, so etwas wie ein Miteinanderbekanntmachen werden sollen. Zur Vollendung indes kam es nicht nur des-

halb nicht, weil Hölderlin sich hoffnungslos verhaspelte und
puterrot anlief. Das Vorstellen kam vor allem gegen das Störfeuer nicht an, das Spreuer entfachte, indem er – ohne Rücksicht auf Verluste – lossprudelte und wie ein Wasserfall auf den
völlig konsterniert dreinblickenden von Sinclair einredete. Und
redete. Noch mal die ganze Geschichte vom traurigen Tod des
Herrn Verlagsdirektors darlegte. Samt der Geschichte von der
Aufnahme der Ermittlungen. Und vom Stillstand, vom abrup-
ten Ende der Ermittlungen. Und die Geschichte von den …

Hölderlin versuchte, ihn zu bremsen. Was von Sinclair natürlich mitbekam. Wie er ebenso mitbekam, dass die Sorgenfalten
seines Freunds allmählich umschlugen in Zornesfalten.

»So schweig er stille, endlich!«, blaffte Hölderlin.

Aber Spreuer war nicht zu stoppen. Einmal in Fahrt gekommen, erzählte er frank und frei von der Leber weg, dass man
ihm – schon eine Weile her, zugegeben – Vollzug gemeldet
habe. Verabredungsgemäß. Dass man …

»Schweig er! Ein für alle Mal.«

… dass man ihm schon sehr bald danach Vollzug gemeldet
habe, er aber beim besten Willen nicht dazu gekommen sei,
ihm, Hölderlin, die frohe Kunde weiterzugeben, da allzu viel
zu tun gewesen und er einfach zu sehr in die Angelegenheiten
des Verlags eingespannt sei, der, wenn er sich jetzt nicht mächtig ins Zeug lege, zu verwaisen drohe. Denn immer noch – ach,
eine Katastrophe! –, immer noch sei kein würdiger Nachfol-
ger für Murr gefunden. Aber es müssten doch zumindest die
bereits angelaufenen Vorhaben schlussendlich in die Tat um-
gesetzt und zu einem so weit als irgend möglich erfolgreichen
Ende gebracht werden. Deshalb und nur deshalb also sei es ihm
leider leider nicht möglich gewesen, ihn, Hölderlin, in seinem
Turm aufzusuchen und über den positiven Ausgang des Casus

zu unterrichten. Eben deshalb freue er sich jetzt umso mehr, ihn hier quasi im Vorbeigehn auf den neuesten Stand bringen zu können. Wiewohl er davon ausgehe, dass der Herr Hölderlin bei aller Weltfremdheit – pardon, ja, pardon –, dass er ohnedies längst davon wisse und die ja nun wahrhaftig schon einige Zeit zurückliegende Vollstreckung habe gebührend feiern kön…

Sein ausufernder Rapport fand ein jähes Ende, blieb unvollendet in der Luft hängen. Hölderlin war zusammengesackt, als habe man ihm in die Knie geschossen. Seine Beine wussten dem eigenen Gewicht nichts entgegenzusetzen, und sein Oberkörper glitt abwärts wie ein nasser Sack, dessen Aufhängung man gekappt hatte. Kaum, dass er auf dem Straßenpflaster zu liegen kam, rollte er sich ein wie eine Wegschnecke unter der Stiefelsohle. Wälzte sich im wenig ansehnlichen Gemenge aus Straßenstaub und versprengtem Brunnenwasser. Jaulte und wimmerte mehrstimmig wie die getretenen Welpen eines lausigen Straßenköters, speichelte zwischen den halb geschlossenen Lippen in lispelnden Fäden und schäumenden Bläschen hindurch, hielt die Augen krampfhaft offen, ließ aber nur die vergilbten Augäpfel sehen, während sich die Pupillen nach innen rollten.

Ganze Scharen von Passanten blieben stehen und bildeten einen Ring von Schaulustigen, deren Geifer dem des armen Hölderlin in wenig nachstand. Ihr Entsetzen chargierte zwischen schrillem Kreischen und betretenem Schweigen, zwischen erschüttertem Abwenden und skandalwitterndem Magnetismus. Keiner kam auf die vollkommen abwegige Idee, den Medicus oder den Pfaffen oder etwa Augenrieth aus dem Universitätsclinicum herbeizurufen.

Und auch von Sinclair lag offenbar nichts weniger im Sinn. Er kniete sich hin, um – unter Vortäuschung beruhigender und tröstender Worte bei äußerst sorgenvollem Gesichtsausdruck – Hölderlin eine ausgewachsene Gardinenpredigt ins Ohr zu raunen. Beileibe nicht nur Susette, die kurz vor ihrem traurigen Ableben den Auftrag zum Gattenmord erteilt habe, er selbst vielmehr, Hölderlin also, stecke dahinter. Habe einen tumben Handlanger, Spreuer, den Verlagsgehilfen, der ihm zu Dank verpflichtet sei, damit beauftragt, als Kontaktmann zum Mörder zu fungieren und ihm einen entsprechenden Kassiber zu überbringen, aus dem hervorging, dass Gontard in den letzten Tagen immer wieder in einem Stocherkahn in unmittelbarer Nähe des Turms gesehen worden sei. Womöglich sogar habe Gontard von Hölderlin gesehen werden wollen, um ihn zu Dummheiten zu provozieren. Deshalb vielleicht die unmöglichen Tageszeiten, zu denen sich der Bankier auf dem Neckar habe durch die Gegend staken lassen. In Sichtweite des Turms, verstehe sich. Aber das sei jetzt vollkommen nebensächlich. Angesichts der Tatsache, dass also er, Hölderlin, der dritte im Mordkomplott gewesen sei! Nicht nur als Mitwisser, insofern er darüber informiert gewesen sei, welches Damoklesschwert über dem nichtsahnenden Bankier kreise, nämlich dass Susette einen Mörder auf ihn angesetzt habe, der dann – von Hölderlin durchs Sprachrohr Spreuer in Kenntnis gesetzt – auf dem Stocherkahn zuschlug. Darüber hinaus hätte er spätestens im Augenblick der Mordtat oder doch kurz davor diese verhindern können, da er Gontard im Kahn auf dem Neckar erkannt habe und bloß aus dem Turmfenster hätte rufen müssen, um ihn zu warnen.

Eines also sei völlig klar: Er, der Dichter der edlen melancholischen Gedichte, habe sich die Hände schmutzig gemacht, seinen Nebenbuhler ans Messer geliefert und genüsslich zugesehn, wie es ihm in den Rücken fuhr. In aller Herrgottsfrüh.

Selbstredend war von Seiten Hölderlins keine Antwort zu erwarten, und die ganze, mit mühsam getarntem Zorn vorgebrachte Standpauke schien völlig spurlos vorübergezogen zu sein. Doch plötzlich, als von Sinclairs Abrechnung auf die Zielgerade einschwenkte, schüttelte Hölderlin sich am ganzen

Leib. Offenbar von einem erneuten Schub heimgesucht. Wieder traten käsige Speichelbläschen über die Lippen, wieder drehten sich die Augen ins Jenseits und sahen blind ins Nichts, wieder erlitt der Leib Krämpfe und Zuckungen.

Wieder erhob sich aus dem Publikum Kreischen und Wehklagen. Und um die Gesichter der anderen, der Schweigenden, legte sich die schauerliche Aura entsetzter Ratlosigkeit. Während von Sinclair – von Sinclair lachte. Lachte, wie er in den letzten Wochen nicht ein einziges Mal gelacht hatte. Mit einer Ausgelassenheit, die er seit Jahren, seit diesem vollkommen verqueren Hochverratsprozess nicht mehr gekannt hatte.

Was ihm ein Zeter-und-Mordio-Gemecker einbrachte. Wie er denn hier so ohne jedes Maß lachen könne, brüllte die versammelte Meute auf ihn ein, wo doch sein Freund, der arme Dichter des großartigen *Hyperion*, derart leide und leide, um sein letztes Quäntchen Verstand ringe, sich in Krämpfen winde, mit aller Macht versuche, seine Seele festzuhalten, um sich nicht kampflos dem Satan des Wahnsinns zu übereignen.

Isaac von Sinclair beließ es dabei.

— . —

Johann Christian Friedrich Hölderlin:

* 20.3.1770 in Lauffen am Neckar, † 7.6.1843 in Tübingen

- wegen »Hypochondrie« wurde er im September 1806 mit Gewalt ins von Johann Heinrich Ferdinand Autenrieth geleitete Tübinger Universitätsclinicum geschafft
- spätestens von da an galt Hölderlin unter seine Zeitgenossen als Opfer des Wahnsinns
- im Mai 1807 wurde er von Autenrieth entlassen: unheilbar und ohnehin »höchstens noch drei Jahre« Lebenszeit erwartend
- der Tübinger Tischler Johann Friedrich Zimmer [s.u.], ein Verehrer des *Hyperion*, nahm sich seiner an und brachte ihn im Turmzimmer über seiner Werkstatt unter, wo Hölderlin noch 36 Jahre leben sollte

Johanna Christiana Gok, verwitwete Hölderlin:

1748 – 1828

geb. Heyn (Pfarrerstochter)

- Hölderlins Mutter, die finanziell für ihn aufkam, bis zum Ende ihrer Tage Zahlungen an Tischlermeister Zimmer für Kost und Logis im Tübinger Turm leistete

<u>Isaac von Sinclair:</u>

1775 – 1815

- mit Hölderlin befreundet, den er 1794 in Jena kennen lernte
- musste sein Jurastudium in Jena abbrechen, da er mit der Französischen Revolution nicht nur liebäugelte und man aufgrund von Verleumdungen einen Hochverratsprozess gegen ihn anstrengte, im Zuge dessen auch gegen Hölderlin ermittelt wurde (solange, bis ihm gutachterlich bescheinigt wurde, dass er wegen seiner »Raserei« nicht vernehmungsfähig sei)
- der Prozess zog sich ein halbes Jahr hin und endete mit Freispruch für von Sinclair
- anschließend siedelte er nach Homburg um, von wo aus er als Diplomat für den Landgrafen von Hessen-Homburg agierte, unter anderem beim Wiener Kongress
- seine Dichtung (Lyrik und Dramen) und seine philosophischen Werke fanden kaum Beachtung und gerieten in Vergessenheit
- von Sinclair starb im Alter von 39 Jahren unter ungeklärten Umständen in einem Wiener Bordell, wo er einen Schlaganfall erlitt

<u>Ernst Friedrich Zimmer:</u>

1772 – 1838

- Tübinger Tischlermeister, der Hölderlin das Turmzimmer überließ, während er selbst im Erdgeschoss des Turms seine Werkstatt betrieb und im Obergeschoss mit seiner Frau Marie Elisabetha (1774–1849) und den Kindern Charlotte, Christiane und Christian Friedrich wohnte

- er muss ein belesener Mann gewesen sein, der nicht nur Hölderlins Hyperion gelesen hatte, sondern auch über Kant, Fichte, Schelling, Novalis, Tieck, über die angesagtesten Geister der Zeit parlieren konnte

Susette Gontard:

1769 – 1802

geb. Borkenstein

- Ehegattin des Frankfurter Bankiers Gontard
- Hölderlins große, sein Leben lang unerfüllte Liebe, die er als »Diotima« in seinem *Hyperion*-Roman verewigte
- mit ihr traf Hölderlin sich, auch nachdem er seine Hofmeistertätigkeit quittieren musste und Frankfurt verließ, verschiedentlich, streng geheim und mit stets bitterem Nachgeschmack
- Susette Gontard erkrankte an Röteln und Schwindsucht und starb im Alter von 33 Jahren

Jakob Friedrich Gontard:

1764 – 1843

- Frankfurter Bankier, Susette Gontards Ehemann
- stellte Hölderlin 1796 als Hofmeister (Hauslehrer) für seine Kinder ein und brach 1798 einen geschäftsmäßig gefühlskalten Streit vom Zaun, nachdem er vom Liebesverhältnis zu seiner Frau erfuhr, woraufhin Hölderlin das Haus Gontard verlassen musste

– • –

Hölderlin dürften von der braven Frau Zimmer und in den letzten Jahren von ihrer Tochter Charlotte eher rustikale Speisen kredenzt worden sein. Die schwäbische Küche war – und ist es weitestgehend bis heute – geprägt durch eher ländliche Hausmanns-, wenn nicht Bauernkost, die um 1800 auch im damals 7000 Seelen zählenden Provinzstädtchen Tübingen unangefochten an der Tagesordnung war.

Die unvermeidlichen Maultaschen

firmieren auch unter »Herrgottsbescheißerle«, weil sie ihren Inhalt wacker verbergen, auf dass der Herr droben im Himmel nicht sehn möge, dass sich im Nudelteigmantel Fleisch befindet – bekanntlich streng verboten in der Fastenzeit zwischen Fastnacht und Ostern! Wie auch alle mit Fleisch verbundenen Speisen: Milch, Käse, Eier. Sechs Wochen also stand der Speiseplan unterm gestrengen Regiment des Küchenmeisters Schmalhans Vegan. Klar, dass die Fasnet ein wichtiges Ventil darstellte – drei, vier Tage, wo man noch mal aus dem Vollen schöpfen, so richtig fressen und saufen konnte, was das Zeug hielt. Und ebenfalls klar, dass es am andern Ende der Fastenzeit, dass es an Ostern ebenfalls zur Sache ging! Dass man insbesondere in Eiern schwelgte, die dann der Osterhase hartzukochen und anzumalen hatte, damit sie appetitlich anzusehn und woppwopp zu verzehren waren. Immerhin sind die Wochen vor Ostern ja ausgerechnet die Zeit, in der die Hühner – sofern man sie nicht mit Hormonen vollstopft und so auch im Rest des Jahres auf Deibel komm raus zum Produzieren beziehungsweise Reproduzieren verdonnert –, die Zeit im Jahr also, in der die Hühner freiwillig wie die Weltmeister Eier legen. Wissen sie doch, dass die Zeichen nie günstiger stehn, die Brut auch durchzubringen, als im April, Mai, Juni.

Und auch klar, dass man sich nach den Wochen zähneknirschender Fleischabstinenz endlich einen dicken Braten mit quappiger Soße gönnte. Schließlich musste ja der in der Fastenzeit runtergehungerte Speck wieder drauf- beziehungsweise reingeschaufelt werden. Wiewohl selbstredend der allergrößte Teil der Bevölkerung – abgesehn von den paar Adligen – keineswegs so wohlbeleibt wie Unsereiner war. Man aß weniger als heutzutage und arbeitete dafür mehr.

In Tübingen – bei seinem nicht unansehnlichen Bürger- und Zünftleranteil – mag der Prozentsatz der Hungerleider bezogen auf die Gesamtbevölkerung geringer gewesen sein. Dafür aber ging die Schere entschieden weiter auseinander als draußen auf dem Land. Wer in der Stadt zu den Ärmsten der Armen gehörte, hungerte. Hungerte ganzjährig.

Hölderlin nicht. Ganz sicher nicht. Seine Mutter kam, wie erwähnt, für ihren Sohn auf und zahlte den Zimmers die Unkosten für Kost und Logis entsprechend der vierteljährlich vorgelegten Rechnungen, die immer auch mit einem aktuellen Bericht über Hölderlins Befinden verbunden waren. Und nach dem Tod der Mutter (1828) stand eine entsprechende Erbschaft zur Verfügung. So viel, dass Hölderlin bei seinem Tod (1843) den Geschwistern seinerseits fast 13.000 Gulden vererben konnte. Wovon der kleinste, der allerkleinste Teil aus eigenem Verdienst, aus dem Erlös seiner wenigen literarischen Veröffentlichungen zu Lebzeiten gestammt haben dürfte. Nicht unerheblich hat – neben der mütterlichen Erbschaft – auch eine Sonderrente zu seiner finanziellen Absicherung beigetragen, mit der ihn der württembergische Hof bedachte.

Aber auch ohne die Zahlung der Frau Gok aus Nürtingen, verwitwete Hölderlin, wäre Familie Zimmer durchaus gut über die Runden gekommen, da der Tischlermeister fraglos zu den erfolgreichsten Schreinern der Stadt gezählt werden kann. Was sich nicht zuletzt darin zeigte, dass Ernst Friedrich Zimmer den heute so genannten Hölderlinturm bereits als 34-Jähriger kaufen und mehrmals aus- und umbauen lassen konnte. Später avancierte er zum Obermeister der Tübinger Schreinerzunft.

So darf als historisch verbrieft gelten, dass Hölderlin in seinen Turmjahren trotz marginaler Einkünfte aus seinen Veröffentlichungen nicht Hungers gelitten hat, sondern stets mit solider schwäbischer Kost versorgt war.

Mit den genannten Maultaschen zum Beispiel, den schwäbischen Ravioli sozusagen, die in ihrer Teighülle meist eine Füllung aus Fleisch und Spinat verbergen.

Zunächst die Zutaten für den Nudelteig (hier wie bei allen folgenden Rezepten auf 4 hungrige Mäuler ausgelegt):
180 g Mehl
120 g Hartweizengrieß
3 mittelgroße Eier
3 TL Olivenöl
1 EL lauwarmes Wasser

Diese ganze Herrlichkeit wird in eine Schüssel gegeben und mit den Knethaken (zu Hölderlins Zeiten freilich mit den Fingern) durchaus ausgiebig, jedenfalls so lange geknetet, bis aus dem Teig ein Kloß geworden ist. Diesen muss man dann noch ein Rundchen mit den Händen kneten, bis er glatt und geschmeidig ist. Gegen fortgesetzte Klebrigkeit ist mit weiteren, kleinen Mehlzugaben anzugehen. Dann wickelt man den Teigkloß in Frischhaltefolie und lässt ihn 30 Minuten lang in Ruhe.

Danach teilt man ihn in Portionen auf (viertelt ihn in unserm Fall also), knöpft sich eine dieser Portionen vor und schließt um den Rest die Folie wieder, damit er nicht austrocknet. Während man nun das erste Teigviertele zu einem Quadrat formt und durch die Nudelmaschine orgelt. Dabei fängt man mit der breitesten Stufe an und walzt den Teig stufenweise immer dünner aus. Damit die Sache nicht doch noch ug'mein oag'nem verquast und verklebt, müssen Teig und Walze immer wieder mit Mehl bestäubt werden. Wenn's ganz hart beziehungsweise feucht kommt, kann man den Teig auch mit etwas zusätzlichem Grieß abbinden.

Und sollte man zu den armen Zeitgenossen zählen, die nicht über eine Nudelmaschine verfügen – soll's ja geben –, muss man den Teig mit dem klassischen Nudelholz bis zur gewünschten

Teigdicke oder -dünne ausrollen. Noblere Teigwalzen sind ja mit innenliegenden Kugellagern ausgestattet, so dass man richtig Druck geben kann. Verfügt man auch darüber nicht, sondern nur über Omis einfaches Rundholz, muss man eben mehrfach zu Werke schreiten. Jedenfalls sollte die Sache nicht zu dick ausfallen, damit man nachher vor lauter Teig auch von der Füllung noch was schmeckt.

Sodann schneidet man zwei ungefähr 25 cm breite, und 60–70 cm lange Teigbahnen zurecht und legt sie nebeneinander auf eine bemehlte Arbeitsfläche, auf dass diese sich dort wiederum ein Weilchen ausruhn können – in freudiger Erwartung der Füllung, der man sich nun widmet. (Man munkelt, dass einige Eingeborene des Schwabenlandes auch genau andersrum vorgehn, zunächst also die Füllung und danach den Teig herstellen. Geht auch.)

Zutaten für die Füllung:
    400 g Hackfleisch halb und halb
    250 g Kalbsbrät (feingewolftes oder gekuttertes Kalbshackfleisch, so fein, dass es sich als Füllung für eine Bratwurst eignen würde)
    300 g frischer Spinat (weniger traditionsbewusste, eher pragmatisch ausgerichtete KüchenmeisterInnen bedienen sich 250 g Tiefkühlspinats)
    1 Bund Petersilie, feingehackt (etwas davon fürs Servieren zur Seite stellen)
    2 feingeschnittene Lauchzwiebeln
    1 feingehackte Zwiebel
    1 ausgepresste oder feingewürfelte Knoblauchzehe (muss nicht, kann aber, je nach Geschmack)
    1½ Brötchen vom Vortag
    2 EL Paniermehl
    1 Ei und zusätzlich 1 Eigelb
    Muskat, Pfeffer, Salz
    Salzwasser oder – besser – Fleischbrühe

Der Blattspinat wird gründlich gewaschen, feingehackt und weichgekocht (der Tiefkühlspinat entsprechend den Angaben der Packungsbeilage verzehrfertig erhitzt), während man die Brötchen schon mal in kleine Stücke schneidet, in heißem Wasser einweicht und gut ausdrückt. Parallel erhitzt man die Butter, um darin die Zwiebel- und Knoblauchwürfel glasig zu dünsten. Dann gibt man den Spinat hinzu, und alle Zutaten, also auch das Fleisch, werden in einer hinreichend großen Schüssel zu einer homogenen Masse verarbeitet, kräftig gewürzt und vermengt – gut vermengt, damit nicht das eine Herrgottsbescheißerle nach Spinat, das andere nach Petersilienkalb schmeckt.

Jetzt setzt man das Salzwasser oder die kräftige Fleischbrühe in einem großen Topf auf und wendet sich währenddessen den ausgerollten Nudelteigstreifen zu: Die Füllung wird als breiter Strang längs auf die Mitte der Teigbahn gegeben und anschließend mit einem Löffel glatt gestrichen. Wobei man an den Längsseiten tunlichst jeweils zwei bis drei Zentimeter Rand lässt, den man dünn mit verquirltem Eigelb (quasi als Leim) bestreicht. Jetzt wird die Teigbahn von der Längsseite her eingeschlagen, einmal bis knapp zur Mitte, und dann von der anderen Seite erneut bis etwas über den oberen Rand hinaus, so dass sich die beiden Streifen in der Mitte überlappen. Die gefüllten Teigbahnen sollten jetzt tunlichst eine Breite von ungefähr zehn Zentimetern haben. Dann an der »Nahtstelle« erst leicht andrücken, damit die Luft entweicht, dann fester andrücken, damit der Teigmantel zusammenhält, die anschließende Aufteilungs- und Kochprozedur unbeschadet überdauert und der Herrgott nicht doch rauskriegt, was für eine schmackhafte Fracht enthalten ist.

Den gefüllten »Teigschlauch« drückt man jetzt in zehn Zentimeter Abständen an den späteren Schnittstellen mit einem Kochlöffelstiel ein, damit sich die Füllung gut verteilt und dazwischen Teig auf Teig zu liegen kommt. Dann wird der bau-

chige Teigschlauch in den »Tälern« mit einem leicht schräg an-
gesetzten scharfen Messer oder besser mit einem gewellten
Teigrädchen auseinandergeschnitten. Pro Nase braucht es etwa
fünf bis sechs – für schwäbische Großesser auch sieben Maultaschen. Wer's lieber nicht ganz so großmäulig hat, sieht zu, dass
die Breite der Teigbahnen nur halb so breit ist und der gefüllte
und miteinander verschränkte Teigmantel nicht mehr als vier
Zentimeter. Entsprechend werden dann auch die Schnitte alle
vier Zentimeter angesetzt, und die Maultaschen fallen in eher
mundgerechten Dimensionen aus.

Die Maultaschen – seien sie nun klein oder groß – werden jetzt
in der Fleischbrühe gar gezogen. Dazu sollte die Brühe leicht
sieden, bevor man die Maultaschen vorsichtig hineingibt und
wartet, bis sie an der Oberfläche schwimmen. Was nach etwa
zehn Minuten der Fall sein wird, woraufhin man sie mit der
restlichen Petersilie bestreut und serviert.

Der gemeine Schwabe und die gemeine Schwäbin nicht minder
genießen ihre Maultaschen gern mit einer Zwiebelschmelze, für
die man Zwiebelstreifen in Butter anschwitzt, bis sie gülden
sind. Für Leute mit eher rustikalem Geschmack kann man die
Chose auch mit Speckwürfelchen anreichern. Anschließend
wird sie jedenfalls auf die fertigen Maultaschen gegeben.

Eine beliebte Variante sind geschmälzte Maultaschen, also
solche, die man nach dem Garziehen aus der Brühe gezogen
und abgetropft in Butter oder Schmalz von beiden Seiten zwei
bis drei Minuten goldgelb gebraten hat. Bevor sie mit Petersilie oder wahlweise Schnittlauchröllchen bestreut und serviert
werden.

Spätzle

Spätzle, Spätzle vorwärts und rückwärts, Spätzle ohne Ende – das Fundament der Ernährungslage des Schwabenlands schlechthin. Praktisch zu allen typischen Gerichten werden ohne jede Frage Spätzle gereicht. Auf keinen Fall, versteht sich, so genannte »Faule-Weiber-Spätzle« aus der Tüte oder aus den Gefriertruhen des Supermarktes. Stets frisch und selbst gemacht! Nicht zuletzt, weil man dann und nur dann weiß, was drin ist.

In früheren Jahrhunderten, vermutlich auch zu Hölderlins Zeiten wurden Spätzle nur aus Dinkelmehl gemacht. Dieses anspruchslose Getreide, das auch auf kargen Böden und unter verschärften Klimabedingungen (etwa auf der Schwäbischen Alb) gedeiht, war in der ganzen, kleinbäuerlich strukturierten und von Armut geprägten Region weit verbreitet. Außerdem enthält Dinkelmehl einen beträchtlichen Anteil an Klebereiweiß, so dass der Teig in Notzeiten auch ohne Eier gelang. Mit Beginn der Industrialisierung, also grade eben noch zu Lebzeiten Hölderlins, stiegen die Spätzle im Zeichen fortschreitenden Wohlstands von der ordinären Alltagskost auch zur kulinarischen Spezialität an Festtagen auf. Heute sind sie beides: Festtags- und Allerweltsessen und werden meist aus Weizenmehl Typ 405 fabriziert. Sie lassen sich aber auch mit zahlreichen anderen Mehlsorten zubereiten, und es gibt mittlerweile ein ganzes Füllhorn von Spätzlerezepten für Vegetarier und Veganer, auch glutenfreie und Low-Carb-, also kohlenhydratminimierte Varianten.

Zutaten:

> 400–500 g Weizenmehl (je nachdem wie mehlig man's haben möchte)
> 4–5 EL Hartweizengrieß (pro 100 g Weizenmehl einen), dieser macht die Spätzle kerniger und bissfester

4–5 Eier (je nachdem wie viel Mehl man verwendet)
Salz
etwa 60 ml bis ⅛ l Wasser oder Milch
Muskat, frisch gerieben
4 l Wasser

Man setzt einen großen Topf Salzwasser auf und macht sich zwischenzeitlich daran, das Mehl in eine Schüssel zu schütten, in der Mitte eine kleine Senke einzudrücken und dorthinein die Eier und eine Prise Salz zu geben. Der ganze Spaß wird dann mit einem Kochlöffel vermengt und inklusive nach und nach hinzugefügter Milch (bzw. Wasser) so lange geschlagen, bis ein geschmeidiger, glatter Teig entstanden ist. Wobei man unterwegs jeweils nur so viel Milch (oder Wasser) zugibt, dass der Teig zähflüssig vom Löffel reißt. Sollte die Mumpe denn doch zu dünn geraten sein, gibt man etwas Mehl hinzu. Ist sie zu dick, kann man ihr mit noch etwas Flüssigkeit auf die Sprünge helfen. Letztlich nicht ganz so entscheidend; die Spätzle verübeln einem etwas abweichende Mengenverhältnisse nicht wirklich und geraten praktisch immer. Die Teigschüssel mit einer Klarsichtfolie verschließen und den Teig eine halbe Stunde ruhen lassen.

Das in jeder schwäbischen Küche selbstverständlich vorhandene Spätzlebrett wird kurz ins kochende Salzwasser getaucht, bevor man dann ca. 2 EL Teig darauf platziert. Diesen streicht man mit einem angefeuchteten Teigschaber zuerst flach aus und schabt ihn dann in dünnen Streifen ins kochende Wasser. Man legt den Teig also portionsweise aufs Spätzlebrett und schabt ihn zügig ins kochende Wasser. Sollte man einen Spätzlehobel sein Eigen nennen, muss der Teig etwas dünner sein als bei einer Spätzlepresse oder beim Spätzlebrett. Wobei das händische Schaben via Spätzlebrett, versteht sich, die reine, die eigentliche Spätzlelehre ist. Geschmacklich indes macht's keinen Unterschied. Wie auch?

Sobald jedenfalls die Spätzle obenauf schwimmen, sind sie gar und man schöpft sie mit einem Sieblöffel ruckzuck aus dem ko-

chenden Wasser, damit sie nicht matschig werden. Dann gibt
man sie ganz kurz im Sinne der Abschreckungsdoktrin in eine
Schüssel mit kaltem Wasser und seiht sie anschließend ab. Und
fertig ist die Laube! Wie gesagt, Spätzle werden im Schwabenland als Beilage zu praktisch allem und jedem gereicht. Insbesondere im Zuge der klassisch sonntäglichen Dreieinigkeit aus
Gemüse, Fleisch und Beilage, sprich: Spätzle.

Gaisburger Marsch

Eine für Nichtschwaben etwas seltsam anmutende Kombination aus Spätzle, Kartoffeln und Rindfleischsuppe, in Fachkreisen auch »Kartoffelschnitz und Spätzle« genannt. Auch dieses Eintopfgericht gehört zum traditionellen Standardrepertoire schwäbischer Alltagskochkunst. Es wurde in einem Stuttgarter Vorort – zur Verblüffung des Erdballs: Gaisburg mit Namen – erfunden, keine 50 Kilometer vom Tübinger Hölderlinturm entfernt.

Wie diese »Erfindung« vonstattenging beziehungsweise wie der Gaisburger Marsch zu seinem Namen kam, dazu kursieren zwei Geschichten. Die eine rekurriert auf den Umstand, dass die vorrückenden Franzosen im 18. Jahrhundert Gaisburger Männer gefangen nahmen, deren Frauen allerdings erlaubten, den Gatten täglich ein, aber auch *nur* ein Gericht vorbeizubringen. Sättigend, nahrhaft und kräftigend also musste es sein. Und so verfielen die Strohwitwen auf den Gedanken, eine Fleischsuppe zu kochen, auf der oben schlichte Spätzle schwammen. In der Hoffnung, dass die depperten Wächter bei der Kontrolle nicht bemerken würden, was für eine schmackhafte Suppe sich darunter verbarg. Diesmal also eine Art »Franzmannsbescheißerle«, mit dem die Gaisburger Frauen Tag für Tag ihren Marsch zum Kerker antraten.

Sollte Hölderlin jemals in den Genuss des Gaisburger Marschs gekommen sein, wovon verschärft auszugehn ist, dann muss *diese* Geschichte für bare Münze genommen werden, denn bei der zweiten dreht sich's um einen Soldaten im Ersten Weltkrieg, den Hölderlin – Gnade der frühen Geburt – nicht mehr erleben musste. Besagtem Soldaten jedenfalls soll nicht nur der Aufenthalt in der Stuttgarter Kaserne nicht geschmeckt haben, sondern auch und vor allem das Essen daselbst. Während, wie er herausfand, der Wirt im nahe gelegenen Gaisburg einen ganz wunderbaren Ochsenfleischeintopf zuzubereiten verstand. Der wohlgesättigte Soldat infizierte seine Soldatenkollegen mit der Nachricht, und so versammelten sie sich von nun an täglich vor der Kaserne und traten den Marsch nach Gaisburg an.

Mal ehrlich: Welche Geschichte ist die schönere? Wenn mich einer fragt, natürlich die erste. Denn da geht's um eine gradezu politische Dimension, um List und Tücke gegen die Besatzungsmacht und nicht nur um geifertriefende Geschmacksnerven.

Noch heute wird das Gericht, das Gaisburg einst berühmt machte, jeden Sommer ebendort mit einem mehrtägigen Fest gefeiert. Und auch Ex-Bundespräsident Horst Köhler wusste den Gaisburger Marsch zu zelebrieren, als er das Gericht bei seinem Amtsantritt Anno 2004 Tausenden von Gästen kredenzen ließ.

Na, wenn diese präsidialen Ehren es nicht wert sind, das in Rede stehende Objekt der Begierde mal nachzukochen, dann weiß ich's auch nicht: …

Zutaten:
    500 g Tafelspitz
    2 Suppenknochen
    2 Wacholderbeeren
    1 Lorbeerblatt
    1 Staudensellerie
    2–4 Karotten (je nach Geschmack)
    500 g Kartoffeln
    250 g Spätzle
    1 Stange Lauch
    2–4 Zwiebeln (je nach Geschmack)
    5 Pfefferkörner
    1 Prise Muskat
    Pfeffer, Salz
    Butter zum Anrösten der Zwiebeln
    ein paar Stängelchen Schnittlauch zum Garnieren

Das Fleisch und die Suppenknochen, die Wacholderbeeren und das Lorbeerblatt gibt man in etwa 2 Liter leicht gesalzenes Wasser. Dabei ist wichtig, dass das Fleisch komplett mit Wasser bedeckt ist. Überschüssiger Schaum wird, nachdem das Wasser aufgekocht ist, abgeschöpft. Daraufhin reduziert man die Hitze und lässt alles eine Stunde lang köcheln. In der Zwischenzeit schält man Kartoffeln, Möhren und Sellerie und schnibbelt sie so kurz und klein, wie's einem gefällt. Parallel fabriziert man die Spätzle und lässt sie ihre Zeit kochen [s.o.]. Als besondere Zugabe und Verneigung vor den Gaisburger Frauen wäre eine ungeschälte Zwiebel zu halbieren, auf den Schnittstellen in einer Pfanne ohne Fett dunkel zu rösten und noch mit zum kochenden Fleisch in den Topf zu geben. Woran sich wieder mal zeigt, dass die wenigsten »Eintöpfe« in der deutschen Küche dieses Etikett wirklich verdient haben, meist kommt zusätzlich mindestens eine Pfanne zum Einsatz. So also auch hier. Die Alternative wäre – um dem Label Eintopf denn doch zur Ehre zu verhelfen –, die Zwiebelhälften in eben jenem Topf anzurösten, in dem der Gaisburger Marsch zubereitet werden soll, nachdem man allerdings die angerösteten Zwiebeln fürs Erste zur Seite gelegt hat.

Wenn nun das Fleisch etwa eine Stunde Kochtopf hinter sich hat, fügt man die Sellerie-, Kartoffel- und Karottenwürfel hinzu, plus Pfefferkörner und Muskat. Nach einer weiteren Viertelstunde nimmt man das gegarte Fleisch aus der Brühe, um es in mundgerechte Häppchen zu schneiden und danach wieder dazuzugeben. Jetzt kommen auch der emsig gewaschene und in Ringe geschnittene Lauch und die fertigen Spätzle dazu. Worauf die Suppe noch mal so lange kochen muss, bis die Spätzle aufsteigen und oben schwimmen. Diese Frist nun wieder nutzt man, um die restlichen Zwiebeln in Ringe zu schneiden und in Butter braun zu rösten (sofern man sie nicht vorher schon wie die Zwiebelhälften im Eintopftopf gebräunt hat) und um andererseits den Schnittlauch fein zu schnibbeln. Zwischenzeitlich sollte die Kocherei abgeschlossen sein, und man verlagert Spätzle, Gemüsewürfel, Kartoffeln und Fleisch in eine Suppenterrine, während man die Brühe passiert, um sie dann noch einmal kurz aufkochen zu lassen und mit Salz und Pfeffer abzuschmecken. Bevor man die heiße Fleischbrühe auch in die Terrine schüttet und den Eintopf mit den gerösteten Zwiebelringen und dem Schnittlauch garniert.

Pfitzauf

Hinter diesem witzig-pfiffig anmutenden Namen verbirgt sich
ein einfaches Gericht aus einem sehr luftigen Eierkuchenteig
– ein typisch-schwäbisches Arme-Leute-Essen, das man mag
oder nicht mag. Im Namen schwäbisch-traditioneller Koch-
künste ist es auf alle Fälle unumgänglich.

Zutaten:
> 250 g Mehl
> ½ l Milch
> 4–6 Eier (je nach Größe)
> eine Prise Salz
> 2 EL zerlassene Butter
> Fett für die Förmchen

Als Allererstes bringt man gut die Hälfte der Milch zum Kochen.
Aus Mehl, der Restmilch und Salz rührt man einen glatten Teig
und mischt dann erst die Eier unter. Dieser Teig wird im nächsten Schritt mit der zerlassenen Butter und der kochendheißen
Milch fertig gerührt. Danach werden zwölf Ton- oder Kera-
mikförmchen gut eingefettet und jeweils (nur!) zur Hälfte mit
der Teigmasse befüllt. Sollte tatsächlich jemand keine schwäbischen Pfitzaufmodeln oder auch Pfitzaufmödele besitzen, so
kann er oder sie sich auch mit feuerfesten Tassen behelfen, zur
Not. Ebenfalls als stilbrechende Notlösung können auch Pas-
teten- oder Muffinformen herhalten. Letzteres dann allerdings
nur mit erheblichen Bauchschmerzen, was das schwäbische
Traditionsbewusstsein anbelangt. Nun backt man die Pfitzauf
bei 200 °C eine gute halbe bis eine Dreiviertel-Stunde lang, bis
sie hellbraun sind. Sie steigen nach Soufflé-Art, und um ihrem
Namen alle Ehre zu machen, beim Backen um mehr als das
Doppelte auf. Jedenfalls dann, wenn man nicht so dumm war,
während des Backvorgangs die Backofentür zu öffnen, was
einem die Pfitzauf damit danken, dass sie in sich zusammen-

fallen, um sich dann hartnäckig zu weigern, sich je wieder aufzurichten.

Nach dem Backen löst man die Pfitzauf aus den Formen und reicht dazu Apfelkompott, eingemachte Kirschen oder Zwetschgen. Und wer nicht auf seine Linie achten muss, kann gern auch einen Klecks Sahne dazugeben. Oder aber man begnügt sich mit einer zarten Schicht Puderzucker. Man nimmt die Pfitzauf traditionellerweise übrigens mit zwei Gabeln zu sich, indem man sie auf dem Teller zerrupft.

Wem der Sinn eher nach Herzhaftem steht, der versuche die folgende Pfitzauf-Variante mit Gouda und Frühlingsragout! Auch lecker.

Zutaten für die Pfitzauf selbst:
    70 g Butter
    70 g Gouda (mittelalt oder alt, am stilechtesten allerdings mit einem der zahlreichen würzigen Hartkäse aus einer lokalen schwäbischen Manufaktur-Käserei)
    250 g Mehl
    ½ l Milch
    6 mittelgroße Eier
    ½ TL Salz

Bei dieser Variante bringt man zunächst die Butter zum Schmelzen, bräunt sie leicht an und lässt sie dann lauwarm abkühlen. Währenddessen wird der Käse feingerieben. Dann kommen Mehl, Milch, Eier, die gebräunte Butter, Hartkäse und Salz in eine Schüssel und werden [s.o.] zu einem glatten Teig vermengt. In diesem Fall am besten mit einem Stabmixer, und zwar so lange, bis sich der Käse gut in der Masse verteilt hat, damit er nicht so dreist ist, sich nachher abzusetzen. Nach dem Einfetten werden die Pfitzaufmodeln [siehe wiederum oben] oder Soufflèförmchen eingefettet, diesmal allerdings nur zu einem Drittel mit dem Teig befüllt. Danach vertraut man die Pfitzauf dem auf 200 °C vorgeheizten Backofen auf der mittleren Schiene an und lässt sie ein Viertelstündchen backen. Anschließend schaltet man auf 160 °C runter und gönnt ihnen eine weitere halbe Stunde. Auch bei dieser Variante den Backofen während des Backens aus besagtem Grund nicht öffnen!

Zutaten für das Frühlingsragout:
    3 Frühlingszwiebeln
    3 Karotten
    200 g Erbsen (möglichst frisch, funktioniert aber auch mit Tiefkühlerbsen)
    Salz
    1 EL Olivenöl
    200 g Sahne
    200 g Crème fraîche
    Pfeffer
    1 Prise Zucker
    Saft und abgeriebene Schale einer halben Bio-Zitrone
    200 g Kochschinken am Stück
    1 Bund frischer Kerbel
    2 Blätter Bärlauch

Während also die Pfitzauf in der Röhre gedeihen, schneidet man die Frühlingszwiebeln in feine Scheiben, legt das Grün jedoch beiseite – das kommt später zum Zuge. Auch die geschälten oder geputzten Karotten werden in dünne Scheiben geschnitten und zwei Minütchen mit den Erbsen in Salzwasser blanchiert, bevor man sie heraushebt, kalt abbraust und abtropfen lässt. Jetzt dünstet man den weißen Teil der Frühlingszwiebeln in heißem Olivenöl und rührt nach ungefähr einer Minute Sahne und Crème fraîche unter, die man bei schwacher Hitze einköcheln lässt, bis eine cremige Soße entsteht. Diese würzt man mit Salz, Pfeffer, einer Prise Zucker und Zitronensaft. Worauf nunmehr die Karotten und die Erbsen in die Sahnesoße gegeben werden, bevor das Ganze noch weitere zwei Minuten köchelt. Währenddessen schneidet man den Schinken in feine Würfel und gibt auch diese zur Soße, der man noch eine Minute auf der heißen Herdplatte gönnt. Man braust Kerbel und Bärlauch ab, schüttelt sie trocken und gibt sie feingeschnitten mit dem Zitronenabrieb zur Soße, mischt alles drüber und drunter und schmeckt noch einmal ab.

Jetzt kommen die Pfitzauf endlich aus dem Ofen, dürfen sich kurz ausruhen und können sich auf den Kopf stellen. Beziehungsweise werden gestürzt. Dann richtet man die Pfitzauf mit dem Speck-Gemüse-Ragout an, worauf nun endlich auch das Frühlingslauchgrün zum Einsatz kommt und in feine Ringe geschnibbelt dekorativ darübergestreut wird.

Sauerkraut mit Salzfleisch

Ebenfalls ein Klassiker der gutbürgerlichen Küche, der beileibe nicht nur in Schwaben zur Geltung kommt, dort allerdings in einer besonderen Ausprägung, zumindest was das Sauerkraut betrifft.

Zutaten fürs Sauerkraut:
> 750 g Sauerkraut, frisch oder aus der Dose
> 1 Zwiebel
> 1 EL Öl oder 1 Klecks Schweineschmalz
> 6 Wacholderbeeren
> ½ Lorbeerblatt
> 1 Prise Kümmel, nach Geschmack
> ⅛ l Fleischbrühe
> 1 gehäufter TL Mehl
> 1 TL Zucker
> ½ Pinnchen Weißwein

Das Fett – Schweineschmalz oder für etwas sensiblere Geister Olivenöl – wird in einem großen Topf erhitzt. In der Zwischenzeit schält man die Zwiebel schon mal und schnibbelt sie in Würfel, die man dann in besagtem Fett hellgelb anröstet und schließlich mit der Fleischbrühe ablöscht. Jetzt gibt man das Sauerkraut und die Gewürze dazu und lässt alles zugedeckt kochen, ein halbes Stündchen auf kleiner Flamme. Wenn man das Gefühl hat, das Ganze wird zu trocken, kann man noch etwas Brühe oder Wasser nachkippen. Nach Ablauf der halben Stunde fischt man das Lorbeerblatt heraus, bevor man das Mehl mit ein paar EL Wasser in einer Tasse anrührt und das fertig gekochte Sauerkraut damit sämig abbindet. Wer mag, kann zwecks Verfeinerung hier einen Teelöffel Zucker an den Mann bzw. ans Sauerkraut bringen. Zu guter Letzt noch ein Schuss Weißwein – wirkt wahre Wunder. Und jetzt wartet das zutiefst schwäbische Sauerkraut nur noch auf das erwähnte Salzfleisch.

– Geht natürlich auch mit heißen Leberwürsten, separat gekochtem Bauchfleisch oder Speckschwarte, aber dann könnte man es guten Gewissens nicht »Salzfleisch mit Sauerkraut« nennen.

Zutaten für das Fleisch:
>   1 kg Schweinefleisch
>   (am besten das Kammstück ohne Knochen)
>   1⅓ kg Salz

Bei besagtem Salzfleisch handelt es sich um gepökeltes Schweinefleisch, wofür man den Backofen zunächst volle Pulle vorheizt, sprich: auf 250 °C. Dann wird das Salz auf einem Backblech verteilt und das Fleisch auf dieses Salzbett gesetzt. Die erste halbe Stunde lässt man das Fleisch bei den genannten 250 °C braten, dann noch weitere zwei Stunden bei allerdings nicht mehr als 200 °C.

Zusätzlich zu Sauerkraut und Salzfleisch bringt man im Ländle gern Kartoffelbrei und ein Gläschen Bier oder vier auf den Tisch.

Linsen mit Spätzle

Als geborener Rheinländer echt shocking! Linsen nicht als Sättigungsbeilage in deftiger Suppe, sondern quasi als eigenständiges Gemüse. Und dann noch mit Nudeln – das geht echt gar nicht. In Schwaben schon. Da dann aber mit Spätzle – natürlich! Und dann kann es als so was wie das schwäbische Nationalgericht firmieren.

Zutaten:
>1 Zwiebel
>1 Lorbeerblatt
>1 Knoblauchzehe (wenn man mag)
>2 Gewürznelken (ebenfalls nach Belieben)
>etwas Tomatenmark (ebenfalls optional)
>250 g Linsen
>20 g Butter
>2 EL Weizenmehl
>⅛ l Rotwein
>Rotweinessig nach Geschmack
>Salz
>Pfeffer
>4 Saitenwürstle
>400 g geräucherter, aber magerer Bauchspeck, in je
>nach Gusto dünne oder dickere Scheiben geschnitten
>200 g gewürfelter Bauchspeck
>1–2 l Wasser oder Fleischbrühe

Die Linsen werden am Vorabend gewaschen und über Nacht in kaltem Wasser eingeweicht. Wenn's dann zur Sache gehn soll, lässt man in einem nicht zu kleinen Topf die klein gewürfelte Knoblauchzehe und die Speckwürfel leicht anbraten. Man kann, wenn man mag, etwas Tomatenmark hinzufügen und kurz mitrösten. Mit dem Rotwein ablöschen und diesen dann einkochen lassen. Ist er so gut wie eingekocht, gießt man ein

bis zwei Liter Wasser oder nur leicht gesalzene Fleischbrühe
darauf. Dann kommen die geschälte, aber nicht aufgeschnitte-
ne Zwiebel, das Lorbeerblatt und gegebenenfalls die Nelken
dazu. Dann erst gibt man die eingeweichten Linsen und den
Bauchspeck hinzu und lässt die Chose ungefähr 35 bis 45 Minuten weich kochen. Dabei hängt die Kochzeit maßgeblich von
der Größe der Linsen, von deren Qualität und Alter ab (je älter,
desto länger müssen sie gekocht werden). Kontrolle und/oder
Bauchgefühl sind gefragt.

Zeit, die man gewinnbringend dadurch nutzen kann, dass man
nebendran die Spätzle schabt. Während diese dann garköcheln,
zerlässt man in einem dritten Topf die Butter und bräunt darin
das Weizenmehl unter ständigem Rühren. Wenn die Kochzeit
der Linsen verstrichen ist und diese weich sind, entfernt man
Zwiebel und Lorbeerblatt und schüttet die Linsen mit dem
Kochwasser zur braunen Mehlschwitze. Nach mehrmaligem
Umrühren schmeckt man die Linsen mit Wein, Essig, Salz und
Pfeffer ab – pikant und säuerlich.

Die mitgekochten Speckscheiben und die in einem separaten
Topf erhitzten Saitenwürstle werden jetzt auf die Linsen gelegt.
Saitenwürstchen ist übrigens der (nicht nur, aber auch) schwäbische Begriff für das, was landläufig unter Wiener Würst-
chen firmiert. Wofür man eben Saitlinge benutzt: Naturdarm
von Rindern, Schweinen oder Schafen. Dabei kommt es nicht
von ungefähr, dass eine Ähnlichkeit zum Wort Saiten aufblitzt:
Früher stellte der zum Teil in die Zünfte eingegliederte Berufsstand der Saitenmacher ebenfalls aus diesen Därmen Saiten für
Musikinstrumente her. Eine höchst aufwändige Prozedur: Um
einen einzigen Satz Geigensaiten herzustellen, musste mindestens ein Schaf geschlachtet werden, und zwar äußerst behutsam, damit die kostbaren Innereien keinen Schaden nahmen.
In stundenlanger mühevoller Kleinarbeit wurden die Därme
dann von Blutgefäßen, Muskeln und Fett befreit und anschließend in einer Aschelösung eingeweicht. Nach dem Trocknen

wurden sie ebenfalls von Hand kunstvoll miteinander verflochten. Das Resultat, wenn alles gut lief: eine wohlklingende Saite. Aber, Moment, wir waren ja beim Essen. Bei Linsen mit Spätzle und Saitenwürstchen. Oder eine Runde Kartoffelsalat gefällig?

Kartoffelsalat

Hier natürlich die schwäbische Variante. Die übrigens Hölderlin mit ziemlicher Sicherheit auch schon genossen hat. Die in Preußen durch die »Kartoffelbefehle« des Alten Fritz erzwungene Einführung der Kartoffel war Ende des 18. Jahrhunderts in der breiten Fläche erfolgreich vollzogen, und auch in Süddeutschland folgten die Regenten dem preußischen Beispiel nach und nach. Ab wann die Kartoffel auch zu Salat verarbeitet wurde, ist nicht gesichert, aber vermutlich gehörte er mit zu den ersten Speisen, die man aus der komischen Knollenfrucht aus Übersee zu zaubern wusste. Zumal in heißen schwäbischen Sommern.

Zutaten:
>
> 1,2 kg Kartoffeln (klein und festkochend)
> 1 Zwiebel
> 200 ml kräftige Gemüse-, für NichtvegetarierInnen
> gern auch Fleischbrühe
> Salz
> 5 EL Weißweinessig
> 2 TL Senf
> frisch gemahlener Pfeffer
> 1 TL Zucker
> 6 EL Öl
> ein halbes Bund Schnittlauch oder auch mehr
> (je nach Geschmack)

Die Kartoffeln werden gründlich abgebürstet und dann ungeschält die üblichen zwanzig Minuten in Salzwasser gekocht. Danach gießt man sie ab, lässt sie kurz abdampfen, je nach Empfindlichkeit der Fingerkuppen etwas abkühlen und zieht ihnen das Fell über die Ohren. Dann erst lässt man die Pellkartoffeln richtig abkühlen, um sie in vier, fünf Millimeter dicke Scheiben zu schneiden. Dafür sollten sie in der Tat kalt sein, sonst zerbrechen die Kartoffelscheiben schneller, als man gucken kann. Und ohne intakte Scheiben kein intakter Kartoffelsalat. Zumal nicht in Schwaben.

Noch während sich die Kartoffeln dem Kochvorgang hingeben, hat man die Zwiebel geschält und fein gewürfelt. Diese gibt man in die kochende Gemüsebrühe, lässt sie einmal kurz aufkochen und nimmt sie dann vom Herd. Woraufhin man Essig, Senf, Salz, Pfeffer, Zucker – der Schwabe ist und isst mitunter durchaus gern süß oder doch süßlich – unterrührt und dann die heiße Brühe über die Kartoffelscheiben gießt. Jetzt greift die Kunst des Unterrührens. Da nämlich ist Vorsicht geboten, damit die Scheiben auch jetzt nicht zerbrechen. Den »halbfertigen« Kartoffelsalat lässt man jetzt zum Beispiel auf dem Balkon eine Stunde lang abkühlen und durchziehn – im Hochsommer nicht ganz so günstig; dann lässt man die Schüssel eine halbe Stunde lang auf dem Küchentisch rumgammeln, räumt in der Zeit ein Fach im Kühlschrank frei und bringt den Salat die zweite halbe Stunde dort unter. Die meisten Schwaben und Schwäbinnen, geht das Gerücht, essen den Kartoffelsalat am liebsten lauwarm, wo sich dem Preußen hingegen die Nackenhaare aufstellen. Erst nach Erreichen der gewünschten Verzehrtemperatur jedenfalls wird das Speiseöl – wiederum vorsichtig – untergerührt und der Salat noch mal mit Salz und Pfeffer abgeschmeckt. Und kurz vorm Servieren dann wird als krönender Abschluss der unvermeidliche, in kleine Röllchen geschnittene Schnittlauch darüber gestreut. Besonders schick, wenn man eine Handvoll von diesen Lauchstängele ganz lässt und in staksiger Schönheit drüberlegt – zur Zierde einer köstlichen Speise, die übrigens nicht selten an Heiligabend zur Ehre heißhungrigen Verzehrs kommt. Man munkelt, ein Viertel aller deutschen Haushalte pflege diese Tradition; wie hoch der Prozentsatz im Schwabenland ist, ist nicht überliefert, dürfte aber eher noch höher ausfallen.

Ganz felsenfest sicher und höchst wichtig ist, und das unterscheidet die schwäbische (und die bayerische, eigentlich alle süddeutschen) von den norddeutschen Kartoffelsalatvarianten: keine Mayonnaise! Auf gar keinen Fall, das wäre im Ländle ein Sakrileg erster Ordnung. Und auch ein Hölderlin hätte mit ziemlicher Sicherheit die Lippen verzerrt und die Nase gerümpft.

Gut und zuträglich hingegen sind auch in Hölderlinland Zugaben wie Gurken, Radieschen, Tomaten (frisch oder getrocknet) oder Kapern. Auch weitere Kräuter, zum Beispiel Basilikum, womit man allerdings die urschwäbischen Traditionen verlässt. Dagegen passen Maultaschen sehr gut und durchaus im schwäbischen Sinne zu Kartoffelsalat.

Flädlesuppe

Die Grundvariante geht so: Eier(pfann)kuchen backen, in
dünne Streifen schneiden, Brühe drüber, Schnittlauch drauf.
Fertig.

Dazu braucht man:
>150 g Mehl
>1 Ei
>so viel Milch, dass der Teig leicht vom Löffel fließt
>(ca. 200 ml halbfette Milch [1,5 % Fett])
>1 Karotte (ca. 100 g)
>1 ca. 150 g wiegendes Stück einer Knollensellerie
>eine (eher dünne) Lauchstange
>eventuell ein bissle Zucker
>1,2 l Rindfleischbrühe oder Geflügelfond
>4 TL Keimöl
>1 Bund Schnittlauch
>Salz
>Pfeffer
>Muskatnuss

Getreu der schwäbischen Tradition besteht die Kernsubstanz
der Flädlesuppe aus einer kräftigen selbstgemachten Rind-
fleischbrühe. Wer zur in Schwaben freilich sehr rar gesäten Spe-
zies der Faultiere und Liegestuhlwarmhalter gehört, köchelt
das Gemüse gemächlich in einem selbstgekauften Geflügelfond; was die Sache etwas vereinfacht, den Fettgehalt ein bisschen runterschraubt, aber eben nur äußerst knapp am Sakrileg
vorbeischrammt. Andererseits bekommt die reizarme Geflü-
gelflädlesuppe auch einem empfindlichen Darm gut. Während
Freunde und Förderer der Original-Flädlesuppe behaupten,
dass es, was die Bekömmlichkeit angeht, keinen nennenswer-
ten Unterschied mache, ob man nun Geflügel- oder Rinderbrü-
he verwendet.

Auf alle Fälle beginnt man damit, Milch, Eier und eine Messerspitze Salz zu einem Teig zu verrühren. Den lässt man erst mal ein halbes Stündchen stehen, während man zwischenzeitlich die Karotte und den Knollensellerie schält und auf einer Reibe grob raspelt. Die Lauchstange wird der Länge nach halbiert, gewaschen und in dünne Streifen geschnitten. Sodann gibt man den Geflügelfond oder wahlweise die Fleischbrühe in einen Topf, fügt das Gemüse hinzu und kocht alles auf. Um es bei kleiner Hitze ungefähr 20 Minuten ziehen zu lassen. In der Zeit befasst man sich mit dem im Schwabenländle sehr beliebten Schnittlauch, wäscht ihn, schüttelt ihn trocken und zerschnibbelt ihn in Röllchen, wovon die Hälfte unter den Eierkuchenteig gerührt wird.

Als nächstes erhitzt man ein, zwei Teelöffel Keimöl, was jedenfalls dann ausreicht, wenn man eine gut beschichtete Pfanne bei einem Durchmesser von knapp 30 cm zum Einsatz bringt. Darin backt man ¼ des Teigs bei mittlerer Hitze etwa zwei Minuten. Danach wird der Pfannkuchen mit virtuosem Schwung (aber ohne dass er an der Küchendecke kleben bleibt) gewendet und darf noch mal ein bis zwei Minuten dem Hitzevergnügen frönen. Dann wird er aus der Pfanne genommen und aufgerollt. Bevor man mit dem Restteig viertelweise ebenso verfährt.

Jetzt wird der Fond mitsamt Gemüse durch ein feines Sieb gedrückt. Was an festen Substanzen im Sieb zurückbleibt, wird nicht mitverwendet. Nur die Brühe wird zur Flädelesuppe. Hernach wird die Suppe noch mal aufgekocht und mit Salz, Pfeffer und frisch geriebenem Muskat gewürzt. Während man sich auf einem Holzbrett den aufgerollten Pfannkuchen widmet, sprich: sie in dünne Streifen schneidet und portionsweise auf die Suppenteller oder -schalen verteilt. Die heiße Suppe wird darübergegossen und zu guter Letzt mit den verbliebenen Schnittlauchröllchen bestreut.

Seelen

Leicht morbide Anmutung. Mit einem Fuß auf dem Kirchhof. Allerseelen – der Tag, an dem der gemeine Katholik aller Seelen gedenkt (2. November) – ist wohl verantwortlich für die Namensgebung. Was nun wiederum womöglich an vorchristliche, oftmals bis heute erhaltene Totenkultbräuche gemahnt. Wer Anfang November mit Blick auf den näherrückenden Winter den armen entrückten Seelen noch fleißig Speiseopfer darbrachte (und sich vielleicht auch selbst gütlich dran tat, sich also auf eine Stufe mit den von uns Gegangenen stellte), durfte auf einen üppigen Erntesegen im nächsten Sommer hoffen. So ist es auch nicht verwunderlich, dass man diese gebackenen »Seelen« zunehmend auch für die Armenspeisung einsetzte.

Eine zweite Geschichte als Antwort auf die Frage, warum die schwäbischen »Seelen« Seelen heißen, verweist auf einen Ravensburger Bäcker zu Zeiten des Dreißigjährigen Kriegs, der feierlich gelobte, jedem Bettler, jeder »armen Seele« ein Brot zu schenken, sofern die Stadt von der Pest verschont bliebe. Natürlich war besagter Bäcker nach dem einigermaßen spurlos an den Stadtmauern vorübergezogenen Unheil geflasht von der eigenen Großzügigkeit, traute sich aber nicht, das Gelübde zurückzunehmen und so anderes, womöglich satanisches Unheil heraufzubeschwören. Ein echtes Dilemma. Aus dem er sich schließlich eingedenk seiner ihm eigenen schwäbischen Sparsamkeit dadurch herauswand, dass er die Brote besonders klein ausfallen ließ, was den titelgebenden armen Seelen ja nun auch reichen sollte, verdammt noch mal!

Zutaten für den Vorteig:
    250 g Weizenmehl
    150 ml Wasser
    3 g Hefe (zum Rest des Hefewürfels siehe unten)
    1 TL Honig oder 10 g Zucker (je nach Gusto)

Zutaten für den Hauptteig:
   1250 g Weizenmehl
   860 ml Wasser
   Rest des Hefewürfels (bei 42 g Standardgewicht also
   knapp 40 g)
   30 g Salz, davon mindestens die Hälfte grobes Meersalz
   etwas Kümmel (wer mag)
   30 g Schmalz – wenn das nicht trefflich gereimt ist!
   Hölderlin hätte seine helle Freude gehabt. Oder, wer's
   mit dem Reimen nicht so hat und eher vegetarisch unterwegs ist, kann sich auch eines Esslöffels Sonnenblumenöl bedienen.

Das Mehl wird in eine Rührschüssel gegeben, die Hefe drauf-
gebröckelt, Wasser und Honig oder Zucker zugefügt, verrührt
und zu einem Vorteig geknetet, der dann aber erst mal vierzehn
Stunden abgedeckt rumstehn und warten muss, bis es weiter-
geht. Wenn es denn dann so weit ist, meistens am Tag nach der
Nacht, werden für den Hauptteig die restlichen Zutaten hinzu-
geben und alles verknetet und verknotet. Am besten voll Karacho mit den Knethaken eines Mixers, fünf Minuten lang, bis
der Teig glatt und weich geworden ist. Aber auch dieser muss
jetzt erst mal an einem warmen Ort, etwa auf der Heizung, ein
Nickerchen machen. Trotzdem wird er's einem nicht verübeln,
wenn er während der Ruhezeit zweimal kräftig mit nassen
Händen durchgeknetet wird. Im Gegenteil. 80 bis 90 Minuten
Nickerchen indes sollten reichen. Wenn er fleißig gegangen ist,
weckt man den Teig, zieht ihn einmal mit den Händen auseinander und faltet ihn wieder zusammen, so dass das Innerste
nach außen gekehrt wird und umgekehrt.

Nachdem man die Arbeitsfläche und den aufgegangenen Teig
mit Mehl bestäubt hat, formt man ihn mit nassen Händen
(damit sie nicht kleben bleiben) zu einem ca. fünfzehn Zentimeter breiten Strang und schneidet davon mit einer Teigkarte fünf
Zentimeter große Teilstücke ab. Diese zieht man in die Länge

und formt sie zu etwa 20 cm langen Stangen. Es empfiehlt sich, auch diese Teigstücke noch mal ein knappes halbes Stündchen zugedeckt an einem warmen Ort gehen zu lassen. Diese, sagen wir: Kleinbaguettes werden auf ein backpapierbewehrtes Blech gelegt, großzügig mit Wasser bepinselt, mit dem groben Meersalz und (gegebenenfalls) Kümmel bestreut und im vorgeheizten Backofen bei 250 °C ungefähr zehn Minuten lang gebacken. Dabei hat es sich bewährt, wenn man auch eine flache Schale mit Wasser in den Backofen stellt. Nach den genannten zehn Minuten reduziert man die Temperatur der Backröhre auf 200 °C und backt die Seelen noch mal zehn, zwölf Minuten, bis sie baguettebraun sind. Danach zieht man sie mit dem Backpapier auf einen Kuchenrost, damit sie abkühlen können. Aber nicht ganz, denn sie werden lauwarm serviert.

Gerade in ärmeren Regionen und zu kargeren Zeiten hat man oftmals auch auf Dinkelmehl zurückgegriffen. Was aber an der Backprozedur weiter nichts ändert.

Buabaspitzle (= Schupfnudeln)

Wenden wir uns zum guten Ende tapfer auch den für unsere empfindsamen, auf die Kost des 21. Jahrhunderts geeichten Gaumen und mitessenden Augen eher gewöhnungsbedürftigen schwäbischen Speisen zu. Zunächst den optischen Leckerbissen: den Schupfnudeln, die manch fantasiebegabtes Wesen an kleine Penisse erinnern mögen. Daher der Name Bubespitzle (um die Schreibweise etwas zu entschwäbeln).

Zutaten:

    250 g gekochte Kartoffeln
    250 g Mehl
    1 Ei
    etwas frisch gemahlene Muskatnuss
    1 TL Salz
    3 EL Speiseöl

Ohne Rücksicht auf Verluste quetscht man ein bis zwei Tage alte, gekochte Kartoffeln durch eine Kartoffelpresse und knetet sie mit dem Mehl, dem Ei, dem Muskat und dem Salz zu einem festen Teig. Den Teig walzt man aus und zerschneidet ihn in zwei bis vier Zentimeter (je nach Vorliebe und je nach der Mühe, die man bereit ist aufzuwenden) lange, schmale Stücke, die man zu Stiften, um nicht ›Pimmelchen‹ zu sagen, rollt und an den Enden spitz zusammendrückt. Praktikabler ist die Möglichkeit, den Teig zu einer langen, dünnen Wurst zu rollen, diese in Stücke zu schneiden und die Enden mit der Hand leicht anzuspitzen. Daher der nicht ganz jugendfreie Name. Entscheidend dabei ist, dass die Nudelschniedelchen eine mundgerechte Größe aufweisen. Haben sie die Form, die man ihnen mit auf den Weg geben möchte, werden sie ins kochende Wasser geschmissen und solange gekocht, bis sie wie ihre entfernten Verwandten, die Spätzle, an die Oberfläche steigen und obenauf freischwimmern (nach etwa zehn Minuten Kochzeit). Dann nimmt man sie raus und veredelt sie, indem man sie in heißem Öl goldgelb anbrät oder, wer über das entsprechende Equipment verfügt, frittiert.

Sie eignen sich als Unversalbeilage zu herzhaften Fleisch- und/oder Gemüsegerichten, zu einfach allem und jedem, oder – was den Schwaben ja auch trefflich im Munde liegt – zu süßen Speisen. In diesem Fall werden sie mit einem Hauch Vanille- und Puderzucker versehn, und dann gibt's dazu Apfelmus oder eingekochte Zwetschgen.

Kutteln

Für Zeitgenossen, deren Essgewohnheiten in etwas nördlicheren Gefilden der Republik sozialisiert wurden, sehen Kutteln aus wie irgendein schwabbliges Gewürm, wie ein Flatschen regungsloser, fetter Maden auf dem Teller. Bei genauerem Hinsehn zeigt sich, es sind wirr verwobene Streifen einer indifferenten Haut, die auf der einen Seite irgendwie speckig anmutet und auf der andern Seite ein dichtes Geflecht aus Auswüchsen und Hautläppchen trägt, eine Mähne aus Zotteln, Fransen, Tentakeln. Alles nicht wirklich zu erkennen. Man will aber auch gar nicht so genau hinschauen. Will nicht wirklich wissen, was sich da auf dem Teller zusammenkringelt und leichenbleich in dieser rotbraunen Soße dümpelt.

Dahinter stecken, wir ahnen es, die vier Mägen (vor allem der Netzmagen und der Pansen) und Teile des Gedärms von Rindern. Bei Bedarf auch die von anderen Wiederkäuern. Besonderer Beliebtheit erfreuen sich die Innereien von Kälbern, die als besonders zart gelten und den eher weniger zartfühlenden Namen »Gekröse« tragen. Für oberhalb des Herrgottsbescheißerle-Äquators aufgewachsene Menschen alles andere als eine Einladung zum gepflegten Verzehr. Das Ganze muss etwas mit Würgen zu tun haben, will einem scheinen. Und dabei weiß man doch, dass dieses Zeug auch ein integraler Bestandteil der landläufig als erlesen geltenden französischen Küche ist. Und der schwäbischen sowieso.

Kutteln als Mahlzeit finden schon in Homers »Ilias« Erwähnung. Und in Griechenland gelten sie bis heute als Reminiszenz an die big Partys am Altar des Herrn Zeus: Festspektakel mit opulentem Opferschmaus aus Lammkutteln am Spieß. Von da an durchziehen sie oder durchkringeln sie die Kulturgeschichte, denn natürlich hat man in früheren Zeiten die geschlachteten Tiere so vollständig wie möglich verwertet und alles bis auf den letzten Krümel, also auch die Innereien verzehrt. Das Produzieren von Kutteln oblag im Mittelalter einem eigenständigen Berufsstand, dem des Flecksieders, Kuttlers oder Kaldaunenkochers. Leute, die wie die Gerber wegen der Stinkerei und der »Unreinlichkeit« ihrer Arbeit außerhalb der Städte angesiedelt waren und deren Beruf schon zu Hölderlins Zeiten dem Untergang geweiht war, nach und nach dem Metzgerhandwerk einverleibt wurde und heute als ausgestorben gilt. Geblieben ist die umgangssprachliche Wendung »jemandem die Kutteln waschen«, frei zu übersetzen mit »jemanden zusammenfalten«. Und Tersites in Shakespeares Kommödie »*Troilus und Cressida*« zog über Ajax, seinen Widersacher, her als einen, »*der seinen Verstand im Bauch trägt und seine Kaldaunen im Kopf*«.

Trotzdem kamen Kutteln wacker weiter auf den Tisch des Hauses, bis im weiteren Fortgang des neunzehnten Jahrhunderts ›richtiges‹ Fleisch auch in den Städten für (fast) jedermann erschwinglich wurde und zumindest einmal in der Woche – immer wieder sonntags – auf den Teller kam. Seither stehen Kutteln im nicht auszumerzenden (warum nur?) Ruf, ein Arme-Leute-Essen zu sein. Erst in jüngster Zeit wurden sie in der Szene reinrassiger Traditionalisten vollmundig rehabilitiert und genießen den Status einer, sagen wir: Besonderheit. Auf alle Fälle dürfen saure Kutteln mit gutem Recht als badisch-schwäbische (und nicht minder als bayerische) Spezialität gelten. Und sie fungieren als Prüfstein für »Neigschmeckte«, also Zugezogene. Erst wer Kutteln ohne Ekel betrachten und ohne erkennbare Anzeichen von Abscheu vertilgen kann, ist im Ländle angekommen. Und wer die schwäbische Fastnacht nach allen Regeln der Kunst mitfeiern will, kommt an sauren Kutteln nicht vorbei. Ein unbedingtes Muss.

Der schwäbische Dichter Wendelin Überzwerch (1893 – 1961) hielt fest: »Schwoba send wia saure Kuttle – bloß mir selber möget des!«

Zutaten:

    1 kg Kutteln (vorgekocht)
    ½ Zwiebel
    40 g Butterschmalz
    50 g Mehl
    3–4 EL Tomatenmark
    ½ l Fleischbrühe
    Salz
    Pfeffer
    2–3 EL trockener Wein (Riesling oder Silvaner)
    je nach Geschmack 1 Lorbeerblatt und 1 Gewürznelke
    1 EL Weinessig
    Petersilie

Die vorgekochten, beim Metzger erhältlichen Kutteln werden vorsichtshalber noch mal gewaschen und dann in feine Streifen geschnitten. Die Zwiebel würfelt man und dünstet sie in einer großen Gemüsepfanne glasig, bevor man die Kuttelstreifen dazugibt und eine Viertelstunde unter fortgesetztem Rühren anbrät. Aber nicht zu dolle! Es geht nicht darum, das Leichenbleich durch ein verkohltes Schwarz zu ersetzen. Nach dem Anbraten bestäubt man sie mit Mehl und rührt zehn Minuten lang emsig weiter, bevor man das Tomatenmark hinzugibt und mit der kalten Fleischbrühe ablöscht. Dann kommt der Deckel drauf und das Ganze muss noch eine halbe Stunde vor sich hin köcheln. Dann wird mit Salz, Pfeffer, Wein und Essig final abgeschmeckt und vor dem Servieren feingehackte Petersilie drübergestreut. Dazu gibt's in aller Regel schlichte Salzkartoffeln oder – noch besser – in Scheiben geschnittene und goldbraun geröstete Pellkartoffeln. Und Bier. Viel Bier. Und hinterher einen Magenbitter, damit's noch mal so richtig schön aufstößt.

Statt des Butterschmalzes kann man freilich auch Raps- oder Sonnenblumenöl verwenden und schon mal ein bisschen Mehl hellbraun anrösten, bevor man die Zwiebel hinzugibt und mit andünstet. Für Freunde etwas sämigerer Soßen. Und ein Lorbeerblättchen und eine Gewürznelke veredeln die Sache ungemein. Sind aber keine Conditio sine qua non und schon gar nicht urschwäbisch. Natürlich kann man es seiner Küche und seinen Mitmenschen auch antun, dass man die Kutteln selbst kocht. Zu diesem Behufe bereitet man die Soße zuerst und separat zu, und während der Dreiviertelstunde, die sie köcheln muss, kocht man die Kutteln weich. Unbedingt ungesalzen! Sonst werden sie knochenhart und wirklich ungenießbar, auch wenn sie dann die für Unsereinen unangenehm schwabblige Konsistenz ablegen. Wenn jedenfalls die Kutteln hinreichend weich sind, gibt man sie zur Soße und dekoriert – wie oben – mit Petersilie.

»Was wir Essen nennen, ist das Vorwärtsbalancieren
auf einem schmalen Grat.«
frei nach Hölderlin

– . –

Danke

Ein herzliches Dankeschön an Angelika Heubach, die muntere Tontechnikerin im Freiburger SWR-Studio, für die wunderbaren Tipps zur schwäbischen Küche, die sie in ihrer Kindheit und Jugend genoss. Somit also gilt mein Dank indirekt und unbekannterweise auch ihren Eltern und Großeltern. Wenn nicht den Schwaben überhaupt.